忘れられた婚約者

アニー・バロウズ 作
佐野　晶 訳

ハーレクイン・ヒストリカル・スペシャル

東京・ロンドン・トロント・パリ・ニューヨーク・アムステルダム
ハンブルク・ストックホルム・ミラノ・シドニー・マドリッド・ワルシャワ
ブダペスト・リオデジャネイロ・ルクセンブルク・フリブール・ムンバイ

DEVILISH LORD, MYSTERIOUS MISS

by Annie Burrows

Published by Harlequin Japan, a Division of K.K. HarperCollins Japan, 2024

アニー・バロウズ
つねに本を読んでいるか、頭の中で物語を創作しているような子供だった。大学では英文学と哲学を専攻し、卒業後の進路を決めかねていたところ、数学専攻のハンサムな男性と出会い、結婚する決心をしたという。長年、2人の子供の子育てを優先してきたが、彼女の頭の中にある物語に興味を持ってくれる人がいるかもしれないと思い、小説を書きはじめた。

主要登場人物

メアリー……………………仕立屋のお針子。
モリー………………………メアリーのお針子仲間。
マダム・ピショット………メアリーの雇い主。
クリストファー・ブレレトン……子爵。マシソン卿。
ロビー・モンタギュー……マシソン卿の友人。
イフレイム…………………マシソン卿のロンドン邸の執事。
ミセス・ポールディング……マシソン卿の領地邸の家政婦。
フランシス・ファレル……牧師の娘。

1

　クリストファー・ブレレトン――マシソン卿《きょう》は歩道の手すりをつかんで体を支え、瞬《まばた》きしながらミス・ウィンターズが住む家の正面を見上げた。恐ろしく野心的な母親と鬼のような父親とともに住んでいる家だ。

　どこをどう歩いたのか、気がつくと彼はカーズン通りに立っていた。彼から最後に残った希望のかけらさえはぎとった、狡猾《こうかつ》なあばずれの住む家の前に。

　もちろん、今夜は酔っている。真夜中直前からずっと飲みつづけていたのだ。こんな一週間を過ごせば、どんな男でも手近な安酒場にしけこみ、ボトルをあけることになったにちがいない。この七年、正体もなく酔いつぶれるのは避けてきたが、カードの勝負で負けはじめ、三夜も続けて五百ギニーもすったあとは、つきに見放されたことを受け入れないわけにはいかなかった。

「コーラ」またしても喪失の痛みが、七年前と同じ激しさで襲ってきて、彼の息を奪った。ジンの裏切り者め。悲しみを忘れさせてくれると思ったのに、むしろそれをごまかす力を奪うとは。たとえ道端の溝のなかで気がつくはめになるとしても、飲めばいっときは楽になると思った。まさか、これだけ酔っても頭がはっきりし、夜明けの光のなかに正気で立つはめになるとは思いもしなかった。しかもこの気まぐれな足が、いちばん来たくない場所に自分を運んでくるとは。

「絶対に結婚などしないぞ！」彼は大声で叫び、その家の鎧戸《よろいど》のおりた窓に向かって拳《こぶし》を振った。

　搾りたての牛乳を売り歩く女が、胡散《うさん》臭そうに横目で見ながら大きく迂回《うかい》した。だが、彼は気づきもせず、決意も新たに背筋を伸ばした。ミス・ウィンターズの人生が破滅しようと知ったことか。

あのときは、ぼくが父親の書斎にミス・ウィンターズを誘いこんだわけではなかった。髪を乱したわけでも、ドレスの身頃を引き裂いたわけでもなかった。すべて彼女が自分でしたことだ。おまけにふたりが情熱的な抱擁を交わしていたかのように、彼女はドアが開いた瞬間ぼくに飛びついたのだ。

まあ、あの勝ち誇った笑みを消し去ってやったからには、ぼくとの結婚に怖《お》じ気《け》づいているはずだ。

「きみは悪魔と踊りたいのか？」彼は嘲りをこめて尋ね、離れようとする彼女の腕をつかんだのだった。

「痛いわ」彼女は少しばかり不安そうに抗議した。

「いいか、ぼくは悪魔だ。気の弱い女性は、ぼくが部屋に入るのを見ただけで気を失う。それにはもっともな理由があるんだ」

もしや何も知らないのか？　彼女の目に混乱が浮かぶのを見て、彼はそう思った。考えてみれば、ウィンターズ家は上流階級の最上層のグループとは交流がない。彼の噂《うわさ》を耳にしていない可能性もあった。ウィンターズ夫妻は上流の人々が住む地域に家を借りることはできたかもしれないが、彼らの娘がロンドン社交界の人気クラブ〈アルマック〉から招待を受けることはありえない。

「それとも、ほとんどの家がまだぼくを招くという事実にだまされたのか？　だとしたら、世間知らずもはなはだしいぞ。だが、ロンドンの社交界のことをよく知らないようだから、説明してあげよう。彼らの一部は、ぼくが悪魔と契約を交わしてから築いた莫大《ばくだい》な財産に目がくらみ、どんな評判も無視する。家柄がよいのだから、どんな手段で富を手に入れたかなど関係ない、と。だが、娘のそばには絶対に近づけない。その一方で、邪悪なオーラに魅せられる者もいる。そういう連中は自宅で催す退屈な集まりにぼくを呼び、フィアンセを殺した男について仕入れた情報を嬉々《きき》として自慢するんだ」ミス・ウィンターズの顔に恐怖が浮かぶのを見て、彼はうなずいた。「うむ、やはり知らなかったようだな。ぼくが悪魔と契約を交わしたことも、ずっと昔、婚約していたことも。人を疑うことを知らない無垢《むく》なミス・モンタギューと……」

彼は震えている女性を突き放した。べつの女性を抱きながらミス・モンタギューの名前を口にするのは冒涜《ぼうとく》のような気がしたのだ。

「彼女の遺体は見つからなかった」彼は凄《すご》みをきかせた声で言った。「だから、裁判は行われなかった。しかし、大の親友が妹を殺したかどでぼくを告発したところを見ると、ぼくがやったにちがいない。そうだろう？」

ミス・ウィンターズがつかまれた箇所を痛そうにさするのを見ても、悔いなど感じなかった。いつもは自分の気持ちを偽るためにことさら冷ややかにふるまうのだが、今夜はその仮面を投げすて、苦々しく言い放った。

「婚約者が姿を消してから、カードの賭けで驚くほどのつきに恵まれてきたのは、処女の血で魂をけがした証拠にちがいない。ぼくが負けないとわかっているのに、まだ勝負をしたがる連中の気が知れないね。それに――」彼は怒りを抑えようともせず、ゆっくりミス・ウィンターズに近づいた。「こんな見え透いた手口で、なぜぼくを思いどおりに操れると期待したんだ？　ここまで魂のどす黒い男が、たかが処女の評判を落とす行為を人に見られたくらいで、モーニング・ポスト紙に婚約を発表すると思うのか？」

これだけ言えば、ぼくと結婚したいという気持ちは、消えてなくなったにちがいない。泣きながら部屋を走り出て、母親の腕のなかに飛びこむ彼女を見ながら、マシソン卿は思った。ついでに言えば、彼女はそれほどたくさん走る必要はなかった。母親がドアのすぐ外をうろついていたのだから。

だがミス・ウィンターズの父親は納得せず、翌日の午後遅く、怒り狂って彼の住まいに乗りこんできた。「若い娘の評判を落とすような真似《まね》をしておきながら、ゴシック小説にでもありそうな嘘《うそ》八百で怖がらせ、自分の義務を逃れようとは、男の風上にも置けん卑怯《ひきょう》者だ！」

「嘘八百？」マシソン卿は手にしていたカードから目を上げる手間もかけずに、ゆっくりとき き返した。

「そうとも、紳士なら娘に結婚を申しこむべきだ！」

「不可能だな」マシソン卿は右手に移したカードを半分取って、慣れた手つきで巧みにさばいた。「ぼくはすでに婚約している」

ミスター・ウィンターズがひるんだのは、ほんの二、三秒だけだった。「ああ、モンタギューの娘のことか」

ミスター・ウィンターズがコーラをそっけなく切りすてるのを聞いて、マシソン卿は激しいショックを受けた。さらにミスター・ウィンターズが、〝彼女は死んだ。違うかね？〟と言うと、マシソン卿は思わずカードを取り落とした。

彼は窓辺に向かい、片腕を窓枠にかけて、活気のある中庭を見下ろしながら、客のあごに一発食らわせたいという衝動を必死にこらえた。

「たしかに」彼はようやく落ち着いた声で答えた。コーラがあの世にいることは、ほかの誰よりもよくわかっている。「だが、遺体が見つからなかったせいで、ミス・モンタギューの家族は彼女が行方不明になっていると思いたがってね。そのせいで、ぼくはまだ法律的には彼女と婚約しているんだ」

するとミスター・ウィンターズは強欲な顔に意地の悪い笑みを浮かべた。「では、法律的にきみを自由の身にするしかないな。わたしの娘の評判を落とすような真似ができぬように」

平気で男を罠《わな》にかけようとする女など、妻にする気はさらさらない。マシソン卿がそう言い返そうとすると、ミスター・ウィンターズは宣言した。

「どれだけ費用がかかろうと、時間がかかろうとかまわん。ミス・モンタギューには法的に死んでもらう。そして、わたしの娘と結婚してもらうぞ！」

それが三日前のことだった。ミスター・ウィンターズがコーラを再び亡き者にすると断言してから丸三日になる。

だが、ミスター・ウィンターズは、ロビー・モンタギューの存在を知らない。頼りになるロビーの存在を。マシソン卿は顔をしかめて胸の前で腕を組むと、背中をそらし、手すりに寄りかかった。

いくらミスター・ウィンターズが、葬儀を行って墓を造り、妹をあきらめるときがきたと説得しようと、ロビーが耳を貸すはずがない。ぼくがほかの女と結婚し、子供たちでキングズミードを満たすのを、ロビーが許すものか。あの男は、縛り首にするのが無理でも、せめて死ぬまでぼくを法で縛りつけておくことで、ささやかな満足を得ているのだ。

ウィンターズのやつ、そう簡単に思いどおりになると思ったら大間違いだ。

通り沿いの大きな邸宅へと手押し車を向ける呼び売り商人の数が増え、通りに落ちる自分の影が短くなったところを見ると、夜明けはとうに過ぎたにちがいない。四日目がはじまったのだ。

マシソン卿の皮肉な笑みが暗い絶望に変わり、眉間に深いしわが寄った。ミスター・ウィンターズがコーラの思い出に宣戦を布告してから、マシソン卿は三日連続で大金を失った。

そして昨夜はついに、それが何を意味するか受け入れたのだ。

彼は手にしたカードを投げすてると、緑色の柔らかい布が張られたテーブルに賭け金を投げ、賭博場をあとにした。外に出たとたんに恐怖がこみあげ、少しのあいだドアの脇柱をつかんで立ちつくした。心臓がいまにも壊れそうなほど激しく打っていた。負けた金が惜しいわけではない。夜ごと賭けのテーブルに戻るのは、もはや金に困っているからではなく、まったく違う理由のためだ。

「コーラ」彼はがらんとした路地でうめくようにつぶやいた。「あんなことになるとは、思いもしなかったんだ」だが、その苦悶《くもん》に満ちた独白に、こだまさえ答えてくれなかった。

コーラはここにはいない。この七年で初めて、彼はどこにも彼女の気配を感じられなかった。娘と共謀し、ぼくをこの窮地に陥れたミセス・ウインターズに災いあれ！ 唇を強引に押しつけて、おぞましいキスの真似をしたミス・ウィンターズに災いあれ！ そしてコーラをこともなげに切りすてたミスター・ウィンターズにも災いあれ！ この三人が力を合わせ、死に神にすらできなかったことをやってのけたのだ。

ウィンターズ一家は、コーラをぼくから追いやった。コーラがぼくに取りついていることは、誰も知らない。そんなことを口にしようものなら、頭がおかしくなったと思われるだけだ。実際、ぼく自身、自らの正気を何度も疑ったものだった。

だが、彼女の幽霊が自分のそばにいるのを感じたのは、彼女の温かい肌に最後に触れてから、ほんの数日後だった。

しかも、よりによって競馬場で。

そこに着いたときには、ロビーの悪態が耳のなかで鳴り響いていた。妹を殺したと親友に非難され、ぼくは激しいショックを受けた。

「ぼくがそんな男だと思うなら、これも持って帰れ！」マシソン卿は叫び、式を挙げるために借りた金をロビーの胸に投げ返した。「きみは友達だと思っていたのに」

その金が床に落ちた。

「おまえは友人には事欠かないようだな」ロビーは言い返した。「おまえを悪く言う者もない。判事にも、遺体が見つからないのに、地元の貴族のひとり息子を人殺し扱いはできないと言われたよ」互いにひどい言葉を浴びせ合ったあと、最後にロビーは叫んだ。「おまえも貴族の称号もくそくらえだ！　地獄で朽ちはてるがいい！」

たしかにあのときは、地獄にいるような気がした。そして呪われた者の多くがそうするように、ぼくは自滅する道を選んだ。コーラとの結婚式に使うはずだった残りの金をそっくり持ちだし、間違いなく負けると思った馬に賭けたのだ。

怒った騎手に鞭《むち》打たれ、白目をむいて泡を吹きながらその場でぐるぐる回っている馬が目に留まった。騎手がさらに何度か鞭を入れたが、その馬はまだスタートラインに向かおうとしない。

すると心の優しいコーラがこう言う声が聞こえたような気がした。〝かわいそうに、あの馬は、あなたと同じようにここにいたくないのね〟

その瞬間、コーラが亡くなってもういらなくなった金を、その馬に賭けるべきだと感じたのだ。

それが二着に一馬身の差をつけてゴールに走りこんだとき、ぼくはうれしそうな笑い声を聞いた。彼女が喜んで手を叩《たた》くのが見えるようだった。

彼は茫然《ぼうぜん》として賭け屋のところに戻った。まもなく自分の手に滝のように落とされる銀貨を思うと、裏切り者のユダになったような気がした。次のレースでは、罪の意識を消すために、老いぼれの駄馬に賭けた。ロビーが呪ったこの金は、なんとしても使いきらねばならない。

競走馬がいっせいに走りだしたあと、自分が応援する哀れな馬が重たげにコースを回るのを見て、彼はコーラのため息を聞いた。またしても、彼女が気の毒に思う馬に賭けてしまったか。だが、このレースではどう逆立ちしてもあの馬が勝てるはずはない。だが、ゴールの四百メートル前、乗り手を失った馬がコースを横切り、先頭グループの馬をつまずかせ、何秒かレースを混乱させた。コーラのお気に入りの馬は外から追いあげ、残りの馬がもたもたしているあいだに、ゴールに駆けこんでしまった。

コーラが歓声をあげるのを、彼は聞いた。

周囲の喧騒《けんそう》が薄れ、ついにコーラの指に婚約指輪をはめた日のことがよみがえった。

「これでぼくらを引き裂くことは誰にもできない」彼は深い満足を感じ、誓いの言葉を口にした。「死がふたりを分かつまでは」

「いいえ、わたしたちは死んでも一緒よ」コーラはうっとりと彼を見上げてささやいたのだった。

ロビーがどう言おうと、コーラはまだぼくのものだ。マシソン卿はそう思った。そしてコーラが彼の腕に手を置き、次のレースで勝った金を投げすてるなと止めるのを感じた。〝今日はもう十分よ〟彼女がそう言うのを聞いて、マシソン卿の目には涙が浮かんだ。彼が無茶なギャンブルで破滅するのをコーラは見たくないのだ。彼は競馬場を離れた。

その日から、マシソン卿は常にコーラがどう思うかを考えて行動するようになった。そしてコーラに意見を求めるたびに、彼女は自分のすぐそばにいるという思いが強くなった。

ロビーは腹を立ててスコットランドに戻った。両親には勘当され、隣人からは疑いの目で見られた。それまでの知り合いは、連絡をよこさなくなった。

だが、コーラは彼のそばにいてくれた。

深い絶望にとらわれ、いっそ彼女のあとを追おうと思ったこともある。だが、コーラが非難をこめて首を振り、自殺は大罪だと彼をいさめた。再びコーラと一緒になれるなら、どんな罪でも甘んじて受けただろう。だが、コーラがあの世のどんな場所にいるにせよ、そこには大罪人は入れないはずだ。

彼女のあとを追うのはあきらめたものの、生きているとはとても言えない孤独な毎日が続き、マシソン卿はいつしかロンドンの場末の賭博場に出入りするようになった。まだ彼を受け入れてくれる場所はそこしかなかったのだ。

だが、そんな店ですら、コーラは彼を見守り、賭けをする彼のすぐ後ろにいて、現金や鉱山の権利書などを取られた人々の呆然《ぼうぜん》とした表情に、しのび笑いをもらした。

彼が初めて立派な衣服を誂《あつら》えると、それを着て、クラブに出かけてひと勝負しろと勧めたのもコーラだった。彼が二万ポンドもの勝ちをおさめて賭博場をあとにすると、彼女は大喜びで笑った。

父が亡くなったあと、キングズミードの借財をすっかり払って抵当権を抹消したときには、深い満足を感じたものだ。無能な父から思うさま金を搾りとった当の本人たちから、今度は彼が巻きあげ、相続した借金はすべて帳消しにできた。そのあとは、コーラがキングズミードにいたときに話していた領地への投資を次々に実行した。小作人たちは自分たちのコテッジの屋根を葺《ふ》き替え、低地に排水設備を完備し、収穫を増やしてくれたことに感謝しながらも、金の出所について陰であれこれささやいていたかもしれない。

だが、自分のことを小作人たちがどう思おうと関係なかった。彼らのためではなく、コーラを喜ばせるために彼女の意見を取り入れたのだから。

彼が少しでも心のつながりを感じるのは、いまではコーラだけだった。

だが、コーラはあの世にいる。

ぼくは正気ではないのかもしれないが、それならそれでいい。

賭博場でコーラがぼくのさいころにつきを呼ぶために吹きかける息を頰に感じるのが狂気なら、それでもかまうものか。幽霊となった彼女がすぐ横を歩き、ぼくをこの世界から守ってくれる。

この七年、彼はその状態にすっかり慣れていた。

コーラは夜ごと賭博場に現れた。

ミス・ウィンターズが彼にキスするまでは。

「コーラ」彼はぐったりと手すりにもたれた。

手押し車で近づいてきた薪売りが、ぎょっとしたように彼を見て、首を振りながら足を速めていく。

夜明けの光のなかで七年前に死んだ女性の名前を呼ぶことほど常軌を逸した行動があるだろうか。だが、人がどう思おうと関係ない。世間がぼくにあると思っている超人的な力があれば、いまこそそれを使うのに。コーラを呼び戻せる呪文を口にして……。

何かの一節が頭に浮かんだ。三回唱え、三回……。シェイクスピアか何かの本で見たうろ覚えの呪文をつぶやいたとき、通りの先にある家の使用人たちが使う階段から誰かが現れた。控えめな服を着た、小柄な若い女性だ。紺のコートを着て、前つばが突き出ているボンネットをかぶっている女性が歩道へと出てくる。最初マシソン卿は、それぞれの用事へと急ぐ大勢の人々のなかで、なぜこの地味な服を着た女性に目を引かれたのかわからなかった。だが、彼女が道路を渡る前に左右を確かめた瞬間、ちらりとその顔が見えた。

とたんに、彼は肺の空気をすっかり奪われたようなショックを感じた。

コーラだ。

「そんなばかな！」膝の力が抜けそうになり、彼は毒づいて手すりをつかんだ手に力をこめた。三度ずくめの呪文がとんでもない力を呼び覚まし、彼女を作り出したのだろうか。この七年、彼はコーラの声を聞き、風のなかに彼女の香りを嗅ぎ、その存在を感じてきたものの、ほんの一瞬でもその姿を見ることは一度として許してもらえなかった。

「そんなばかな！」彼は繰り返した。自分が彼女の幽霊を呼び出した確信はないが、それがなんであれ、たったいま起こったことに驚愕《きょうがく》し、通りに立ちつくしているあいだに、彼女は角を曲がって消えてしまった。彼など眼中にないかのように、歩み去った。もっとはるかに重要な場所へ行く必要があるかのように。

再び毒づきながら、マシソン卿はそのあとを追った。彼女に追いつくのは簡単なはずだ。まだそれほど先には行っていないだろう。だが、走りだそうとすると、まるでそれ自体が命を持っているかのように足元の歩道がうねり、イグサの束を携えた家具直しの男の行く手に彼は放り出された。マシソン卿はその男の肩をつかんで体勢を立て直し、コーラが消えた方角へとよろめきながら進みはじめた。

それから何分かは、彼女が見つからないかもしれないと感じ、冷や汗をかいた。通りは裕福な家に頼まれた品物を届ける配達の商人で満ちあふれ、彼女の姿はそのなかにのみこまれてしまったようだ。パニックにかられたとき、バークレー広場の向こう側に、紺のコートがちらっと見えた。彼はコーラを追って広場に飛びこんだ。

マシソン卿が再び見つけたとき、彼女はブラトン通りを半分近く進んでいた。大勢の通行人のなかを滑るように歩いていく。勢いこんであとを追いはじめたとたん、行商人の屋台の柱にさげられた兎《うさぎ》がぴしゃりと彼の顔に当たった。

「コーラ、待ってくれ！」行商人に体をつかまえられ、マシソン卿は絶望にかられて叫んだ。兎の代金を要求しているのだろうが、彼はかまわず乱暴に行商人を横に押しのけた。コーラがどこへ行くか確めるのを邪魔されてたまるものか。

コーラが半ば振り向き、こちらに気づいた。その瞬間、マシソン卿は、みぞおちに一発食らったようなショックを受けた。コーラの目には、優しさも、理解もなかった。それどころか、恐ろしげにあとずさり、スカートをぐいとつかんで走りだしたのだ。

マシソン卿も走ろうとしたが、コーラとの距離は開くばかりだった。幽霊の彼女は、難なく人込みにまぎれてしまう。だが、彼自身はさんざん苦労して進まねばならなかった。それでも、彼はコーラから片時も目を離さず、彼女がコンデュイット通りにある店のひとつに駆けこみ、勢いよくドアを閉めるのを確認した。

彼はよろめきながら、その婦人服の仕立屋の向かいにある歩道で足を止めた。なかなか高級な店だ。金色の葉のなかに〝マダム・ピショット〟と書かれた看板が、ドアの上にかかっている。

どうすればいいのだろう？　荒い息をつきながら、彼は迷った。まだ開店してもいない店に押しかけ、たったいま逃げこんだ幽霊と話をしたいと要求するのか？　そんなことをすれば、店の主人に警官を呼ばれかねない。悪くすれば、警察よりもっとひどいところに放りこまれる。

彼は体を折り、膝に手をついて息を整えると、たったいま起こったことを理性的に考えようとした。やっと姿を現したあとで、なぜコーラはぼくから逃げたのか？　ぼくをここに導いたのは、なぜだ？

マシソン卿は体を起こし、その謎の答えを求めて店の正面を見つめた。

〝お客様にお似合いの、豪華なイブニングドレスをお作りします〟と告げるショーウインドーの大きな表示の下に、今年流行している精巧なビーズの刺繍《しゅう》を使ったドレスが飾られている。

彼の背筋を冷たい汗が滑り落ちた。

賭博場で救いがたいほどひどいカードを続けて配られた最初の夜、ぼくがペアを組んだ女性はこの店で作られたドレスを着ていた。ぼくは自分の負けを、高価なドレスを着た、つたない英語同様、ゲームのこともほとんどわからないそのフランス人女性のせいにした。だが、もちろん、その夜の勝ち負けは、彼女とはいっさい関係がないことはわかっていた。

賭けをする人はみな縁起を担ぐものだが、おそらくぼくは誰よりも迷信を気にするほうだろう。コーラの影響が自分の成功の源だとわかっていたので、ぼくはコーラの存在を感じた最初の日から、彼女を怒らせるのを避けてきた。決して強い酒には手を触れず、こちらの放つ邪悪なオーラに魅せられて近づいてくる女性の誘いにものらなかった。たとえわずかでも魅力的だと感じる女性がいたにせよ、コーラがすぐそばでぼくのあらゆる動作を見ているのに、ベッドに誘いこむことなどどうしてできる？　もっとも、彼女がずっと見ているとは思えない。無垢なコーラはあさましい行為に深いショックを受け、逃げ出すにちがいない。もしかすると、二度と戻らないかもしれない。

ぼくが十分に気をつけていたのは正しいことだった。コーラの愛は、あの世からぼくに手を差し伸べるほど強かったのだ。死を出し抜くほど強い愛を軽んじるのは、決して賢いことではない。

だが、ミス・ウィンターズがぼくにキスしたせいで、その父親がコーラの幽霊を永遠に墓に留《とど》めるために弁護士を探しはじめた。するとコーラはぼくに背を向けた。絶望して酔っ払い、ウィンターズ家の窓に向かってわめきたてることで、ぼくはいっそうコーラを自分から遠ざけてしまったにちがいない。あの店のドアを勢いよく閉めたのが、まさにその証拠だ。

彼女は生と死のあいだに存在する壁をもとに戻し、向こう側へ行ってしまった。マシソン卿は吐き気を感じながら、震える手で顔をこすった。

この七年どうにか生きてこられたのは、コーラがそばにいてくれたからだ。ぼくが頻繁に出入りしてきたみじめな場所にあふれる愚か者たちよりも、コーラのほうがよほどリアルな存在だった。

ぼくのそばには彼女の幽霊がいるという真実を公にすれば、コーラは戻ってくれるだろうか？　彼は絶望にかられて思った。人に気がふれたと思われても、施設に閉じこめられても、コーラと一緒なら耐えられる。居心地のよい独房を買うだけの金はあるのだ。この人生になんらかの意味があるというふりをせずにすむのは、ほっとするくらいだ。夜も昼もつきまとう苦悩を隠す努力をする必要もなく、ただ暗い部屋に横たわり、好きなだけわめくことができる。

いくらウィンターズのやつでも、施設に入ってしまえば、もう娘と結婚しろとは言わないだろう。ロビーの怒りも少しはおさまるはずだ。妹を殺したにちがいない男が自由を奪われるのを見て、遅まきながら正義が行われたと多少の満足を感じるはずだ。それでコーラが許してくれるなら、自由を失うくらいのことなど、ささやかな代償だ。

「通りを渡るのかい、渡らないのかい、だんな？」

小さな声でいきなり尋ねられ、マシソン卿は我に返った。「渡る？」

ぼろを着て汚い箒《ほうき》を持った少年が、期待をこめてこちらを見上げ、てのひらを差し出していた。

四つ辻《つじ》の掃除人だ。

「いや」彼は応じた。渡っても仕方がない。コーラを怒らせ、彼女に嫌われてしまったいまとなっては、何ひとつ意味がない。

「あの人に伝言を渡してほしいかい？」

「あの人？」

「だんなが追いかけてきた赤毛の人だよ」

「彼女が見えたのか？」コーラが見えるのは自分だけだと思っていたマシソン卿は、驚いて少年を見つめた。

少年は身を乗り出し、試しにマシソン卿の息を嗅いで、けげんそうな顔に笑みを浮かべた。

「この息のにおいからすると、だんなよりよく見えたはずだ。今夜はだいぶご機嫌だね」

マシソン卿は顔をしかめた。彼は七年ぶりに、まだまっすぐに立っていられることに驚嘆するほど酒を大量に飲んだのだ。まあ、立ってはいるが、しらふではないというところだ。

この少年に見えたとすると、あの女性は本物だったのだ。ぼくが呼び出したコーラの幽霊ではなかった。コーラがぼくに背を向け、追ってくるぼくの眼前でぴしゃりとドアを閉めたわけではなかったのだ。ぼくが見たのはどこかの家で働いているメイドか何かで、勝手口から通りへと階段を上がってきて、言いつかった用事をすませに行っただけだったのだ。

ぼくとはなんの関係もない。

そのメイドが気味の悪いほどコーラそっくりだったのは、ただの偶然だ。もしかすると、亡き婚約者にそっくりだと思ったのは、酔いのなせる業だったのかもしれない。マシソン卿は顔をしかめた。いずれにしろ、はっきり顔を見たわけではない。遠くからちらっと見ただけで、体つきや歩き方がそっくりだったから、あれはコーラの幽霊だと思っただけだ。

頭が痛くなってきた。典型的な二日酔いだ。

まだ酔いが完全に覚めきってないから、ぼくは二日酔いになりはじめたのだ。

両手の付け根を目にあてて、指を頭に食いこませる。酔いの残った頭で、このすべてを理解しようとしても、徒労に終わるだけだ。

「ここはおまえの割り当て区域なのか？」マシソン卿は指で髪をかきあげながら、少年に尋ねた。

「うん！」

勢いこんで答える少年の声が頭に響き、マシソン卿はたじろいだ。「だったら、あの赤毛の女性に関して、なんでもいいから調べてくれ」彼はポケットに手を入れ、少年に硬貨を投げた。「そうしたら、もう一枚これをやろう」

それがクラウン硬貨だと見てとると、少年の顔がぱっと明るくなった。「わかったよ！　今度はいつ来る？」

「ここにはもう来ない」マシソン卿は顔をしかめて答えた。彼は通りをうろつき、不運な娘をひと目でも見ようとする手合いには、軽蔑しか感じなかった。


「情報を仕入れたら、ぼくの滞在先に来てくれ。おまえの名前は？」

「グリットだよ」

「塵《グリット》だって？」マシソン卿は少年を鋭く見て、ずきずきするこめかみを指で押さえた。なんと相応《ふさわ》しいことだ。コーラの幽霊をスパイするために雇った少年の名前が、トムやジャックといった分別のある名前であるはずがない。昨夜から今朝にかけて起きたすべてのことが悪夢の特徴を備えているようだ。

「では、使用人にそう言っておく。グリットという名の少年が来たら、なかに入れるように、と。ぼくが留守なら、話を聞いて、クラウン硬貨をもう一枚やってくれと」

「だんなは誰だい？」

「マシソン卿だ」

グリットの目から光が消えた。少年はごくりと唾をのみ、恐怖を隠そうとしたが、幼すぎて自分がたったいま悪魔の手先のために働くのを承知したばかりだという事実を隠すことができなかった。

マシソン卿はそれを見て、あの赤毛の女性に関して、何かがわかる望みはまずないとあきらめた。この少年には、ぼくの滞在先を訪れるだけの勇気はあるまい。それに通りの溝を掃いて小銭をもらう極貧の少年でも、マシソン卿のような評判を持つ男に、無防備な女性に関する情報を売ることには二の足を踏むにちがいない。

「その前に、辻馬車を見つけてもらえると助かる」

彼は最後にもう一度向かいにある店に目をやり、人々が自分に期待している邪悪な特徴をわざと強調することにひねくれた喜びを感じながらつぶやいた。

「明るい光のなかにいるのは嫌いなんだ」

2

メアリーは店のなかを横切って、ビロードのカーテンを通り抜け、三つある段を駆けあがり、仕事場に入った。そこは安全だと感じられる唯一の場所だ。

黒ずくめに黒い髪の、怖い顔の男が、カーズン通りをはさんだ暗がりのなかから出てきたとき、どうしてあれほど動揺したのか、自分でもよくわからない。ただ、なぜか影そのものが濃くなり、悪夢の化身を生み出したような気がしたのだ。

昼日中、目覚めている時間に悪夢が侵入してくるのは、なんて恐ろしいことだろう。その悪夢が漠然としてとらえどころがないときは、なおさら怖い。

そうした夢を見てうなされたあと、彼女が思い出せるのは、何かが自分の後ろにいたことだけだった。振り向いて直面するのも怖い何かが。振り向けば、それがそびえたち、自分をのみこんでしまう。だから彼女は、気づかれぬように体を丸める。だが、どんなに丸めても、小さくなっても、それは近づいてきた。ついに激しい恐怖にかられてじっとしていられなくなり、ぱっと立ちあがって逃げようとするが、夢のなかでは、一歩も動くことができない。できるのは、ベッドで足をばたつかせることだけ。

「起きてよ、メアリー」お針子のひとりが眠そうな声で文句を言い、肘でメアリーの体を鋭くつついたものだ。「また夢を見てるわよ」

みんながじっとしていろと言うのを聞きながら、メアリーはあごのところでシーツをつかみ、天井を見つめた。目を閉じて、また同じ夢を見るのが怖いのだった。

彼女はため息をつき、両手の付け根を目にあてた。悪夢の影が男になり、自分を追ってくることはない。心の底ではわかっていたが、さっきは逃げずにはいられなかった。

夢のなかで自分を怯《おび》えさせるものから逃げるのと同じように。

「メアリー!」雇い主の苛立《いらだ》たしげな声に、仕事場の娘たちは、ひとり残らず体をこわばらせた。マダム・ピショットが朝のこの時間にオフィスを出てくるのは、誰にとっても警戒すべきことだ。

「そんなに青ざめて、いったいどうしたの? まさかまた具合が悪くなるんじゃないでしょうね?」

マダム・ピショットがうんざりした顔になるのも、無理はなかった。メアリーは薔薇《ばら》色の頬をした健康そのもののほかの娘たちと比べると、顔色が悪い。もともと色が白すぎるのだ。

「まったく、あれは藪《やぶ》医者だね。毎日外の空気を吸えば、少しずつよくなると約束したのに」マダム・

ピショットはこぼした。「この時期に寝こまれては困るのよ」女王の接見室で行われる行事がほとんど終わったいま、注文のドレスの数はひところより減っていたが、マダム・ピショットが娘たちを、夜明けから疲れてベッドに倒れこむまで働かせておくだけの注文は、まだ残っているのだ。

マダム・ピショットは腹立たしげにむき出しの床を横切ってくると、メアリーの額に手を置いた。

「いえ、具合が悪いわけじゃありません」メアリーは通りでの出来事と同じくらいマダム・ピショットの非難に動揺し、あわてて言った。「ただ、男の人が……」

マダム・ピショットはあきれたように両手を振りあげた。「通りにはいつだって、男たちが大勢いるわ。だけど、あんたみたいに地味なやせっぽちに、誰が目を留めるもんですか」そう鋭く言い、メアリーの手袋を引っ張って、ボンネットのリボンをほどく。

「その人は大声で怒鳴っていました」メアリーは初めてそのことを思い出して訴えた。

「朝のこの時間には、物売りがたくさんいるものよ。あんたに向かって叫んでいたわけじゃないでしょうよ」マダム・ピショットは嘲るように笑った。

「でも、そんなふうに見えたんです」メアリーは恐怖をこらえ、正確に何が起こったのか振り返ろうとした。「そして、すごい勢いで追いかけてきたんです」会ったこともない男が、なぜ大声で怒鳴りながら自分を追いかける気になったのか、想像もつかなかった。でも、彼が乱暴に行商人を行く手から押しのけるのを、たしかに見た。そして、燃えるような目をひたと自分に向けるのを。その一瞬、現実と、頭のなかにしか存在していないものを隔てている幕がふたつに引き裂かれたような気がして、すっかり混乱し、自分がどこにいるか、誰なのかさえわからなくなったのだ。

「まったく、あんたときたら」マダムはメアリーを立たせ、コートのボタンをはずしはじめた。仕事場の娘たちがせせら笑う。「誰かが通りを走っていたからって、あんたを追いかけていたとはかぎらないのよ。だいたい、あんたのようなやせっぽちを誰が追いかけたがるの？　喜んで相手をしてくれるかわいい娘たちが、通りの角ごとに立ってるってのに」

マダム・ピショットの言葉にほっとしてもいいはずだったが、メアリーにはわかっていた。あの男は間違いなくわたしを追いかけてきたのだ。

「さあ」マダム・ピショットがスツールに向かってメアリーの背中を押し、眼鏡を手に押しつけた。

「いつもの発作を起こさないでちょうだいよ。今日はそんな時間はないの。ウォルトン伯爵夫人の新しいドレスを仕上げてしまわないとね。外で何が起こったにしろ、いますぐ頭から追い払って。わかった？」

「はい、マダム」言われなくても、そうしたいのはやまやまだ。ありがたいことに、今日はとても複雑な刺繍《ししゅう》を仕上げなくてはならない。美しいものを作る仕事に集中しているときだけは、恐ろしい夢も何もかも、忘れることができた。メアリーは心のなかでつぶやいた。〝子供のころは……〟

彼女は驚きの声をあげ、眼鏡を落とした。ほとんどが真っ黒な背景のなかに、いきなり光る稲妻のように、なんの警告もなしに過去がちらっと見えると、いつもどきっとするのだ。

マダム・ピショットが不機嫌に鼻を鳴らすのを聞いて、メアリーは急いで膝をつき、眼鏡を捜した。仕事場のざらざらした木の床を遠くまで滑っていくはずはない。すぐに見つかって、仕事に取りかかれるはずよ。

どうしてわたしの頭はこんなにぼんやりしている

の？　器用な指とはまるで違う。頭のなかに閃《ひらめ》く光をつかもうとするたびに、蝋燭《ろうそく》の炎をつかむのと同じで、何ひとつはっきりとつかめず、苦痛を感じるだけだ。

　でも、炎をつかもうとするのは愚か者だけよ。一度火傷《やけど》をすれば、決して繰り返さない。メアリーは眼鏡の蔓《つる》を耳にかけた。即座に数十センチ先がぼやけ、彼女は背もたれのない椅子に取り残された。霧に閉ざされた海で、たったひとつの岩にしがみつく難破船の船員のように。

〝子供のころは……〟その言葉が呼び起こした記憶のこだまがまだ残っている。彼女はため息をつき、急いで針を取りながら刺繍枠にかがみこんだ。が、子供のころの気持ちを忘れ去ることはできなかった。

〝何も考えずに、刺繍をしていればいいの〟穏やかな声が聞こえた。そばに立ってにらみつけているマダム・ピショットではなく、優しい母の声だ。〝神様のために、頭をさげておくの〟母の言葉が続いた。

　メアリーはほかにも誰かがいることに気づいた。こちらにのしかかるように立っている、大きな声と固い拳《こぶし》の男。その男のことを思い出すと、恐怖がこみあげてきた。

　過去と現在が渦巻いて溶け合い、子供のころのメアリーが刺繍枠を手にしてうつむき、大人たちの争う声や、いまにも起こりそうな殴り合いに耳を閉ざす。母らしき女性が刺繍枠に椅子を近づける。メアリーはクリーム色のシルクの布に触れそうなほど顔を寄せ、新しい布の甘い香りを吸いこみながら、震える指で小さな涙形のクリスタルを布の上に置き、刺繍針を刺した。続いて小さなビーズを適切な場所に留めるのに使う二本目の針を手に取り、細かい作業に集中して、先ほど黒い髪の男を見た瞬間のように、もう少しで形を取りそうな漠然とした暴力のイメージを押しやった。

傷つき、不安にさいなまれながら、ひとりぼっちでロンドンに着いてからというもの、不快な思いを追いやるのがかなり上手になった。針を進めるうちに周囲の世界が消えうせ、贅沢《ぜいたく》な布地の感触を味わい、それを針で貫き、等間隔の縫い目から糸を通すしゅっという音しか聞こえなくなったのだ。

呼吸が落ち着き、鼓動もおさまった。醜く卑しいものは、ひとつ残らず影のなかへと戻り、メアリーの頭は、目の前の作業に占領された。

メアリーが仕事に集中したのを見てとったらしく、マダム・ピショットが離れていく。まもなくバークレー広場の憂慮すべき出来事のことは、すっかり忘れ去られてしまうにちがいない。

マシソン卿《きょう》が賭博場そのものに勝負を挑むのは、ずいぶん久しぶりのことだった。こういう場所の経営者たちは、彼を迎えることさえ渋るようになっていたのだ。そこでマシソン卿は仕方なく、ほかの紳士との〝プライベートな賭け〟しかしないという約束を交わした。仲間うちではそう呼ぶ勝負だ。彼はテーブルを見まわし、サンディフォード卿とピーターースと、カーペンターという名の青二才の興奮した顔を見て、心のなかで訂正した。

ピーターースはカードを取り落としそうになりながらグラスに手を伸ばしたものの、それが空っぽなのを見て、通りすぎたウェイターにお代わりを頼んだ。

マシソン卿は椅子の背にゆったりと体をあずけて座り、嘲るような笑みを浮かべた。もう一杯酒を飲んだところで、ピーターースが手にしたカードをテーブルに投げ出せば、すべてのチップが自分のものになることは、すでにわかっている。

マシソン卿の嘲りは内側に向かった。強い酒がどれほどあてにならないか、思い知ったばかりではないか。三度ずくめの呪文をつぶやいたあと、愚かにもコーラの幽霊を呼び出したと思いこんでしまったのだ。酔いが覚めたとたん、自分が見たコーラの姿は、ボトルのなかから湧いて出た魔人のように、ジンと未練な気持ちが交じり合った幻だと気づいた。

彼は再びコーラを失うという見通しに、耐えられなかった。そのせいで、ジンをがぶ飲みし、自分をだまそうとした。

ちょうどいま、ウェイターが注《つ》いだばかりのブランデーをピータースがあおり、自滅の道へ進んでいるのと同じように。

今夜のマシソン卿は、酒の代わりにコーヒーを飲んでいた。ピータースもそうすべきだったのだ。そう思ったとき、ピータースが挑むように手にしたカードを広げた。

「もう一度だけ勝負をしてくれ」

マシソン卿が賭けのチップを手元にかき集めようとすると、ピータースが懇願した。

「だが、きみにはもう賭けるものが何もない」マシソン卿は冷たく拒絶した。

「わたしには娘がいる」ピータースは、硬貨の山や紙幣、担保物件を走り書きした誓約書をマシソン卿がすくいあげるようにつかみ、あちこちのポケットに放りこむのを見つめた。

マシソン卿は軽蔑もあらわにピータースを見た。

「ぼくがその娘に興味を示すとでも?」

ピータースがこれっぽっちでも値打ちのある男なら、家にいて、ビジネスにいそしみ、こんな賭博場で大金を捨てるような真似《まね》をしてはいないだろう。資産をギャンブルで失う前に、それが自分の娘にとって何を意味するか考えるはずだ。

ぼくの父親も同じような男だった。ギャンブル熱に取りつかれると、妻と息子の幸せが自分の肩にかかっていることなどすっかり忘れてしまった。父の頭には、次に配られるカード、次に振られるさいころの目しかなかった。

「いや、そんなことは考えていない！」ピータースはまくしたてた。「娘がいると言ったのは——」彼の顔に不愉快な表情が浮かんだ。「それを賭けたいからだ。もう一度、少しだけでも取り戻すチャンスをくれ」彼は懇願した。

「とんでもない話だ」マシソン卿はたったいま破滅した男に軽蔑しか感じなかった。

「きれいな娘だぞ。まだ処女だ」ピータースは必死だった。真っ赤になった顔には、玉の汗が浮かんでいる。

四百ギニーの負けを顔色ひとつ変えずに受け入れたサンディフォード卿が、せせら笑った。「時間の無駄だぞ、ピータース。その娘はわたしが買うとも。マシソン卿は女に興味がないんだ」

「ああ、生きている女にはな」マシソン卿は同意して、ひと晩中、肩のあたりに張りついていたこの賭博場の新入りホステスを鋭く見た。いっとき、その女の香水のにおいで息がつまりそうになり、もう少し離れてくれとそっけなく言い渡した。すると彼女は口を尖《とが》らせ、物憂い目で彼を見ると、あとでぜひとも相手をさせてくれと甘い声でねだったのだった。

「どういう意味だ？」ピータースが尋ねた。

テーブルについている男たちは全員黙りこんだ。マシソン卿に面と向かって、彼を取り巻く噂《うわさ》の真偽を尋ねるほど厚かましい人間などいないのだ。

カーペンターがサンディフォード卿をうんざりした顔でじろりと見た。それからカーペンターは嫌悪を浮かべた目をマシソン卿へと向けると、椅子が倒れるほどすばやく立ちあがり、急いでドアへ向かった。

「つまり、こういうことさ、ピータース。ぼくが唯一関心があるのは」マシソン卿は慎重に言葉を選びながら説明した。「ミス・コーラ・モンタギューだけなんだ」

彼が公の場でその名前を口にするのを聞き、周囲に衝撃が走った。近くのテーブルにいた男たちの一部が、七年前に社交界を揺さぶったスキャンダルの新しい情報に耳をそばだて、座ったまま体をひねる。

「喜んでさいころのひと振りにこの魂を賭け、負けたんだ」彼はひどく謎めいて聞こえる言い方をして立ちあがった。

だが、こんな賭博場で彼女の幽霊に忠誠を誓うだけで、彼女を呼び戻すのに十分だろうか？

だめでもともとだ。

「ぼくの魂は、彼女のものなのさ、ピータース」マシソン卿は今夜自分が賭けで手に入れた莫大《ばくだい》な金額を考えて、鼓動が速くなった。コーラの存在をまったく感じなかったにもかかわらず、つきが戻ったのだ。「あるいは、彼女の魂がぼくのものなのか」彼は大きな重荷をおろしたような気持ちで付け加えた。


ひと晩中、彼の注意を引こうとしていたホステスがドアのそばに立っていた。賭博場の経営者がその娘の腕をつかみ、低い声で何か告げている。彼は紙幣を引っ張り出し、ホステスの鼻先で振った。

「まだこれを稼ぎたいと思うか？」

ホステスが青ざめてあとずさり、店の主人が彼女から離れていく。

マシソン卿は紙幣をポケットに戻した。「どうやらその気が失《う》せたようだな。賢い選択だ」

通りに出て、葉巻の煙と絶望に染まっていない空気を吸えるのがうれしかった。

「いまのを見ていたかい、コーラ？」彼は路地の黒いビロードのような闇に向かって尋ねた。「ぼくは彼らに言ってやったぞ」

だが、返事はなかった。コーラはマシソン卿のもとへいそいそと戻り、家までの長い道のりを一緒に歩いてはくれなかった。マシソン卿は、家に帰ったピータースから、おまえをサンディフォード卿に売ると告げられるであろう、名も知らぬ娘の顔を思い描こうとした。すると、その顔が、二日前コーラと見間違えた女性の恐怖を浮かべた顔に変わった。

「ピータースが自分の娘をぼくに売ろうとしたのは、ぼくのせいじゃない」彼は靄《もや》のかかった暗い通りを歩きだしながら暗い声でつぶやいた。「ぼくがあそこに行ったのは、きみを見つけたかったからだ」

だが、コーラはいなかった。だからマシソン卿のコートのポケットを膨らませている金は、彼にとってはなんの意味もない、使い道もないものだった。

帰宅すると、マシソン卿は今夜の賭けで手に入れたもののなかから紙幣だけを取り出し、使用人の手に押しつけた。

「今夜は、ピータースという男を破産させた」彼は苦い声で言った。「この金を彼の娘に届けて、隠しておくように言うんだ。父親には絶対に渡すな。さもないと、ぼくが怒鳴りこむと伝えてくれ」

「かしこまりました」イフレイムはかすかに眉を上げたものの、何もきかずにすぐさま出ていった。

今夜まで、自分が金を巻きあげた相手を少しでも気の毒に思ったことは一度もなかった。記憶では、これまで三人の男を破産させている。

だが、ピータースの金は、一ペニーでも手元に置く気にはなれなかった。今夜、賭博場でカードのテーブルに座ったのは、コーラを見つけたかったからだ。ギャンブル狂の父親を持つ子供を、これ以上みじめな境遇に貶《おとし》めるためではない。

自分の部屋に入り、肩をすくめて上着を脱ぐと、ポケットの硬貨がこぼれて床に転がった。

「ぼく自身のために、この金が欲しいわけじゃないんだ」ベッドのそばの椅子に座り、ブーツを脱ぎはじめながら、彼はコーラに説明した。「ぼくが賭けで儲《もう》けた金など必要ないことは、きみも知っているはずだ。この数年、賢く投資してきたからね」

だが、その言葉はなぜか、ピータースを破滅させた罪悪感をいっそう深めただけだった。

「彼の娘はサンディフォード卿のものにはならない」マシソン卿はスカーフをはずし、それを床に落としながら、部屋の隅の影に向かって言った。「それで機嫌を直してくれるかい、コーラ？」

だが、答えはなかった。

絶望のうめきをもらし、彼は服を着たままベッドに倒れこんだ。そして片腕で目を覆った。コーラが戻ってこなければ、これからどうやって生きていけばいいのだろう？

誰かを破滅させても、儲けた金を気前よくくれてやっても、コーラがいて、それを見ていてくれなければ、なんの満足も得られない。

ああ、ぼくにはコーラが必要だ。

目を閉じて一分もたっていないと思われるとき、マシソン卿はノックの音で起こされた。

その音はしつこく続いている。

イフレイムはまだ外出から戻らないのだろう。彼はそう思いながら起きあがり、乱れた髪をかきあげた。こんな時間に、いったい誰だ？　おそらく昨夜ぼくに約束手形を書かされた男のひとりだろう。マシソン卿は裸足《はだし》のまま玄関ドアへと歩いていった。

だが、戸口に立っているのは、前非を悔いたギャンブラーではなく、カーズン通りで幻を見た朝に出会った汚い少年だった。

「グリット」マシソン卿はドアを大きく開けて怯えている少年をなかに入れた。「居間に来てくれ」

「メアリーだよ」少年はマシソン卿が居間のソファに身を沈めると、前置きなしに言った。

マシソン卿は、この少年が仕入れてきた情報をとくに知りたいとは思わなかった。だが、せっかく礼金欲しさにここを訪れるだけの勇気をかき集めたのだから、黙って聞いてやるべきだろう。

「だんなが追っかけてた赤毛の女性は、六年ばかり前に、ロンドンに出てきて見習いをはじめたんだ。それからずっとあの店で働いてる。正式に年季奉公の契約をしたわけじゃないけどね」

あの赤毛の女性がロンドンに現れた時期は、コーラが姿を消した時期とほぼ一致するが、毎年地方から何百人という娘たちがロンドンに働きに出てくることを考えると、この偶然はあてにならない。

「いまじゃ、誰よりも立派な腕を持つようになったらしいよ」グリットは居間をこわごわと見まわしている。「裕福なレディたちは、先を争ってメアリーに仕立ててもらいたがるそうだよ」

そういえば、コーラも縫い物が得意だった。だが、良家の娘には、縫い物や刺繍が上手な者が多い。それだけでは、なんの証拠にもならない。

少年は少しためらってから付け加えた。「彼女に会いたけりゃ、金曜日の夜、〈稲妻亭〉に行くはずだ。メアリーのいい男が、そこで一杯やるからね。用事のついでに彼に会いに行くのさ。七時ごろだよ」少年はそう結んで、期待をこめて手を差し出した。

「隣の部屋の床に硬貨が落ちている」マシソン卿は指し示した。「見つけただけ持っていくがいい」昨夜手に入れた硬貨のなかには、クラウン硬貨もいくつかあったはずだ。喜んでグリットにくれてやるとしよう。

少年が居間を出ていくと、マシソン卿はソファに座ったまま前かがみになり、両手で頭を抱えた。昨夜はすっかり自分を納得させ、カーズン通りで見た女性は、コーラではなかったという結論をくだした。酔っていたせいで、コーラの面影を重ねただけだと。

だが、グリットの報告を聞いて、もしやという思いが頭をもたげていた。

たとえば、グリットは彼女が赤毛だと言った。彼が追いかけた女性は、前つばが突き出ているボンネットで頭が隠れていた。それなのに、なぜ彼女が赤毛だと確信を持ったのだろう？

コーラが赤毛だったからだ。

それに、早朝の光が彼女の頬の丸みをかすめた瞬間、いつも自分がマントのようにまとっている寒々としたわびしさが消えたことはどう説明するんだ？まるで生きた体に閉じこめられた呪われた魂ではなく、本当に生きているように、鼓動が速くなったことは？

あの女性を正面から見すえ、彼女にほんの少し似ているだけで、コーラではないことを納得するまでは、心が休まりそうもない。


「心配いらないってば」モリーがなだめた。「あたしたちが話さないかぎり、あのけちん坊マダムにはわかりっこないよ」

カーズン通りでの一件以来、メアリーが怖がってひとりで出かけようとしないので、マダム・ピショットはモリーをお供につけることにしていた。

骨の折れる仕事から短いあいだだけでも逃れることができて、モリーはすっかりご機嫌になり、大胆にもこの外出を利用して、ジョー・ヒッギスと逢引《あいびき》することにしたのだ。ヒッギスはコンデュイット通りの角にある貸し馬車屋で働いている男だ。

モリーがせっかく手配したお楽しみの時間に、メアリーは文句をつけたくなかった。でも、顧客に品物をおさめたあと、コヴェント・ガーデンにある酒場へ寄り道するなんて。いったいどうすればマダムに知られずにすむのか、メアリーにはわからなかった。

「ありそうな話をでっちあげればいいだけよ」モリーはあっさり片づけた。「家政婦がキッチンでお茶を飲まないかと勧めてくれたとか、料金のことをレディにあれこれきかれたとか」

「でも、嘘《うそ》はつけないわ」メアリーは顔が赤くなるのを感じた。マダムにしらじらしい嘘をつくと考えただけで、心がかき乱される。

モリーは舌を鳴らし、ため息をついた。「だったら、話すのはあたしにまかしといて。あんたは口をつぐんでなさいよ。それくらいできるでしょ?」モリーはメアリーの腕をぎゅっとつかんだ。「言っとくけど、マダムに告げ口なんかしないでよ」

「もちろんしないわ」メアリーは心からそう言った。

マダム・ピショットの店で働きはじめたころ、メアリーは絶えず恐ろしい不安にさいなまれていた。ロンドンは驚くほど大勢の人々で混み合う迷路のような大都会で、神経に障るほど騒々しかった。そのうえ、ほかのお針子たちの話し方はまるで外国語のようで、何を言っているのかさっぱりわからなかった。だがモリーは、メアリーにもわかるように辛抱強く彼女の仕事を説明してくれた。メアリーを苛《いじ》めて喜ぶ娘たちの意地悪をやめさせてくれたこともあった。

「だいたい、ときどき一時間や二時間、休みをくれても罰はあたらないのにさ。そうすりゃ、こっそり抜け出す必要もないんだわ!」

「そうね。マダムには、どこにいたかについて、ひと言も話さないわ」メアリーは約束した。

でも、そもそも口で言う必要もないだろう。

ふたりがそばを通りすぎるときに、マダムがひと息吸いこみさえすれば、ばれてしまうにちがいない。メアリーはそう思いながら、ひどいにおいのする、暖かすぎる酒場を落ち着かない気持ちで見まわした。モリーと約束を交わしているジョーは、同じ馬車屋で働いている仲間と一緒に、ここでじっくり腰をすえて飲むのが好きなのだ。

モリーはすぐに、相棒とふたりでテーブルについているジョーを見つけた。彼がふたりの席を作らせると、だらしのない身なりの娘が汚れたテーブルに広口のカップをふたつ置いた。ジョーが娘に硬貨を投げる。

モリーがメアリーの脇をつついた。「ジンをおごってくれたのよ。お礼を言ってね。気前がいいじゃない」

モリーがにっこり笑いかけると、ジョーが目を輝かせた。彼はモリーににじり寄り、片腕を腰に回してぎゅっと抱きしめた。モリーが頬を染めて、うれしそうにくすくす笑う。メアリーなどまるで存在していないかのように、ジョーの目はモリーひとりに注がれていた。

メアリーはカップに手を伸ばし、そこに入っている飲み物を見つめ、かすかな吐き気を感じた。モリーはいったいジョー・ヒッギスのどこが好きなのかしら？　なで肩で、まるで猪《いのしし》のように太い首。爪は真っ黒だ。そんな男がなれなれしく体に触れてもる文句を言わないどころか、まるでそれを奨励しているようだ。

〝ジョーはあたしを笑わせてくれるの〟とモリーは言った。〝このみじめな世の中じゃ、あたしを笑わせてくれる男は貴重よ。すげなくなんかできないわ〟と。

モリーのために、そしてジョーの気持ちを傷つけないために、彼がおごってくれた飲み物に感謝しているふりをすべきかもしれない。メアリーはちらっと周囲を見て思った。それにジンを飲むのに専念しているふりをすれば、ひどく場違いな思いをしていることを、誰にも悟られずにすむ。

メアリーはためらいがちにジンをすすり、意外にもいいにおいと味がするのを知って驚いた。ちっともまずくない。彼女はしぶしぶながら認め、もうひと口飲んだ。

「モリーの友達だって?」隣の男が声をかけてきた。その男は、メアリーが腰をおろしたときからずっと彼女を見ていた。

〝わかりきったことをきかないで!〟メアリーはぴしゃりとそう言ってやりたいのをこらえた。わたしはモリーと一緒に来た。そしてモリーの隣に座っている。モリーの友達だってことは、どんなばかでもわかるでしょうに。

「フレッド、ちょっかいを出すのはやめてよ」モリーが突然言った。「ほかの連中もよ」彼女は同じテーブルに座っている男たちを見まわした。「少しばかりうすのろで、自分から話せないからって、彼女に話しかけたりしたら承知しないよ。指一本でも触れたら、あたしがただじゃおかないからね!」彼女はけんか腰で宣言した。

フレッドは降参だというように両手を上げた。

「愛想よくしてただけさ」

「だったら、やめてちょうだい」モリーは言い返した。「メアリーは男が嫌いなの。男には……」モリーは言葉を選ぶように口をつぐんだ。

メアリーはカップの中身を見つめていた。モリーが自分をかばってくれるのはうれしいけれど、いったい何を言うつもりなのかしら?

「神経質になるのよ」モリーは断言した。「行儀の悪い男にはね。だから、気をつけなさいよ」それで満足したらしく、モリーはジョーの膝にのり、さっきの続きをはじめた。

メアリーは空中に放り投げられ、表になるか裏になるかわからない硬貨のような気がした。自分の欠点を公言されて恥ずかしいのか、モリーが威勢よく守ってくれたことに感謝すべきなのか。もっとも、モリーが言ったことは嘘ではない。メアリーはフレッドに話しかけてもらいたくなかったし、彼に返事をしたくなかった。実際、コートのなかに隠れて、消えてしまいたかったほどだ。混乱した気持ちを隠すために、彼女はもっとジンを飲んだ。

ジンが喉を流れ落ちて胃のなかに入ると、ふたつの矛盾する気持ちが混ざり合うのを感じた。

モリーはたったいま、酒場の客にメアリーはうすのろだと告げたが、そんなことはない。たしかに、ロンドンに来たてのころは混乱していた。でも、あのころはまだ病みあがりだったのだ。マダム・ピショットの店で働きはじめてからも、何カ月も頭痛が消えなかったくらいだ。

その頭痛は睡眠不足のせいで、通りがあまりにも騒々しいからだった。ロンドンの通りは、夜も昼も、どんな時間でも人通りが絶えることがない。それから、人と同じベッドに寝る習慣がなかったせいだ。

ほかの人々が当然のようにわかっていることが、わたしにはまったく謎なのだ。なぜそんな確信があるのかわからないけれど……。メアリーは暗い気持ちでため息をついた。もしかすると、マダムとモリー、それにほかの娘たちの言うとおり、わたしはうすのろなのかもしれないわ。

答えの見つからない疑問に頭を悩ませても混乱するだけだ。メアリーは気をまぎらすためにジンを飲んだ。しばらくすると、いつも胸に巣くっている不安が溶けはじめた。わたしの頭のどこかがおかしいとしても、それがなんなの？　ちゃんと役に立つ技術があるんだし、おかげで立派な仕事にも就いている。友達もいるわ。

ジョーの友達は、外見はともかく、それほど悪い人たちではなさそうだ。顔を上げ、テーブルを見まわしながら、メアリーは思った。臭くて汚い酒場のなかでは、馬車の御者の連中ほどよい話し相手はいないかもしれない。そんな考えがふと浮かび、メアリーはしのび笑いをもらした。みんな神経質な動物を操る技術を身につけている人たちよ。それに、モリーの警告に従って、わたしにちょっかいを出そうとはしない。まあ、おおっぴらにはだけれど。それでも、さっきのように大きな声で話もしないし、大きな男性の体でわたしに近づいて怖がらせるようなこともせず、むしろ急に動かないように心がけている。

とても気を遣ってくれているんだわ。

ロンドンは、最初に思ったほどひどい場所ではないようだ。ジンのカップを抱えながらメアリーは思った。長いことかかったが、少しずつ慣れはじめている。路地や横道がわかるようになるにつれ、恐怖も薄れていく。

わたしはこの街でやっていけそうだわ。

そして、いつか……。

「どうしてあんなことをしたんだ、コーラ？」いきなり、鋭い声が降ってきて、彼女の物思いを破った。

メアリーが目を上げると、すぐそばに紳士が立っていた。バークレー広場を横切って追いかけてきた、あの男だ。同じ黒っぽい服に、険しい顔。怒りを含んだ声もまったく同じだ。

彼女は鋭く息を吸いこみ、なじみのないものに脅かされるたびに、いつもこみあげる不安が胸を満たすのを待った。

だが、不安は感じなかった。

メアリーは広口のカップをのぞきこんだ。ジンを好む女性が多いのは、このせいだろうか？　いつもと違って、何も怖くないわ。

それとも、この酒場にはジョーの友達が大勢いるから、不安を感じないの？

メアリーは頬ひげをはやした、がっしりした体つきの、ひどい格好をした護衛に囲まれていた。

だからメアリーは震えなかった。あとずさりもしなかった。ただそこに座って、落ち着いた顔で男を見上げた。

男の表情がいっそう険悪になった。

「きみには説明する義務があるぞ、コーラ」彼はかすれた声で言った。「どうして逃げ出したのかを」

コーラ？　ああ、そういうことね。わたしはこの人の恋人とよく似ているにちがいない。だから、あんなに怒った声で叫びながら、わたしを追ってきたのね。この人はコーラを待っていたにちがいない。それなのに、わたしが怖がって逃げ出したものだから、わけがわからず腹を立てたんだわ。

「人違いですわ」彼女は優しい声で言った。彼がひどく取り乱しているのを見て、これ以上悩ませたくなかったのだ。

だが、彼は平手打ちを食らったような顔をした。

人違いだって？　そんなばかなことがあるか！

コーラは言ってくれた。〝心から愛しているから、あなたと一緒なら、農作業の季節労働者が泊まる夏の小屋で暮らすはめになってもかまわない〟と。それなのに、ある日、誰も見ていないあいだに、こっそり逃げ出した。なんの断りも理由も言わずに。そしてこのロンドンで新しい生活をはじめた。しかも、ぼく自身の住まいから、一キロと離れていない場所で。そうとは知らず、これまで何度も通りですれちがっていたかもしれないのだ。

あまりにもひどい仕打ちに、激しい怒りが彼の胸にこみあげた。この七年、ぼくの全存在は嘘の上に築かれていたのか。ぼくは自分自身に嘘をついてきたのだ。

「きみは亡くなったはずだぞ」彼は歯ぎしりしながら叫んだ。

だが、彼女は明らかに生きている。すると、この年月、コーラの幽霊に取りつかれていたつもりでいたぼくは、まったくの愚か者だということになる。女性は亡くなったあとでも誠実でありうるなどと信じるほうが間違っていたのだ。彼女が亡くなった日から……いや、亡くなってはいなかった。ぼくを捨てただけだ。しかも、ぼくに人殺しの汚名を着せるような形で捨てた。とにかく、その日から、ぼくは生きる目的を失い、死んだも同然の人生を送ってきた。

何よりも腹立たしいのは、彼女をカーズン通りで見たあとも、ばかげたたわごとをまだ信じつづけたがったことだ。悪夢にうなされながらも何時間か眠り、酔いが覚めたあと、ぼくは自分の目で見た証拠を否定しようと決意した。ジンに酔ったせいで、無意識にコーラの面影を見知らぬ女性に重ねたのだと自分を納得させた。コーラの幽霊が身近にいるという常軌を逸した妄想を抱きつづけていたかったからだ。

グリットがぼくのような評判を持つ男に情報を売るほど非情でなければ、ぼくはいまここに立ってはいなかった。

ここに来たのは、この女性はまるでコーラに似ていないことを確認するためだ。まさか、コーラ自身と相対することになるとは思ってもいなかった。

少し年を取り、昔よりもやつれてはいるが、この女性は間違いなくコーラだ。

彼女の声は少し変わった。話し方もこのあたりに住み、働いている娘たちとほとんど区別がつかない。だが、間違いなくスコットランド出身であることを示す柔らかい訛《なま》りが残っている。

少しでも太陽の光にあたるとそばかすができる白い肌。大きな目が顔全体を占領しているような繊細な顔立ち。カップの持ち方も、顔をわずかに傾けて彼を見上げる姿勢も、まさしくコーラのものだ。だが緑色の瞳には、昔の詩人が愛をつづったソネットで賞賛したような熱いきらめきはなかった。その瞳は冷たく、無表情だった。

空っぽだ。

彼女の裏切りが、七年前と同じ激しさで、彼を打ちのめした。彼女が亡くなってはいなかったことを知っても、少しも慰めにはならない。彼女の仲間が御者の膝にのったあとに空いた席に沈みこむように座り、彼は鋭い痛みに息をのんだ。こんなひどい女だということに、なぜ昔は気づかなかったのだろう？　仲間のお針子とその恋人の密会を共謀したあとで、落ち着き払ってジンを飲んでいるコーラを彼は見つめた。雇い主の信頼を利用し、これっぽっちの良心の呵責《かしやく》も感じずに、仕事をさぼっている！　彼は冷ややかな笑みを浮かべた。この女は信頼できない。ぼくの心と指輪をつかみ、さっさと姿を消したことを思うと……。

指輪！　どうしてあれを忘れていたんだ？　あの指輪は代々ぼくの家に伝わってきたものだ。ほかの宝石はすべて父がギャンブルのために金に変えてしまったが、あれだけは母がどうにか守りとおした。あの指輪はきわめて高価なものだ。嘘つきの恥知らずな女の手に残しておくのはごめんだ。

彼は指輪を取り戻そうと、コーラの手をつかんだ。だが、その指には何もなかった。

「ぼくの指輪を売ったのか！」

どんなふうにやってのけたのだろう？　最初はそうするだけの資金がなかったが、金ができしだい、あれには賞金をかけたのに。指輪が見つかれば、コーラの行方までたどることができると思ったからだ。小さな真珠が真っ赤なルビーを囲んだアンティークの指輪は、きわめて珍しいもので、売り物に出れば、きっと耳に入ると思っていたのだが。

コーラはその点でも彼を出し抜いたらしい。彼女はあの指輪を売って、ロンドンへと逃げる資金にしたにちがいない。そもそも、わずかな賞金欲しさに、故買商が盗《ぬす》っ人《と》を警察に通報するはずがないではないか。彼は自分の考えの足りなさを嘲った。

「なぜだ、コーラ？」彼にはどうしても理解できなかった。「なぜ逃げたのか、せめてそれだけでも教えてくれないか？」

もしも心変わりして、ぼくと結婚したくなくなったのなら、なぜ率直に打ち明け、婚約を破棄して家に戻らなかったんだ？　さんざん手間をかけて、完全に姿を消す必要などまったくなかったのに。

メアリーはすっかり打ちひしがれている紳士のことが気の毒になった。彼の気持ちは痛いほどわかる。自分にも、ときどき何ひとつ理解できなくなることがあった。そんなとき、彼女は怖くなり、途方に暮れたものだ。

でも、誰かがほんの二言、三言、優しい言葉をかけてくれるか、にっこり微笑《ほほえ》んでくれると、気持ちが落ち着く手助けになった。そこでメアリーは温かい笑みを浮かべ、この紳士に同情していることを知らせながら、穏やかに説明した。「本当に人違いなのよ。わたしの名前はメアリーなの」

「よくもそこに座って、しらじらしい嘘がつけるな」彼は怒りにかられて叫んだ。「面と向かって！　きみは馬に乗って出たきり、ちらりとも振り返らなかった」

「馬？」メアリーは驚いて眉を上げた。わたしが馬に乗れると思っているとしたら、それこそ人違いの証拠だわ。ジョーがいくら安全だと保証してくれても、恐ろしくて、なでることさえできないのだもの。馬に触れると考えただけで、抑えられないパニックに襲われる。いまもそれが押し寄せてきたので、急いで抑えこんだ。でも、すでに心臓が狂ったように打ちはじめ、馬と革と濡《ぬ》れた葉のにおいが鼻孔を満たし、鉄のような血の味が……。

「そして、そのしり拭いをぼくにさせた。それなのに、自分のひどい行動を説明するだけの礼儀を示そうともしないのか？　ぼくを愛していると言っておきながら……」

彼が怒りにゆがんだ顔で突然メアリーの肩をつかみ、彼女の唇に自分の口を押しつけた。

メアリーはあまりに驚いて、とっさに彼を押しのけることができなかった。キスをしそうなそぶりなど、まったく見せなかったのに！

だが、彼女が息をのんでいるあいだに、酒場は上を下への大騒ぎになった。

吠《ほ》えるような声をあげて、フレッドがぱっと立ちあがり、メアリーの頭越しに、すっかり混乱した気の毒な紳士のひどく高価そうなコートの襟をつかみ、彼を引ったてさせた。

その突然の動きで、座っていたベンチがひっくり返った。メアリーは後ろにすっ飛んで、スカートがもつれた。ベンチが自分の下からなくなる前に、ジョーは稲妻のような反射神経を見せて飛びあがった。だが、モリーはメアリーのすぐ脇に転がった。

「早く、こっちよ！」モリーが叫んだ。ほんの数秒前まで静かに座って黒ビールを飲んでいたと思ったら、いまは取っ組み合っている三人の男たちから逃れようと、床に両手をついたメアリーの腕をつかんで引っ張る。

ふたりがドアに達するころには、酒場の客はひとり残らず、この殴り合いに参加していた。モリーに急《せ》かされながら肩越しに振り向くと、給仕をしていた娘のひとりが、眼鏡をかけた事務員をはがいじめにした石炭運びの頭に、手にしたトレーを振りおろすのが見えた。ジョーの仲間のひとりが、船乗りの制服を着た男にパンチを見舞おうとして、うっかりフレッドの顔に肘打ちを食らわす。黒い髪の紳士の姿は、争う男たちのなかに隠れていた。

「なんて夜かしら！」無事に通りに出ると、興奮に頬を染めたモリーが息を切らしながら言った。

「ジョーのことが心配じゃないの？」

酒場からは、テーブルや椅子が壊れる音、男たちが毒づき、わめく声が聞こえてくる。

「どうやら……」大きな音をたててガラスが割れ、モリーは口をつぐんだ。「彼はとっても楽しんでるみたい」モリーはメアリーの傾いたボンネットを直しながらくすくす笑った。「あれを見た？ ジョーったら、ものすごく速かったわね？」モリーは通りで踊るようにステップを踏みながら、仮想の敵にパンチを食らわした。

「何が起こったか、ほとんどわからなかったわ」メアリーはうなずいた。「あっという間の出来事だったもの。あの紳士がわたしにキスしたと思ったら、次の瞬間には……。まあ、どうしましょう」彼女は立ちどまり、後ろを振り向いた。「彼が痛めつけられていないといいけど」

「あら」モリーは初めて見るような顔でメアリーを見た。「あんたのことだから、すっかり動揺してると思ったのに、ジョーや彼の仲間があんたの伊達男《だて》を傷つけるのを心配してるなんて」

「そんなのじゃないわ！ ただ……気の毒なだけよ。あの人は、わたしのことを自分の知っていた女性だと思ったみたい。その人は、彼を愛していると言いながら、どこかへ行ってしまったらしいの。この前わたしを追ってきたのも、そのせいだったにちがいないわ。わたしはよほどその女性に似ているのね」メアリーは思い返した。酒場のランタンのぎらぎらした光のなかで、すぐ隣に座って顔を合わせたあとも、彼はわたしを自分の失われた恋人だと信じていたようだ。なんて悲しい話だろう。

モリーはメアリーの手を取って、急ぎ足になった。「だったら、あたしは正しいことをしたのね。その確信はなかったけど」そうつぶやいたあと、メアリーを横目でちらっと見ながら、少し大きな声で説明する。「いいこと、メアリー、あたしたちみたいな娘には、あまりたくさんの選択肢はないのよ」

「なんですって？　どういう意味？　いったい何をしたの？」

「あんたのためにしたのよ」モリーはそう答え、メアリーをさらに混乱させた。「いまはもう、あの人のことが怖くないんでしょ？」

「ええ」メアリーは恥ずかしそうに認めた。「この前はどうしてあんなに怖かったのか、自分でもわからないわ。きっと突然、陰から飛び出してきたせいね」

「ほらね。きっとうまくいくわ！」

「何がうまくいくの、モリー？」メアリーは息を弾ませながら尋ねた。「それに、こんなに速く歩く必要があるの？　誰も追いかけてこないわよ」

「あら、悪かったわ」モリーは歩調を緩めた。「あたしは、いつもあんたの世話をしてあげてる。そうでしょ？」

「ええ」

「いまも、そうしてるのよ。マシソン卿にあんたのことを調べてくれと頼まれたけど、どうしたらいいかとグリットが言ってきたとき、あたしはこう答えたの。マシソン卿が知りたがることをなんでも話してあげなさいってね。彼があんたにひどいことをするとは思わなかったからよ。いいこと、メアリー、ああいう紳士の欲求を満たす場所はたくさんあるの。でも、彼はそういう場所へ行ったことはないわ。あたしが知ってるかぎりではね」

「モリー、何を言っているの？　さっぱりわからないわ」

「ええ、そうでしょうね。いいこと」モリーは真剣な表情で言った。「あんたが病気になったら、あのマダム・ピショットがいつまで店に置いてくれると思う？　あのけちん坊マダムがいま我慢してるのは、あんたのビーズ刺繍が大流行してるからよ。でも、来年は違うものが流行《はや》る。さもなきゃ、あんたの目が悪くなるか……とにかく、何が起こるかわからない。そうなったら、あっという間にお払い箱よ！」

メアリーは首を振った。「マダムは危険をおかしてわたしを店に置き、仕事をくれたわ。これまでずっとよくしてくれたのよ」

「あたしは、あんたよりずっと長くあのマダムの下で働いてるのよ。いいこと、あのマダムはずる賢い蜘蛛《くも》女よ。あたしたちから命を吸いとって、抜け殻だけになると、ぽいと捨てちゃうの。マダムはあんたに給金を払おうともしないじゃないの。寝る場所と三度の食事、それだけで、朝から晩まであんたをこき使ってる。自分はあんたの器用な指が作るドレスでひと財産作ってるってのに。あんたが刺繍したドレスに、ウォルトン伯爵がいくら払ったと思うの？　そのうち一ペニーでもあんたの懐に入ったかしら？　いいえ！　それもこれも、あんたが自分のために主張できないからよ。だから、あたしが代わりにしてあげるの。あんたは本物の貴族の目に留まったのよ、メアリー。しかも彼は、この街でも指折りの資産家ときてる」

「でも、それはわたしが彼の知っていた女性と似ているからよ」

「あんたを欲しがってるわけは、どうでもいいの。重要なのは、彼があんたを欲しがってるってこと。彼のような紳士は、場合によってはとても寛大になれるのよ。そしてあんたが彼の欲しがっているものをあげればね。あんたに飽きても、ぽいと捨てたりなんか絶対にしない。プライドってものがあるから、ね。愛人には、ちゃんと快適に暮らせるだけのものをくれるわ」

「愛人？」メアリーは仰天してつぶやいた。

「そうよ。見てなさい、もうすぐ何か言ってくるから。そしたら、断っちゃだめ！　わかった？　うまくやれば、あんたの出世につながるんだから」

「出世ですって？」メアリーは驚いて叫んだ。「わたしの破滅だわ！」

「やめてよ、メアリー。これ以上ふざけたことを言わないで。彼のことは嫌いじゃないんでしょ？」

「たしかに、気の毒だとは思うけど……」

「それでいいのよ。気の毒な男に多少の慰めを与えてあげても、害はないわ」

害はないですって？　とんでもなく大きな害になるわ！　だが、それをモリーにどうやって説明すればいいのか、メアリーにはわからなかった。男の愛人になることが〝出世〟だとは、わたしにはとても思えない。たしかにモリーの言うように、愛人になれば、お針子にはとうてい望めない、少なくともマダム・ピショットの下で働いていたら百年かかっても望めない、経済的な安定が得られるかもしれない。でも、愛人になるだなんて。そんな自分を貶めるようなことはできないわ！

とはいえ、モリーにわかってもらえるように、その気持ちを説明するのは、ほとんど不可能だ。モリーはわたしのためらいを、うすのろの証拠だとしか思わないだろう。

メアリーはモリーの善意のお節介に肩をすぼめた。そして、ロンドンにいる誰よりも孤独で、誤解された娘になったような気持ちで、コンデュイット通りにある店へと戻っていった。

3

メアリーは崖っ縁に立っていた。暗くて見えないが、はるか下で岸を打つ波の音が聞こえてくる。少しでも間違った方向に動けば、崖を転がり落ちて死ぬはめになるかもしれない。

心臓がどくどく打ち、脚が震えた。そしてそうなると思ったとおりに、足の下で土が崩れ、声にならない悲鳴をあげながら、彼女は落ちていった……。

そして、どさりと音をたてて小さなボートの上に落ちた。が、けがはしなかった。黒髪の紳士がそこにいて、彼女をつかまえ、強い腕で抱きとめてくれたからだ。

彼とボートにいるいまは、もうあたりは暗くなかった。太陽が燦々《さんさん》と照りつけ、彼女は彼の腕のなかに横たわっていた。雲ひとつない青空がどこまでも広がり、かもめが鳴く声が聞こえる。煙突の林立する屋根にさえぎられ、ロンドンでは決して見られない大空。

彼女がため息をついて温かい腕に身をゆだねると、彼が見下ろしてにっこり笑った。

「きみがキスを欲しがっているのはわかってる」彼はそう言うと、頭をさげ……。

毛布を脚のまわりにからませ、メアリーはびくっとして目を覚ました。夢のなかの穏やかな静けさが、燃えるような恥ずかしさに取って代わる。いったいどうしてあの男の人にキスをする夢なんか見たの？彼の愛人になれというモリーの勧めを、真剣に考えているわけではないのに。

それとも、考えているの？

自分にうんざりして、メアリーは寝間着をモリーの脚の下から引っ張り出し、モリーとキティと三人で使っているベッドを出た。キティも店の上に住みこみで働いているお針子のひとりだ。

メアリーはショールで肩を包み、裸足《はだし》のまま仕事場へと上がった。太陽はまだのぼっていないから、日が落ちても働く必要があるときのために、マダム・ピショットが用意しておいたランプを灯《とも》し、刺《し》繍《しゅう》枠の前にある自分の椅子に腰をおろした。

仕事をはじめ、夢に乱された気持ちを落ち着かせよう。そう思ったのだが、黒い髪の紳士は頑固に頭のなかに居座っていた。

メアリーが目覚めたのは、ふたりの唇が触れ合う直前だったにもかかわらず、それがどんな感触かはもうわかっていた。夢のなかで彼がするはずのキスは、酒場で浴びせたような怒りのキスではなかった。彼女が望むとおりの、甘く、優しい……。

やめて！　わたしは彼のキスなど欲しくないわ。そんなふしだらな娘とは違う。でも、彼はとても悲しそうだった。抱きしめて……キスで慰めてあげたくなるくらい。何よ、それじゃ、売春婦と同じじゃないの。

急に豹変《ひょうへん》した自分が、メアリーには理解できなかった。昨夜までは男の人が怖くて、嫌悪しか感じなかったのに。ほかの仲間がうれしがるような申し出を受けたいと思ったことは一度もなかった。

それなのに、彼が手をつかんだときに、どうして振り払いたいと思わなかったの？　彼の胸に引き寄せられ、キスされたときに、これっぽっちも抵抗しなかったの？

あのとき陥りかけていたパニックから気をそらしてくれるものなら、なんでも喜んで受け入れたと弁解することはできる。たしかに、抱きしめられたあとは、馬のことなど頭から吹き飛んだ。

彼が五感のすべてを占領した。頬にかかる温かい息、強い意志を秘めた手。でも、その手は固い胸に彼女を押しつけたときも、肩にあざをつけたりはしなかった。鼻孔が、高価な麻と上等な石鹸《せっけん》、そして清潔な男性のにおいに満たされて……。

メアリーはショックを受け、鋭く息をのんだ。ほらまた、怖がらなくてはいけない経験を思い出して楽しんでいる。メアリーは無理やり自分に認めさせた。なぜわたしを抱いた彼の腕があんなになつかしい気がしたの？　うなじのすぐ上に鈍い痛みを感じ、メアリーは片手でもんだ。ばかげているわ。会ったこともない人なのに。

でも、たった一度のキスで、わたしの警戒をすっかりほどいてしまった。

メアリーはため息をついた。一度キスされただけで、頭から追い出せないなんて。

あの人に二度と会わずにすめばいいけど。ほてる頬をてのひらで押し、メアリーは思った。

モリーの言葉どおり、彼がけがらわしい申し出をしてきたら、自分がなんと答えるか自信がなかった。もちろん、どう答えるべきかはわかっている。でも、断りとおせるだろうか？　もしもあの人が話しかけてきて、またキスしたら？　今度は夢の続きのように、優しく説得するように唇を重ねてきたら？　自分の信念をしっかりと貫ける？

罪深くも甘い一瞬、フレッドが救出の手を伸ばすまでは、わたしはほかのどこよりもあの腕のなかにいたいと思った。

長いことひとりぼっちだと感じてきたあとで、あの人に説明のつかないつながりを感じた。

そんな男性は初めて。でも、ただそれだけの理由で一緒にいようという誘惑をはねつけられないほど、わたしは弱くないわ。

どうりで、たくさんの女性が、まっとうな苦難の道を捨てて悪徳の人生を歩みだすわけね。メアリーはそう思ってため息をついた。見ず知らずの男性と一度だけ、ほんの数分過ごしただけで、こんな気持ちになるとしたら……。

メアリーは体を震わせた。もしかすると、彼が暗がりから突然出てきたとき、できるだけ早く、二度と見つからないほど遠くに逃げ出したいと感じた最初の反応は、正しいものだったのかもしれない。あの人は、わたしにとってとても危険な人だわ。

「まあ、いったい何をしてるの？」

驚いて目を上げると、マダム・ピショットが不機嫌に口を引き結び、のしかかるように立っていた。いつのまに入ってきたの？　ちっとも気づかなかったわ。だが、いつものことだ。メアリーはふだんから、仕事に夢中になると周囲のことにはまったく気づかず、時のたつのも忘れてしまうことが多かった。

ところが今朝のメアリーは、何もせずにぼうっと宙を見つめていた。

マダムが不機嫌な顔をするのも無理はない。メアリーはカーズン通りまでのお使いからパニックにかられて戻って以来、それまでと違って仕事に集中できなくなった。夜は黒髪の男の夢にうなされ、昼間もともすれば彼のことを考えている。仕事に集中するには、意志の力が必要だった。この店に来て初めて、受け持ちの仕事が遅れていることを思い出し、彼女は恥ずかしくてうなだれた。

マダムは器用な指でメアリーのあごをつかみ、彼女の顔を無理やり上げさせると、怒りながらつぶやいた。「うっとりした目だこと。モリーがゆうべどこへ連れていったのか知らないけど、あんたはそんな目で戻ってきたわ」

メアリーが後ろめたさに顔をそむけようとすると、マダムの指に力がこもった。思ったとおり、マダムはモリーの言い訳を嘘《うそ》だと見抜いていたんだわ。マダムが何も言わずに部屋に上がらせてくれたから、モリーはまんまと言い抜けられたと思ったようだけれど。メアリーは背筋が冷たくなった。

「紳士階級が夏の別荘に行ってしまったら、あの娘はくびにするわ」マダム・ピショットはまっすぐメアリーを見て、頭に浮かんだことをそのまま口にした。

マダムは最初の日からずっと、メアリーを頭のねじが緩んだ娘のように扱った。マダムがこういう態度をとるわけも、メアリーにはわかっていた。ロンドンに着いた日、メアリーはひどい状態だったのだ。旅の疲れでぐったりしていたばかりか、店に落ち着くまでは、ほんのちょっとしたことでも激しいパニックを起こした。そのせいで、ほとんど仕事ができなかった。ほかのお針子たちは、メアリーにはどこから来たのかと尋ねてはいけないことをまもなく学んだ。それを説明しようとすると、メアリーは頭のなかにある真っ暗な闇のような場所を探らねばならない。そのたびに彼女は恐ろしいほどの喪失感と息もつけないほどの激しい痛みを覚え、自分がその痛みのなかにのみこまれてしまうような気がしたのだ。

まもなく仲間のお針子たちはメアリーにきくのをやめた。おかげで彼女は暗闇と苦痛に満ちた頭のなかを探らずにすむようになり、不安定ではあるものの、自分自身と折り合いをつけることができた。そしてほとんどの場合、平静に過ごせるようになった。

マダムは落ち着いたときのメアリーが、たんにドレスを縫うよりも、はるかに多くの仕事ができることに気づいた。実際、針を持たせたらほかの誰よりも高度な技術を持っていることがわかると、メアリーを愛犬のように扱いはじめた。驚くべき技ができるから甘やかす価値があるが、一人前の大人ではないかのように。

「指を一本動かせば、あの程度のお針子は簡単に手に入るわ」マダム・ピショットは冷たい声で続けた。「縫い物ができる娘は、こういう店で働きたがっていますからね。ええ、そうですとも、自分の働きに見合う給金を払ってくれる店でね」

ほとんどの娘たちはそうだ。でも、メアリーは違っていた。マダムはメアリーをロンドンに送ってきた友人の頼みで、面倒を見る約束をしただけだ。モリーが言ったように、メアリーは寝る場所と食べるものには困らない。着るものは仕事のない冬のあいだに自分で作る。マダムは頑丈なブーツを買い、魅力的なボンネットと暖かい手袋もそろえてくれた。雇っている娘たちが教会へ行くときに、きちんとした格好をさせたいからだ。

だが、メアリーは給金をもらったことなどなかった。

「あんたに外の用事を頼むのは、医者が体にいいという散歩のためでもあったのよ。あんたはほかの娘たちとは違って、ちゃんと道理をわきまえていると思ったからですよ。あんなに男を怖がっているから、使用人たちといちゃついたり、ボンド・ストリートの高級店の前をふらふらして、伊達《だて》男の目を引こうとして、わたしの時間をつぶすとは思わなかったのよ。ところがどう？　ジンのにおいをぷんぷんさせて、とろんとした目で戻ってきたわ！」

マダムは触るのもけがらわしいと言わんばかりに、メアリーのあごを放した。

「あんたはサテン地とビーズの皿が手元にあれば、幸せだと思っていたのに。この店に長くいればいるほど、落ち着いてくるように見えたわ。ここで働くのは楽しい？」

メアリーはその問いに含まれた脅しを聞きとり、体が冷たくなった。マダムに追い出されたら、わたしはどうなるの？　この店の仕事場の外には、家族も友人もいない。わたしにはモリーたちのようなたくましさもない。

メアリーは恐怖にかられてマダム・ピショットを見つめた。いまのマダムは、精神的に不安定なわたしの欠点を我慢してくれる、忍耐強い寛大な雇い主には見えなかった。むしろ、固い決意だけでこの商売のトップにのしあがった、やり手の打算的な女性に見える。ほんの少し突き出た目と、きちんと編んで巻きつけた細くて黒い髪。それに、さっきわたしのあごを、まるでペンチでつかむように押さえていた細い指。モリーがマダムを蜘蛛《くも》にたとえたわけがわかるような気がする。自分の巣にひっかかった蠅《はえ》を、蜘蛛はあんなふうにつかむのかもしれない。わたしのようにうすのろではないモリーやほかの娘たちは、マダムのこういう面を最初から見抜いていたのだ。

自分の立場がどれほど危ういか、ようやくメアリーにもわかりはじめた。「二度と酒場には行きません。とくに気に入ったわけでもないんです」

マダム・ピショットは少しのあいだメアリーをにらみつけていたが、どうやら気持ちが決まったようだった。「嘘をついた以上、これまでのように甘やかすことはもうできないわ」冷たく言いすてた。「毎日、外に出すなんて贅沢《ぜいたく》は、ほかの娘には誰ひとり許していないんだから」

でも、ほかの娘は、誰ひとりわたしほど一生懸命に働いていないわ。とっさに浮かんだ反抗的な思いに、メアリーは自分でも驚いた。ほかの娘は寝食も忘れて自分の仕事に夢中になることはない。おしゃべりをしたり、伸びをしたり、しょっちゅう立っては窓辺へ行くか、階下の店を訪れた貴族をのぞきに行ったりする。メアリーはそのあいだもうつむいて、疲れ果てて手が動かなくなるか、目がしょぼついてくるまで休みなく働く。それからようやく仕事場を離れ、ベッドに倒れこんで夢も見ずに眠るのだ。

「誰とも密会などしないことがはっきりするまで、店を離れる許可は出せないわ。ゆうべ誰に会ったにせよ、ぼんやり座って、その男のことを考えるのはもうやめてちょうだいよ。男は女に嘆きの種しかもたらさないの。その男のことは忘れなさい。わかったわね？」

「はい、マダム」メアリーは心からほっとした。どうやら当分はくびにはならず、ここを追い出されずにすみそうだ。それに外に出なければ、不安になるほどの誘惑をもたらす黒髪の紳士にでくわす心配もない。マダムの機嫌が直るころには、彼への熱も冷めるはず。階下の店を訪れるわがままな娘や称号のあるレディを見るかぎり、あの階級の人々はこれっぽっちの忍耐も持ち合わせていないのだもの。彼らは自分たちの気まぐれがすぐさま満たされなければ、機嫌を悪くする。あの紳士もたしか貴族よ。モリーは〝卿《きょう》〟という称号をつけて呼んでいた。ハリソン卿だかなんだか、そんな名前だった。たかがお針子に、貴族ともあろう人がいつまでもこだわるとは思えない。次に外に出るころには、昔の恋人に似たべつの娘を見つけ、わたしのことなどきれいに忘れているはずだ。

「ちゃんと着替えてらっしゃい」マダムは鋭く命じた。「朝食は抜きよ。今日はもう、十分わたしの時間を無駄にしてくれたんだから」

メアリーには相応《ふさわ》しい罰だった。お腹《なか》が鳴るたびに、自分が見知らぬ男の乱暴なキスに、危うく誘惑されかかったことを思い出すにちがいない。

「ありがとうございます、マダム」メアリーはこの件がすっかり終わったことに感謝し、後ろめたい気持ちも、同じようにすんなり消えてくれることを願った。そもそも、こちらが彼の気を引いたわけではない。彼が招かれもしないのに勝手に入りこんで、人の頭のなかに住みついてしまったのよ。

ひそかにしのび寄り、せっかく手にした静かな毎日を脅かす影を締め出すように、頭のなかで彼に背を向けてしまえばいい。

それこそ、メアリーが願っていることだ。穏やかな気持ちで過ごすために。

イフレイムが急速に黒ずんでいく目のまわりに新しい生肉をあてると、マシソン卿はたじろいだ。指の関節もすりむけていたし、深く息を吸いこむと胸が痛む。だが、誰かを――それも数人の誰かを思いきり殴ったときの爽快な気分を久しぶりに味わい、彼はしごく上機嫌だった。どうやら、七年のあいだせきとめてきた悲しみと怒りと絶望が、昨夜は一度に爆発したようだ。

しかし、周囲の男たちのパンチを受けながら、自分でも手あたりしだいに殴り返したことが、一時的な解放感を与えてくれたとはいえ、足を引きずり、家にたどり着くころには、彼の心はあの赤毛の女性のことですっかり混乱していた。

あれは間違いなくコーラだ。そう思うそばから、彼のすべてが異を唱えていた。

あれがコーラだとすれば、この七年間にいったい何が起こっていたのか？　彼女の影がカードテーブルにもたらした途方もないつきは、決してたんなる想像ではない。

ただ……。マシソン卿はイフレイムが血のついたシャツを床から拾いあげるあいだ、目にあてた生肉を押さえながら身を乗り出した。競馬場の勝ちは、ひょっとしてまぐれあたりで、ときどきギャンブラーが恵まれるつきだったのかもしれない。当時の彼はまだ二十歳そこそこで、悲しみのあまり頭がどうかなりそうだった。しかも、いちばん支えが必要なときに、親にも友にもにべもなく拒絶されたのだ。

それでもひとりだけはまだ自分に背を向けない者が

いるという思いに、しがみついていただけなのか？

それに、そのあとの成功は、コーラがもたらしたつきというより、完全にしらふでなければ賭けはせず、引き際を心得ていたおかげなのか？

マシソン卿はぱっと立ちあがり、テーブルの皿に厚切りの牛肉を落とすと、片手を振ってイフレイムをさがらせた。

「怒らないでくれ」彼は恐怖にかられて懇願した。「ぼくはコーラの幽霊が腹を立てたりしたら困る。ぼくはきみを信じているよ。本当だ」

あの赤毛の女性がコーラであるはずがない。そうとも、あの女性はぼくが誰なのか、なんの話をしているのか、まるでわからぬ様子だった。

マシソン卿は髪をかきむしりながら、部屋を歩きまわった。コーラがぼくを忘れることなどありえない。ぼくがコーラだと間違えた女性は、酒場の客に囲まれ、すっかりくつろいでいた。コーラは内気な娘で、強い酒を飲むのは嫌いだった。そのすべてが変わったとは思えない。

それにコーラにはロンドンに逃げてくる理由はまったくないのだ。何もかも、まるで意味が通らない。

彼は何分か部屋を歩きまわり、コーラが恋人と駆け落ちしたか、私生児を身ごもり実の兄にすら打ち明けられなかった可能性を想像して、さんざん自分を苛《いじ》めた。そして体が冷たくなるのを感じた。

ロビーは恐ろしい癇癪《かんしゃく》の持ち主だ。真実を話せば兄が何をするかわかったものではないから、コーラは怖かったのかもしれない。だとしても、せめてぼくには打ち明けてくれてもよさそうなものだ。

マシソン卿は洗面台にかがみこんで、水差しの冷たい水を頭からかけた。そしてグリットからの報告には、子供のことなどひとつも含まれていなかったことを思い出し、深い安堵《あんど》を感じた。

もちろんだ。コーラが愛人を作ったり、妊娠したりするわけがない。ぼくを愛していたのだから。

あの赤毛の女性はコーラではない。それが結論だ。

だが、もしもコーラだとしたら？　頭の隅で小さな声がしつこく食いさがった。

「くそ！」彼はうなるように叫び、タオルに手を伸ばして、それに顔をうずめた。酒場で会った女性がコーラだとしたら、苦しみを耐えしのんできたぼくに説明する義務がある。もしもコーラではないとしたら……。彼は濡《ぬ》れたタオルを床に放り投げた。

だとしても、ぼくはコーラとの誓いを破ったわけではない。あの女性にキスしたときには、彼女のことをコーラだと思いこんでいたのだ。

とにかく、彼女がコーラではないことを、疑問の余地なく証明することが先決だ。

それにはあの酒場に行き、彼女が一緒にいた人々から情報を引き出すのがいちばんだろう。

もちろん、率直に尋ねるような愚かな真似《まね》をするつもりはない。

マシソン卿は何日か待って心を落ち着かせると、例の酒場に足を運んだ。コーラが一緒にジンを飲んでいた屑《くず》野郎……いや、違う。彼女が一緒にいたのは、少なくともまっとうに働いている男たちだった。〈稲妻亭〉の戸口から店のなかを見まわすと、赤毛の女性を見つけた夜、一緒にいた男が目に留まった。彼女を見つけて抱きしめ、キスした夜……。

低い声で毒づきながら、マシソン卿は先日と同じテーブルに行き着くと、そのそばにたたずみ、彼に気づいた男たちがひとりずつ口をつぐむのを黙って待った。

コーラの隣に座っていた男――彼女を守ろうとした男が、のろのろと立ちあがった。

「金曜日で懲りたと思ったがな。あんたはここに来る権利はないぞ」男はうなるように言った。

テーブルについているほかの男たちも、うなずきながらマシソン卿をにらみつけた。

ロンドンでもどこの街でも、ぼくにはあらゆる酒場に足を踏み入れる権利があると言い返す代わりに、マシソン卿は穏やかな表情を保ったまま答えた。

「店の主人に、壊れたものの代金を払いに来たんだ。それに、きみたちの縄張りをおかしたことに謝罪したくてね」コーラを守ろうとした男をまっすぐに見て言う。「彼女が亡くなった婚約者にそっくりだったものだから……」その先は言葉を濁し、かすかに肩をすくめる。「信じてもらいたいが、きみの奥さんを侮辱する気はまったくなかった」

あの赤毛の女性とここにいる男たちの関係は見当もつかない。だが、全員がひとつになってぼくから彼女を守ろうとしたのは、この目で見ている。だから、彼女についてもっと知りたければ、ここからはじめるのが手っ取り早いと判断したのだ。

「メアリーはおれの嫁じゃない」フレッドが赤くなって抗議し、ほかのふたりがからかうように笑った。

「だが、あんたが彼女の腕をあんなふうにつかむのを、黙って見てるわけにいかなかったんだ。ああ、あんたが大公殿下でも同じこった！」

「浅ましい真似だったからな」男たちのひとりが言った。「頭がぼんやりした女性に、あんなふうにつけこむのは」

「メアリーの唇を奪うところを見つけたのが、フレッドでよかったぞ」べつの男が言った。「あんたが店に入ってくる五分前に、モリーがすごい剣幕でおれたちを脅したばかりだったんだ」

男たちは考えこむように口をつぐみ、それから全員が噴き出した。

「モリーが見つけていたら、あんたは手足を引き裂かれていただろうよ」コーラの女友達を抱いていた男が、笑いすぎて出た涙を拭いながら言った。「あの右フックを彼女にお見舞いするわけにはいかないしな！」

その場の空気が和らいだところで、マシソン卿は椅子に座り、給仕に向かって指を鳴らした。そして男たち全員に一杯おごる注文をすませた。

すると、フレッドがマシソン卿の肩をつかんで言った。「あんたがいなくても、誰かが殴り合いをはじめただろうよ。金曜日の夜は、ほとんど毎週けんかがおっぱじまるんだ」

「ふだんは女が口火を切る」テーブルの端にいる男が苦い声で言った。

その男のパンチが自分の肋骨《ろっこつ》に相当なダメージを残したのを、マシソン卿は思い出した。

マシソン卿がそのことを言うと、男はしかめ面をほころばせた。「紳士にしちゃ、あんたのパンチも悪くないぜ。ジェントルマン・ジャクソンと練習でもしてるのかね？」

有名なボクサーであるジャクソンのジムで学べるパンチの打ち方と、さほど健全でない環境で身につけた技を比べて、しばらく会話が続いた。

給仕の娘が来て酒を配るあいだ、和やかな沈黙が訪れた。そのあと男たちの全員が逃げた恋人に罰を与えるマシソン卿の権利に乾杯すると、彼は話題を変えて、探りを入れはじめた。

「あれはどういう意味だい？　さっききみが……メアリーのことを」彼はコーラと呼びたいところを、自分に鞭《むち》打ち、その名前を口にした。「〝頭がぼんやりした女性〟と言ったのは？」

彼らは自分たちがメアリーを守ったのはそのためだと何度か口にしていた。

「そのとおりの意味さ」ジョーという名前の男が答えた。

彼のあごがまだ少し腫れているのを見てとり、マシソン卿は少なからぬ満足を感じた。

「彼女はぼんやりしてるんだ。仕事場じゃ、おれのモリーが何かと面倒を見てやってるが……」ジョーは大ジョッキをつかみ、ごくごくと酒を飲んだ。

「それに男が好きじゃないんだ」フレッドが同情をこめて付け足す。「あんたにゃ悪いがね、だんな。メアリーは知らない男の前じゃ、慣らされてない雌の子馬みたいに神経質になる。ああいう気の毒な娘を怖がらせちゃ、かわいそうだと思ったのさ」

「おれのモリーは」ジョーは大ジョッキを置いて言った。「ロンドンに来る前に、おそらくどこかの男にひどい目に遭わされたんだろうと言ってる」

ほかの男たちもそれに同意した。

「といっても、メアリー自身がそう言ったわけじゃない。ロンドンに来る前のことは、ほとんど覚えていないそうだ。街に来たばかりのころは、いまよりはるかにひどかったらしい。頭痛やら発作やらに悩まされてな」

マシソン卿は体が冷たくなるのを感じた。あの娘がロンドンに来たのはおよそ六年前で、しかもロンドンに来る以前の記憶がないだと？　緑色の目がうつろなのは、そのせいだろうか。

「いつだって、医者が診に来て……」

「ほかの娘のためにも、時には医者を呼ぶべきだと思うな。具合が悪くなったとたんに解雇する代わりに」マシソン卿のあばらへの一発を決めた、しかめ面の男が言った。

マシソン卿は大ジョッキの酒をあおりながら、男たちがけちん坊マダムと呼ぶ、険しい顔の老婦人の下で働いている娘たちの運命について話す言葉に耳を傾けた。長時間縫い物をさせられるせいで、まず目がだめになり、それから肺を病み、じわじわと体力を奪われていくという。

「それもこれも、貴族の連中がシルクのドレスで踊り明かすためだ」フレッドがうんざりしたようにつぶやいた。「そいつらは、自分たちが着るドレスを作ってる娘たちが、まるで奴隷みたいにこき使われることなんか、これっぽっちも考えてやしない」

「モリーが働いている店の魔女みたいなあの老いぼれ女は、とくにひどい」ジョーがぼそりと言った。「あんなにこき使うことはないのに」

あの赤毛の女性がコーラだとすれば、ぼくに与えた残酷な仕打ちの罰は受けているようだ。マシソン卿は彼女に対する怒りが消えるのを感じた。コーラはぼくをひどい目に遭わせたかもしれないが、彼女も塗炭のような苦しみを与えられている。その証拠に、金曜日の夜に見た彼女は、昔から華奢《きゃしゃ》だった体がいっそう細くなっていた。まるで、もうひとつ不運な目に遭えば、粉々に砕けて、風に飛び散ってしまいそうだった。あのうつろな瞳……。

マシソン卿の顔に浮かんだ憂いを誤解したと見えて、フレッドが言った。「そう考えこむことはないさ。あんたがキスしたとき、メアリーはそれほどいやそうじゃなかったぞ」

「ジンのせいかもしれんがな」ジョーが指摘した。

コーラはそこまで堕《お》ちてしまったのか？　労働階級の女性たちによくあるように、悲しみをジンでまぎらせずにはいられないほどに。

いや、違う。マシソン卿は大ジョッキをどすんとテーブルに置いた。コーラの目はうつろだったが、どんよりしてはいなかった。それにぼくがカーズン通りであとを追いかけた朝は、酔ってなどいなかった。アルコールで頭が朦朧《もうろう》としていたら、あんなに速く走ることも、たくみに人々を避けていくこともできなかったはずだ。

あのうつろな目には、ほかの理由がある。ここにいる男たちは、ひとり残らずコーラの頭のどこかがおかしいと確信している。彼女はロンドンに来る前に男に襲われ、頭を打ったにちがいない。そのせいで男を恐れるようになったのだ。

コーラの失踪に関して、マシソン卿が知っている事実はごくわずかしかなかった。彼女はあの日の午後ひとりで馬に乗って館を出て、それきり戻らなかった。すっかり怯《おび》え、汗をかいて館に戻ってきた馬は、腹部が泥と葉っぱだらけだった。それを見た全員が、コーラは事故に遭ったと考えた。だが、何日も必死に捜したあとも、その形跡さえ見つからないのは、マシソン卿のせいだとロビーがなじったのだ。そのあとは、金をかき集めて捜索の範囲を広げる代わりに、お互いの存在を心から締め出してしまった。

コーラは誰かに襲われ、金品を奪われたのではないか？　マシソン卿はよくそう思ったものだった。だが、強盗なら犯行の現場にコーラを残していくはずではないか。それに、コーラがロンドンに姿を現した説明がつかない。

マシソン卿は少しばかり気分が悪くなりはじめた。

もしもあの赤毛の女性がコーラだとしたら、彼女はぼくの領地から姿を消し、記憶をなくすようなひどい目に遭ったあと、ほどなくロンドンに姿を現したことになる。誰かが彼女を連れ去り、残酷に利用したあげく、捨てたのかもしれない。

そう思うと、コーラには悪いが、彼はかすかな喜びを感じた。

恐ろしいことだが、もしそうなら、彼女は自分の意思でぼくのもとを去ったのではないことになる。

彼女は自分の意思に反して、連れ去られたのだ。

コーラが消えたあと、彼を支えていたのは、彼女は決して自分を捨てたりはしないという確信だった。

そしていま、あの女性がコーラだとすれば……。

マシソン卿は深く息を吸いこみ、自分でもよくわからない強い感情に目を閉じた。

自分に何かを感じることを許したのは、ずいぶん久しぶりのことだ。この七年間は、厳しい自制心だけを頼りに、正常に近い行動を保ってきた。だが、酔っ払い、自分の運命に腹を立てるのは、冬の霜で凍った地面をくわで耕そうとするようなものだったと見え、さまざまな感情が心に築いた壁の亀裂からもれはじめていた。

もっと前に酔っ払い、コーラを失ったことを嘆いて、彼女を忘れるべきだったのかもしれない。

マシソン卿は新たな決意に歯を食いしばった。ぼくはまだコーラを忘れる用意はできていない。

気の毒なあの女性がコーラだという可能性がほんのわずかでもあるとしたら、この苦境から救い出し、もとの健康な女性に戻れるよう、できるかぎりのことをしなくてはならない。

そのためには、体だけでなく、頭の病を扱った経験のある名医を見つける必要がある。

立ちあがろうと腰を浮かしたとき、マシソン卿は自分の計画の欠陥に気づいた。どうすればその医者のところに、彼女を行かせることができるのか？ぼくはもう彼女にはなんの影響力も持っていない。彼女にとっては、見知らぬ男だ。

責任感のある雇い主が、使用人をそんな男と一緒に外出させてくれるはずがない。彼女が男を恐れているとすればなおさらだ。

それに、いまとなっては、彼女の信頼を勝ち得るチャンスはほとんどない。働いている店まで彼女を追いかけ、酒場でわめきちらし、いきなりキスしたことを考えると、ぼくが近づけば彼女を怖がらせるだけだろう。ぼくがいまの状況から彼女を救出すると知らせれば、逃げ出してしまうかもしれない。

マシソン卿は難しい顔でベンチに座っていた。コーラを見つけるのに七年もかかったのだ。ひどく怖がらせて、このあとさらに何年も彼女を捜してまわるはめになるのはごめんだ。

ぼくに手を貸し、コーラをぼくの庇護《ひご》のもとに置いてくれと、雇い主を説得できる人間はひとりしかいない。

ロビーだ。

ロビーなら、ひと目見れば、あの女性がコーラかどうかわかる。ぼく自身の判断は、未練や希望に曇らされているかもしれないが、ロビーの目は信頼できる。ロビーなら、少なくとも、この状況をもっと冷静に見られるはずだ。そしてぼくの人生に、コーラの偽者が入りこむのを決して許さないだろう。

ロビーに手紙を書こう。〝コーラを見つけた。急いでロンドンに来てくれ〟と。いかにマダム・ピショットといえども、コーラの兄と婚約者の両方を相手にして、彼女の引きとりを拒むことはできないはずだ。

それまでは、いまの場所にいれば彼女は安全だろう。恋人となかなか会えないというジョーの苦々しい不満からするかぎり、マダム・ピショットは自分が雇っているお針子に目を光らせているにちがいない。

コーラを葬り去るためにウィンターズのやつが何をするつもりか知らないが、やつの動きを阻止するよう、弁護士に指示するとしよう。

マシソン卿はそう思い、にやっと笑った。

コーラは決して亡くなっていなかった。あの赤毛の女性を調べた結果がどうなるにせよ、コーラが亡くなったなどとは誰にも言わせるものか！

4

キティはどたどたと階段を上がり、息せき切って仕事場のドア口から顔を出した。「みんな、すごいことになってるわ。急いで聞きにおいでよ！」

器量よしのキティは、ほとんどの場合、階下の店で働く。だが、屋根裏にある仕事場でせっせとドレスを縫っている仲間のことを決して忘れなかった。そして誰か有名な人物が訪れると、できるかぎりみんなに知らせるようにしていた。知らせるチャンスがなかったときは、その有名人を子細に観察し、一日の終わりに特徴を誇張した物真似《まね》をみんなに披露して、笑わせてくれるのだ。

単調な一日にもたらされた興奮に胸をときめかせ、メアリーを除く全員がすぐさま仕事を脇に置いた。「メアリー、今日はあんたもよ」キティがさっと戻ってきて言った。「さあ、急いで。さもないと、いちばん面白いところを見逃すはめになるわ！」

メアリーはかすかにためらったあと、ほかの娘たちにならって靴を脱ぎ、足音をしのばせて床板を踏んでいった。今日の彼女は、立ちあがって、もはや集中できない仕事から離れる言い訳ができたのがうれしかった。

メアリーが裏階段に達するころには、ほかの娘たちはすでにいちばん上のあたりに集まっていた。最も早く駆けつけた娘たちは、仕切りの壁の節穴に顔を押しつけている。それはキティが言った面白いシーンが、マダムのオフィスで繰り広げられていることを意味していた。

「けしからぬ情事を阻止する手段を講じなければ」耳障りな女性の声が、わめきたてるのが聞こえてきた。「この店を破滅させますよ！」

「どうか落ち着いてくださいな」マダム・ピショットは穏やかな声でなだめた。「うちのお針子はよく吟味して選んだ娘ばかりですし、ひとり残らずきちんと監督していますわ」

メアリーには、わめきたてている女性の声と同じように、マダムの声もはっきりと聞こえた。仕切りの壁は薄い。壁がそこにあるのは、贅沢《ぜいたく》に飾りつけられた店以外のみすぼらしい場所を、裕福な顧客の目に入れないためだけだ。

「よろしいですか」マダム・ピショットは尊大な態度で言った。「メアリーにしろ、ほかの娘にしろ、マシソン卿《きょう》と恋愛沙汰など起こしておりません」

仲間の娘たちがひとり残らずショックと興奮の入りまじった表情で、メアリーを見た。彼女は肩をすくめ、てのひらを広げて、どういうことかさっぱりわからないことを伝えた。

「いまはまだ何もないかもしれないわ。でも、マシソン卿は彼女に対してさまざまな計画を持っているのよ。彼はわたしの娘を物笑いの種にするつもりだわ」女性の声が訴えた。「故意に娘の評判を落とし、今度はとうの昔に亡くなった婚約者が見つかったと申したてて、娘との結婚を逃れようとしているの」

あの女性は〈稲妻亭〉でキスしたハンサムな黒髪の紳士のことで、苦情を訴えに来たのね。あの人の名前はハリソンではなく、マシソン卿だったんだわ。

「お針子として働いていただなんて……。彼女が死んだことは、みんなが知っているのに」

〝きみは亡くなったはずだぞ〟あのとき彼はまるで幽霊でも見ているような顔でそう言った。なんて気の毒な人！　彼はわたしのことをコーラだと思いこんで、あの女性の家に行ったにちがいない。そして……。いえ、待って。メアリーは顔をしかめた。この話は、どこかがおかしい。マシソン卿は娘の評判を傷つけたと、あの女性は言ったのよ。メアリーは混乱して首を振った。あの人が話しているのは、同じ男性のことではありえない。わたしが会った黒髪の紳士は、亡くなった婚約者に夢中だった。とてもほかの女性に心を移すとは思えないわ。その娘がコーラとよく似ているならともかく……。彼がわたしにキスしたのはそのせいだったのだもの。

「メアリーがそんなことに同意するはずはありませんん」マダムの静かな声には軽蔑がにじみ出ていた。

一方、例の女性はヒステリックな金切り声をあげている。「ああいう娘たちは、マシソン卿から得られるお金のためなら、なんでもするでしょうよ」女性は言い返した。「たとえその娘が乗り気でなくても、あの冷酷な男のことだもの、無理やりものにするにちがいないわ。その娘を誘拐して、言うとおりにしろと脅すかもしれない。まるで悪魔のような、ひどい男ですもの！」

おかしな人。なぜそんな男と娘を結婚させたいのかしら？　メアリーはちらっとそう思った。

「そんなことになれば、苦しむのはわたしたちだけではなくてよ。あなたも破滅させてやるわ。あなたがお針子を使って紳士の異常な欲望を遂げさせているという噂《うわさ》が広まったら、お店はどうなると思って？　わたしは世間にそう触れてまわりますからね。ドレスの仕立ては表向きで、裏では娘たちに売春をさせているとわかっても、伯爵や公爵が妻や娘たちをここに連れてくるかしら？　まともな紳士が売春婦に娘のドレスを作らせると思って？」

「うちのお針子は、ひとり残らずまともな娘たちです」そう答えたマダム・ピショットの声は、少しばかり震えていた。「誰からも後ろ指をさされるようなことは一度も――」

「マシソン卿がそのメアリーという娘を手に入れたら、後ろ指をさされるどころか、たいへんなスキャンダルになるでしょうよ。あなたの評判は地に落ちるわ」

少しのあいだ沈黙が訪れたあと、マダム・ピショットが再び落ち着いた声で言った。「彼がメアリーを手に入れることはありませんわ。わたしがそんなことをさせませんわ。お約束します。ご用件がそれだけでしたら……」

メアリーには、高価な服の衣擦《きぬず》れの音と足音、それからドアの掛け金が上がる音が聞こえた。

ほかの娘たちもそれを聞き、靴下だけの足で急いで仕事場に戻った。全員が自分の持ち場についたとき、裏階段の扉が無事に閉まった。娘たちは靴を足にひっかけ、ささやき合いはじめた。

「メアリー」モリーが口のなかにピンを含み、シルクのシェニール糸をくすんだ金色のイブニングドレスの袖に巻きつけて、器用に留めながら言った。

「ばかなことをしちゃだめよ」

「ばかなこと？」メアリーは上の空で、青緑色のスパンコールをなでながら聞き返した。

「ええ、いまの話のマシソン卿と駆け落ちするとか」モリーがつぶやいた。

「だけど、金曜日の夜は、彼が何か言ってきたら、承知すべきだと言ったじゃないの」

「あれはあのときのこと。いまはいまよ」モリーは鋭く言い返した。「あのときは、あんたがマシソン卿と取り決めを結べば、別れるときには小さなお店を買える程度のお金をもらえると思ったの。そしたら、あたしと一緒にそこをやっていけるから……」

何よ？」後ろでつぶやきはじめた、ほかの娘たちをモリーはさっと振り返った。「ここから出ていくチャンスがあれば、あんたたちだって飛びつくはずよ」そしてドレスに顔を戻し、力まかせにピンを突き刺した。「だけど、どうやらジョーと結婚して、黄褐色の髪の洟垂《はなた》れ小僧をたくさん育てなきゃならなくなりそうだわ」

「ジョーのことが好きだと思ったけど」メアリーは消え入りそうな声でつぶやいた。

「好きかどうかは関係ないのよ。両方に得るものがある場合、男と付き合うのは楽しいものよ。だけど、彼の言いなりになるのは、またべつの話だわ……」

「そうよ、メアリー」前歯に隙間のある、ふくよかなジョセフィンが口をはさんだ。「紳士に好かれて、好きなようにしていいと言われて愛人になるのは、誘拐されて、どこかの堕落した怪物に、あんたの意思に反して閉じこめられるのと全然違うわ」

「あら、まるで愛人の暮らしがわかってるような口ぶりね」猫背で、青白い顔の痩せたロッティがせせら笑った。彼女とジョセフィンは仲たがいの最中で、仕事場でどんな話題が出ても、お互いのことを鋭くけなしている。

この会話がべつの罵り合いに変わる前に、メアリーは急いでさえぎった。「マシソン卿がわたしを誘拐するなんて、ありえないわ」

「どうしてわかるの？」ジョセフィンが興奮した声で尋ねた。「あの女性の話を聞いたでしょう？」

「だって、マダムがもう外へ出してくれないのに、どうやってわたしを誘拐できるの？　それに、彼はそんな人じゃないわ」

ロッティがせせら笑い、世間知らずの言葉に深い軽蔑を示した。

メアリーは叫んだ。「彼は邪悪な人なんかじゃないわ！　あの女性だって、本気でそう思っているわけじゃないのよ。さもなければ、どうあっても娘と結婚させようと思うものですか」

たしかに、そのとおりだ。ほかの娘たちは考えこんだ。

メアリーは勢いを得て付け加えた。「混乱しているだけだと思うの。つまり……」彼女は眉根を寄せ、どうして彼の気持ちがわかるのかを説明する言葉を見つけようとした。「彼は本気でわたしが何年も前に亡くなったはずの婚約者だと思っているのよ。なぜ逃げ出したのかと、わたしにさいてきたもの」

「あら」ジョセフィンが息を弾ませた。「あなたは、その逃げ出した女相続人なの？」

「ばかばかしい」モリーが鼻を鳴らした。「どうして女相続人が逃げ出すのよ。マンソン卿みたいにハンサムで大金持ちの男と婚約してるのに。正気の人間が、そういう生活をあっさり棒に振って、こんな場所で働くわけないでしょ」モリーは片手をさっと振って、軽蔑もあらわに殺風景な仕事場を示した。

そこには天窓があり、南に面した壁に床から天井までの窓があって、日光をできるだけ取り入れられるようになっている。マダム・ピショットがそのあいだずっと、オイルランプを使わずにお針子たちを働かせられるように。それはつまり、夏は温室のように暑く、冬は熱を保てないことを意味していた。

ロッティはすぐさま辛辣な意見を口にした。「だけど、メアリーは正気だって言いきれないところがあるわ」

メアリー以外のお針子が、静かな笑い声をもらした。自分のスツールに向かい、腰をおろしながら、彼女は屈辱で頬が燃えるようだった。まるで、わたしがまったく分別のない、なんの判断もできない人間みたいだわ！　でも、最近はずっとよくなった。ときどき混乱することがあっても、わたしは読み書きができる。マダム・ピショットの帳簿をちらっと見たときも、整然と並んだ数字の列が何を意味するか理解できた。それに迷路のようなロンドンの袋小路や路地を迷わずに行き来できるようにもなった。マダムのお使いで外出するとき、迷子になる心配をされたことは一度もない。

でも、はさみで余分な糸をぷつんと切るように、相手がぐうの音も出ないような辛辣な言葉を投げつけることはまだできない。メアリーは悔しさをこらえながら思った。そして必死にそういう言葉を思いつこうとしていると、マダム・ピショットが重い足音をさせて階段を上がってきた。娘たちはずっとそうしていたように、かがみこんで仕事に集中した。

何秒かあと、マダム・ピショットはまっすぐメアリーのそばに来て、刺繍《ししゅう》枠に目をやった。「それを仕上げるのに、どれくらいかかりそう?」

メアリーは咲いた薔薇《ばら》や堅い蕾《つぼみ》、開きかけた蕾など、さまざまな状態の薔薇を描いた複雑な模様を見下ろした。これはイブニングドレス用の手袋を飾ることになる。彼女はすでに同じデザインの豪華なドレスと、舞踏用のサテンの上靴を仕上げていた。

「まだあと数時間はかかりますわ」

「だったら、急いでやってちょうだい!」マダムは鋭く命じた。「モリー、お昼休みに、メアリーがわたしのオフィスにおりてくるようにして」マダムはそう言うと、さっさと仕事場を出ていった。

ロッティが低く口笛を吹いた。「メアリー、あんたはきっとくびよ」彼女は親指を立てて首を切る真似をした。

メアリーは気が動転し、答えるどころではなかった。それが終わるまでここに置いてもらう望みをかけて、いまの仕事をできるだけ引き延ばしたほうがいいの? でも、そうやって手を抜いたら、あっという間に解雇されてしまうのかしら? たとえこれほど手のこんだ模様の刺繍でも、この一週間に自分がした仕事は、ほかの誰でも代わりができることに気づき、彼女は激しい恐怖に体を震わせた。

メアリーは心配で仕事が手につかず、モリーにスツールから立たされ、階段のほうへと押しやられたときには、ほどいてやり直さなくてもいい部分は、ひと針ぐらいしかなかった。

「座りなさい、メアリー」マダムはそう言うと、おずおずとオフィスへ入ってきたメアリーに、軽い昼食が用意してあるテーブルのそばにある低いスツールを勧めた。

これはよい前兆かしら？ サンドイッチと一緒に、厚く切ったプラムケーキがふた切れあるのを見て、メアリーはちらっと思った。これから解雇するつもりなら、美しく整えた食事を用意するはずがないわ。しかもマダムの持っているなかで二番目にいいお皿やカップを使っている。メアリーは少しばかりほっとしながら、スツールに腰をおろした。

「よく聞いてちょうだいね。これからわたしが言うことで取り乱さないでもらいたいの。わたしはあんな中傷なんか、ひと言だって信じていないわ。だけどね、わたしにはお店があるし、ここで雇っているほかの娘たちのことも考えなくてはならないの」マダム・ピショットは首を傾け、口をへの字に曲げてメアリーを見ながらつぶやいた。「まあ、あんたにはその半分もわからないだろうけど。とにかく、わたしはできるかぎりのことをしたの。そうじゃないとは誰にも言わせないわ」

あきらめのため息をついて、マダム・ピショットはメアリーのカップにお茶を注《つ》ぐと、ミルクを入れ、ほんの少しためらったあとで、スプーン一杯の砂糖を加えた。

「悲しいことに、今日の訴えのせいで、少しのあいだ、あんたをロンドンからよそへやらなくてはならないの」

ロンドンからよそへですって？ ようやく慣れたところなのに、どこかほかの場所で、また一からはじめなくてはならない。そう思うとメアリーの鼓動は速くなった。「どうか、マダム、お願いですから――」

「あんた自身のためでもあるのよ」マダム・ピショットはさえぎった。「ロンドンはもう、安全な場所ではなくなったわ。いいこと」マダムはわざとらしく繰り返した。「今朝、ある女性が、あんたのことで苦情を申したててきたの」

メアリーは息ができず、スツールの端をぎゅっとつかんだ。何かをつかめば、マダム・ピショットにくびにされるのを阻止できるかのように。

「わたしは何も――」

「あんたが何もしていないことはわかっているわ」マダム・ピショットはさえぎった。そして尊大に片手を振った。「それでも、わたしとしては自分の名前を守るために行動したことを示す必要があるの。わかってくれるでしょう?」マダムは自分がたったいま口にした言葉にひるんだように、ぎゅっと目を閉じた。「あんたをこの屋根の下に置いておけば、これまで必死に築いてきたすべてが危険にさらされるの。それが事実よ。だから、あんたをここには置いておけないの」

わたしがいなければ、マダム・ピショットはこの店を持てなかった。それをマダムに指摘する価値があるだろうか? メアリーはちらっとそう思った。わたしがマダムのところで働きはじめたとき、店はそれほど繁盛していたわけではなかった。わたしの熱に浮かされたような仕事ぶりが、マダムの店をここまでに成長させたのだ。わたしはほかのお針子とは違い、マダムに与えられた仕事はどんなものでも心をこめて仕上げた。ほどなくわたしは、まるで芸術作品のようなドレスを作るようになり、街の誰もが、それまでは名前も聞いたことのないフランス人の経営する仕立屋で作らせたドレスを、せめて一着は持たずにいられなくなった。おかげでマダムは以前より客を選べるようになり、にぎやかなコンデュイット通りにある、大きな店に移ったのだ。

メアリーの口から、うめき声のようなものがもれたのかもしれない。

マダム・ピショットがぱっと目を開けて、メアリーを鋭く見た。「心配しなくてもいいのよ。このおぞましい一件は、今年の社交シーズンが終わるころには、すっかり終わっているはずよ。そうしたら……」マダムはどんなことも可能だというように、肩をすくめた。

「また戻ってこられるんですか？」

「あんたはずっとよく働いてくれたわ」マダム・ピショットは皮肉な笑みを浮かべた。「身柄を引き受けたときに思っていたよりも、よく働いてくれたくらい。お茶を飲みなさいな。この世の終わりに直面しているような顔をするのはやめてちょうだい。バースに送り出すだけなんだから」

「バース？」

「そうよ。六時の郵便馬車でね。もう切符は買ってあるわ。刺繍は終わったの？　もしまだなら、誰かに言って、一泊用のバッグに荷造りをさせないと。残りはトランクに入れて、あとで送ってあげるわ」

「バース」メアリーはぼうっとした頭でつぶやいた。

「ええ、そうよ。昔のようににぎやかではないけど、裕福な顧客を抱えている店はまだたくさんあるわ。あんたのような技術を持っていれば、仕事はいくらでもあるはずよ。あそこにはいくつか知っている店があるの。モリーが荷造りをしているあいだに手紙を書いてあげるから、それを持っていらっしゃい」

バース……。わたしは通りに放り出されるのではないんだわ。仕事をもらい、おそらく住む場所ももらえる。

だが、メアリーがそのことをよく考え、いくつか質問をするまもなく、マダム・ピショットはさっさと立ちあがっていた。

その日の午後は、あわただしく過ぎた。合間に二言、三言、交わすだけで、メアリーには誰ともゆっくり話している暇がなかった。マダム・ピショットはトランクと小型の鞄《かばん》を倉庫から引っ張り出させ、すっかり埃《ほこり》を落とさせると、メアリーの荷物をモリーに言って、ふたつの山に分けさせた。ひとつは最初の数日間に必要なもので、もうひとつはあとで送るものだ。

マダム・ピショットと一緒にチープサイドへ行くため、辻《つじ》馬車に乗りこむとき、ジョーが片目をつぶるのを見て、メアリーはモリーに関するマダムの脅しを思い出した。

「これでモリーが必要になりますね」駅馬車の止まる宿へと向かって馬車が走りだすと、メアリーは思いきって言った。「わたしがいなくなれば、人手が足りないはずですもの。モリーをくびにはなさらないでしょう?」

「余計なお世話よ」マダムはつんと横を向いた。

これ以上は何を言っても無駄だ。不機嫌に口を結んだマダム・ピショットの表情から、すでに心が決まっているのが見てとれた。マダムの店が遠ざかるにつれて、メアリーの不安は増すばかりだった。

唯一の慰めは、〝マダムはこの社交シーズンが終わったら、あなたをくびにするつもりよ〟と記した透写紙の切れ端を、モリーのはさみの鞘《さや》に隠してきたことだ。事前にわかっていれば、せめて計画を立てることができるかもしれない。たとえばジョーと結婚するとか。

片手に鞄を、もう片方の手にキティが作ってくれたお弁当のかごを持って、馬車を降りるのはたいへんだったが、マダム・ピショットは手を貸そうとはしなかった。さっさと先に降りて、〈双頭の白鳥亭〉へと向かう道をすたすた歩いていく。メアリーは追いつくために小走りになった。

宿の庭に入ると、塀で囲まれた狭い場所に反響する騒音に驚いて、メアリーは足を止めた。突き出たバルコニーの下に一列に置かれた馬車へと向かう馬がいななく。馬車の物入れに投げこまれる鞄の音、ときどき鞄どうしがぶつかり、敷石に落ちる音。その持ち主が、もっと気をつけろと抗議する声、傲慢な馬番が鼻を鳴らして言い返す声。庭全体が無秩序で、混沌《こんとん》としているように見えた。大勢の人間が忙しそうに歩きまわり、戸口をのぞくか、そこから大急ぎで出てくる。

旅立つ人々が作り出している喧騒《けんそう》の大渦のなかで、それだけが自分を留《とど》める錨《いかり》であるかのように、メアリーは自分の持ち物をぎゅっと握りしめた。

「あれがあんたの馬車よ」マダムが突然そう言って、その渦のなかへと突進していった。扉に王室の紋章のある、埃をかぶった黒い小型の馬車だ。少し近づくと、その下半分は乾いた泥に覆われているわけではなく、くすんだ茶色のペンキが塗られているのがわかった。すでに屋根には郵便物の袋が山になり、ほかにもさまざまな荷物が前部の物入れに投げこまれている。

大きな真鍮《しんちゅう》のボタンがついた裾の広い緑のコートを着た大柄な男が、のっしのっしと近づいてきて御者台に上がり、堂々と胸を張って腰をおろすと、懐中時計を取り出した。彼の周囲のせわしない動きは、狂乱状態にまで達した。

メアリーの鼓動も激しくなった。

「ほら、早く」マダム・ピショットがメアリーの背中を押した。「ここを離れたくないのは、わかってるわ。わたしだって、あんたを手放したくないのよ。だけど、バースにいれば、少なくともあの男とは安全な距離が置けるわ」

「ええ」メアリーはペンキがはがれているせいで、崩れたチーズのように見える紋章と、薄暗い馬車のなかを見た。擦り切れた絨毯《じゅうたん》を覆っている泥のなかに、どうにか真紅の線が二本見える。「ええ」彼女は繰り返して言い、自分を励ました。まったく知らない男につかまるよりは、まっとうな仕事を持っているほうがはるかにましだ。ロンドンを離れれば、黒髪の男がもたらした誘惑からも解放される。それに、ロンドンに慣れたように、バースにも慣れるわ。

「それがいちばんだわ」彼女はきっぱりと言い、頭を下げて馬車に乗りこみ、ひとつだけ残っている座席に腰をおろした。

鞄を脚のあいだにおろし、かごを膝にのせる。

「ほら」マダム・ピショットが身を乗り出し、硬貨を一枚差し出した。「これを御者にやるといいわ」

メアリーはマダム・ピショットが伸ばした手から、半クラウン硬貨を受けとった。マダムが余分なお金を払い、馬車のなかの座席を取ってくれたのがうれしかった。考えてみれば、マダムはバースで仕事につけるように手配する必要などまったくなかったのだ。マダムの行為が、本物の優しさというよりも実際的な打算に基づいていることはわかっていた。だが、メアリーは七年のあいだに、このつっけんどんで、実利一辺倒の女性を愛するようになっていた。なんといっても、マダムは大きな危険をおかし、彼女を雇ってくれたのだ。

「会えなくなると、寂しいですわ」メアリーは恥ずかしそうにそう言った。「すぐに戻れるといいんですけど」

マダム・ピショットは頬を赤くし、ぎょっとしたようにのけぞった。だが、メアリーが言葉をかけるまもなく、誰かが大きな音をたてて扉を閉めた。警備係が角笛を吹き、馬車ががくんと前に揺れて動きだす。メアリーは窓に顔を押しつけて手を振った。マダムが両手をぎゅっと握りしめ、眉間に深いしわを寄せて、走りだした馬車を見ている。

その顔の険しさに、メアリーの心は少し落ち着いた。たとえ一時的にせよ、マダムはわたしを失うことにひどく腹を立てているようだ。こんなに安くつく、優秀な腕のお針子を失いたくないんだわ。

ポケットを叩《たた》くと、マダムがくれた手紙がかさかさと音をたてた。自分にとって唯一の〝わが家〟であるマダムの店をあとにするのは、まだ少し不安だったが、永遠にロンドンを離れるわけではない。マダムはわたしの腕を買い、戻ってくるのを望んでいるんだもの。

喧騒に満ちた通りをがたつきながら走る馬車の窓から、見慣れた通りに目をやり、心のなかで別れを告げながら、メアリーはこの街に着いた日のことを思い出した。あのときは不安で頭がおかしくなりそうだった。ポケットにはやはり紹介の手紙が入っていたが、少しも気休めにはならず、馬車を降りると、その不安がいっそう募った。ロンドン市民はひとり残らず忙しくて、地方から出てきたばかりの、見苦しい格好をした娘に立ちどまって道順を教える暇などまったくなかった。

でも、わたしはどうにかマダムの店にたどり着いたわ。メアリーは顔を上げ、自分に言い聞かせた。そしてマダムはわたしを受け入れ、自分の力ではどうにもならないことを考えずに、得意なことに集中するように励ましてくれた。いまもそうしなくては。新しい雇い主はどんな人だろう？　新しい環境に慣れるのを助けてくれる、モリーのような友達ができるだろうか？　わからないことずくめだが、わたしはかつて、それよりもはるかに大きな苦難を生き延びた。そして以前よりも強くなった。より落ち着き、自信も持てるようになった。

混雑した街の通りは、意外なほど早く、まるで違う郊外の景色に変わった。せめぎ合うように立っていた建物が、畑のなかにときどき見える小さな村に取って代わる。メアリーは首を伸ばすようにして、自分と住みなれた街をつなぐ最後の鎖——地平線にかかる煙突の煙の雲を見つめた。それはやがて薄れ、消えていった。

メアリーはようやく座席に落ち着き、それとなくほかの乗客に目をやった。馬車に乗ったときは、暗がりのなかで三つの隅を占めているコートの塊にしか見えなかった乗客が、人間の形を取った。

三人とも男の人だ。メアリーはこみあげる恐怖をのみこんだ。

そして彼らがこちらの視線に気づく前に、急いで膝のかごに目を落とした。バースまでは何時間も馬車に揺られていかねばならない。この馬車は、夜通し走りつづける。すでに道端の木立や生け垣の影が長くなりはじめていた。まもなくすっかり暗くなり、狭い車内に三人の見知らぬ男と閉じこめられることになるのだ。

メアリーはふいに馬車のなかに漂うにおいに気づいた。三人ともかなり酔っているようだ。

そう思ったとたん、メアリーの胃がよじれた。それは馬車が深い穴の上を通ったせいだけではない。

メアリーはかごの持ち手をぎゅっとつかみ、その中身に視線をはりつけた。わたしが見なければ、この人たちもわたしに注意を払わない。ええ、そうですとも。マダムがいつも言うように、わたしみたいなやせっぽちに、赤い血の流れる男が興味を持つはずがない。

でも、マシソン卿は興味を持ったわ。メアリーの胸の奥に埋もれていたプライドが閃《ひらめ》いた。

〝やれやれ、彼があんたに惹《ひ》かれたのは、昔の恋人によく似ていたからよ〟心のなかで、マダムの冷たい声が言い返す。

メアリーはため息をついた。何かに取りつかれたようなあの暗い目の奥をのぞきこむことは、もう二度とないだろう。引きしまった唇を重ねられることもないはずだ。

それでよかったのよ。夕食のお弁当を包んだモスリン生地の結び目を引っ張りながら自分に言い聞かせる。誘惑にかられて、破滅に至る行動に突っ走るよりも、〝もしもロンドンに残っていたら〟とため息をつきながら想像するほうがはるかにましだ。

結び目がほどけ、チキンの脚と楔《くさび》形に切ったチーズ、それにりんごと、昼食のときと同じプラムケーキが何切れか入っているのが見えた。

少なくとも、それを食べているあいだは、三人の男たちと狭い場所に閉じこめられていることを忘れられた。

メアリーが夕食をとり終えるころには、三人の男のうちのふたりが大きないびきをかきはじめた。だらしなく座席に沈みこみ、帽子で顔のほとんどを覆った姿は、汚れた洗濯物の山のようだ。

そう思えば少しも怖くないわ。実際、目を閉じれば彼らの姿を視界から締め出せるだけではなく、こちらもうとうとできそうな気がする。彼らはそうしているようだもの。

だが、男性は眠っているときですら、女性よりも自制心がないことが、まもなく明らかになった。彼らがくつろぎ、手足を伸ばすにつれて、メアリーはどんどん片隅に追いやられていった。さらに、人間の体がこれほどにおうものかと驚くほど、彼らは不快なにおいを発散しはじめた。だらしなく手足を広げ、げっぷをしながらいびきをかき、あきれたことに、ときおりおならまでする。メアリーのすぐ横に座っている、三人の男のうちで最も酩酊《めいてい》しているらしいほっそりした若い紳士ですら、そのたびに目を覚ますほど大きな音だ。新しい道に入るたびに御者が角笛を吹き鳴らすので、メアリーはほんの数分さえうとうとすることができなかった。

馬車は数時間おきに馬を替えるために止まったが、そのたびに外に出るのはメアリーだけだった。たとえ二、三分でも、新鮮な空気を吸い、脚を動かして、縮こまった手足を伸ばせるのがうれしかったのだ。

翌朝の十時少し前、馬車が〈ホワイトハート亭〉の庭に乗り入れるころには、メアリーはくたびれはてていた。苛立《いらだ》たしいことに、三人の男たちはさっぱりした顔で目を覚まし、体を起こした。少しばかりしわくちゃになってはいるが、さほど疲れも見せず、荷物を手に馬車を降り、強い風に吹き飛ばされた洗濯物のように、コートをひらつかせて庭を横切っていく。

彼女は馬車の踏み段をおりると、震える脚のせいで危うく下の敷石にしりもちをつきそうになった。

警備係の男がメアリーの腕をつかみ、引っ張って立たせると、ぶっきらぼうに尋ねた。「迎えの人が来るのかね？」

その肉付きのいい手を腕から離して！　メアリーはこみあげるパニックを抑えようとした。この人は手助けをしているつもりなのよ。

消え入りそうな笑みをどうにか浮かべると、メアリーは首を振って説明した。「オレンジグローヴまで行けばいいだけなの。それほど遠くじゃないんでしょう？」

警備係の男は肩をすくめた。「宿の亭主にきくんだね」

ありがたいことに、彼はメアリーの腕を放し、庭の向こうにある扉のひとつを指さした。「ついでに温かいものを食べるといい」

「ありがとう」メアリーはうなずくと、ポケットに手を入れ、マダム・ピショットがチップ用にくれた半クラウン硬貨を取り出した。

それは魔法のような効果を発揮した。警備係の男は打って変わって愛想のよい笑みを浮かべてうなずくと、硬貨をポケットのなかに入れ、重たげな足取りで去っていった。

メアリーは宿で働いている荷物係のひとりにオレンジグローヴへ行く道順を尋ね、さっそく歩きだした。朝食を買うお金はない。それに疲れはてていたから、とにかく目的の場所に行き、がたがた揺れない場所を見つけてぐっすり眠りたかった。

メアリーは荷物係が指さした方向へと進み、右に曲がった。そこをまっすぐ行けば、オレンジグローヴに行けるはずだ。

オレンジグローヴは、見渡すかぎり左右に延びている大通りだった。メアリーは最初、反対の方向に行ってしまい、八番地の家を捜す前に来た道を戻らねばならなかった。

ところが、八番地にあるのはかつら屋だった。

わたしの記憶違いかしら？　メアリーはポケットから手紙を取り出し、書いてある住所をもう一度確かめた。だが、そこにはマダム・ピショットの几《き》帳面《ちょうめん》な丸い字で、〝バース、オレンジグローヴ八番地〈クレオパトラ〉〟とはっきり書かれている。

もしかすると、急いで書いたせいで、マダムは番地を間違えたのかもしれない。〈クレオパトラ〉は十八番地か、二十八番地かもしれない。メアリーはオレンジグローヴ通りを最後まで歩き、それから通りを渡って、来た道を戻った。だが、その名前の店は見つからなかった。

途方に暮れ、彼女はかつら屋まで戻った。八番地は正しい住所で、仕立屋がどこかに移ったという可能性もある。だとしたら、新しい店の主《あるじ》が、もとの店が移った場所を知っているかもしれない。

ところが、〝ここはひょっとして最近まで仕立屋だったところですか？〟とメアリーが尋ねると、カウンターの怖い顔の紳士は凍るように冷たい声でこう言った。〝ここは父の代も、その父の代もずっとかつら屋だ〟と。メアリーは彼を怒らせたことに狼《ろう》狽《ばい》し、急いで店を出たものの、どうすればいいか途方に暮れた。

ハイストリートに近い、オレンジグローヴ通りのはずれには、婦人帽子店があった。あそこなら〈クレオパトラ〉のことを知っているかもしれない。

婦人帽子店の女主人は何も知らなかった。だが、メアリーがとっさに思いついて、バースでマダム・ピショットと関係がある店を知らないかと尋ねると、店の女主人はぱっと目を輝かせた。

「上流社会のレディたちに、美しいドレスを仕立てるという、あのフランス人の仕立屋のこと？」店の女主人は息を弾ませて言った。「あの人がバースに足を踏み入れたことがあるなんて、ちっとも知らなかったわ！」

メアリーの足はひどい痛みを訴えていた。ひと晩のあいだにブーツが縮んでしまったかのようだ。疲れが増すにつれ、頭もずきずき痛みはじめた。

マダムはバースで働いたことがあると言ったかしら？　メアリーは首を振り、正確な言葉を思い出そうとしたが、この街に知り合いがいると言ったことしか思い出せなかった。この〈クレオパトラ〉とマダムのつながりはなんだろう？　彼女はよれよれになりはじめた手紙を見てそう思った。

「上流階級の仕立屋を探しているなら」メアリーの途方に暮れた顔を見て、店の女主人が親切に言った。「ミルソム通りには、何軒かあるはずよ」

「ありがとうございます」メアリーはほっとして店を出た。そして生まれたばかりの子鹿のように力の入らない脚を動かし、新たな決意とともに婦人帽子店の女主人が指さした方向へと歩きだした。

ミルソム通りにはたくさんの店が並び、歩道は洒《しゃ》落《れ》た服を着た買い物客でにぎわっていた。だが、まず片側を、次いで反対側を通りの最後まで往復しても、〝クレオパトラ〟という看板がかかった店はひとつもなかった。メアリーは根気よく一軒ずつ訪れ、ファッションとはあまり関係のない店にまで入って、縫い物のできる人間を雇ってくれないかと尋ねたが、すべて徒労に終わった。そして雨が降りだすと、彼女の外見はますますみすぼらしくなり、残念ながらお役に立てないと断る店の主人の態度も、しだいにつっけんどんになっていった。

店の戸口で少しでも雨を避けながら、メアリーはすっかりよれよれになった手紙をまたしてもポケットから取り出した。そして最後に確かめたときとは、まったく違う住所が書かれていることを祈るような気持ちで、表書きを見つめた。

だが、そこにはまだ〝オレンジグローヴ八番地〟と書いてある。

どこにも見つからない〈クレオパトラ〉に関して少しでも情報を得る手段は、もうひとつしか残されていなかった。こんなことをするのは気が進まないが、この際、背に腹は替えられない。メアリーは水たまりを避けて鞄をおろし、折りたたんだ紙を封じている蝋《ろう》をはがした。

そしてショックのあまり、目を見開いた。

その紙には、何も書かれていなかったのだ。

メアリーは真っ白な紙を手にして、茫然《ぼうぜん》と立ちつくした。それが何を意味するかに気づくと、体の芯まで冷たくなった。

バースの街には仕事などないのだ。おそらく、〈クレオパトラ〉などという店もなければ、そういう名前の女性もいない。わたしは無一文で、見知らぬ街に放り出されたのだ。

マダムが笑顔で御者のチップ用として硬貨をくれたことに、メアリーはなぜかいちばん傷ついていた。あの御者は彼女が渡した半クラウン硬貨でたっぷりとおいしいものを食べ、いまごろ暖かい下宿でぐっすり眠っているにちがいない。メアリー自身はからっぽの胃を抱えて冷たい雨のなか、行くあてもなく途方に暮れているというのに。彼女は震えはじめた。

　モリーに警告されたあとも、メアリーはマダム・ピショットを信頼していた。馬車に乗りこんだあと、自分をバースへ送り出してくれることに感謝の言葉さえ口にした。

　強い風が吹きつけ、戸口のなかまで雨が降りこんできて、メアリーがまだ恐怖にかられて見つめている紙を濡《ぬ》らした。絶望とパニックが波のように押し寄せる。これまでも、ひとりぼっちで、寒くて、みじめだったことがあった。裏切られ、欺かれたと感じたことが……。

　そのとき、戸口に誰かの影がさした。顔を上げる前から、メアリーには誰がそこにいるのかわかっていた。なぜだかわからないが、マシソン卿が現れることがわかっていたのだ。彼女は逆らえぬ運命を感じながら顔を上げ、自分の将来を表している白い紙を差し出した。「何もかも、あなたのせいよ」

　マシソン卿はその紙を受けとると、けげんそうに裏返し、マダム・ピショットがメアリーにしたことを見てとった。そして無表情な彼女の顔をまっすぐに見た。「そうとも言えないよ、コーラ。ぼくが何もかも引き受ける」

　どういう意味？　そうきくべきだったかもしれない。彼女には彼が来たわけがわかっていた。自分をコーラと呼んだ瞬間にわかったのだ。

　マシソン卿は彼女の鞄を拾いあげると、腕を差し出した。

　逃げる場所はどこにもない。ほかの選択肢もない。メアリーはうなだれて彼の袖に手を置き、並んで雨のなかに出た。

5

マシソン卿《きょう》に手を取られて歩きながら、メアリーは自分の思いに沈んでいた。マダム・ピショットは、なぜこんな仕打ちをしたの？　わたしがどれほど怖がるかわかっていながら、なぜわざと無一文で知らない街に放り出したの？

　自分がどれほど愚かに見えたかに気がつくと、胃がぎゅっとよじれ、メアリーは思わずつまずいた。バースに送り出してくれることを感謝し、会えなくて寂しくなると告げるなんて！　きっとマダムは、笑いながら店に帰ったにちがいない。そう思うと、マシソン卿の腕に置いたメアリーの手に少し力がこもった。郵便馬車の切符代と半クラウン硬貨と引き替えに、マダムは黙ってロンドンを離れるようにメアリーを説得し、店に怒鳴りこんできた女性が示唆したスキャンダルから巧みに逃れることができたのだ。それだけではない。自分がメアリーのために寛大にも新しい仕事先を見つけてやったふりをして、お針子たちの不興を買うのもまぬがれた。もちろん、マダムのやり方に腹を立てたからといって、娘たちにできることは大してない。もしもみんながいまのメアリーの窮状を知れば、怒ってくれるのはわかっていた。メアリーはいままでは、自分たちの仲間だからだ。彼女たちの辛辣な物言いや小ばかにしたような態度、荒っぽい話し方に最初は戸惑ったものの、メアリーはあの仕事場で自分自身の居場所を作りあげていたのだ。

　マダムがオフィスでバースの話をするあいだ、みんなはわたしを案じて階段の上に集まり、壁の節穴に目を貼りつけていた。厚切りのプラムケーキと上等なカップを見て、ほっとしたにちがいない。それを思うと、メアリーは冷たい手で胸をわしづかみにされるような気がした。マダムはみんなが見ていることを最初から知っていたの？　だからわたしには半分もわからないと思いながらも、なぜわたしをバースに送り出すのか、あんなにはっきり説明したの？

そう考えると、何もかも説明がつく。お針子たちが自分を見張っていることにマダムが気づいていたとすれば、それを叱るよりも利用するほうが得策だ。

「思ったとおり」マシソン卿が言うのが聞こえた。「妻はすっかり旅の疲れが出たようだ。頼んだように、部屋の用意をしてくれたかい？」

メアリーは、いつのまにか自分が立派な宿のエレガントなロビーに立っていることに気づいて驚いた。

「もちろんです」宿の主《あるじ》と思われる、こざっぱりした服装の男が応じた。「こちらでございます」

妻ですって？　彼女は眉根を寄せた。「でも……」

「あとにしてくれ」マシソン卿が耳元でささやいた。「ふたりだけになったら、どれほど文句を言ってもかまわないが、いまはだめだ。いいね？」

マシソン卿は妻を案じる夫として、メアリーの腰に腕を回すと、階段を上がる彼女を支え、迷路のような廊下を部屋へと向かった。ふたりの部屋へと。

ドア口を越えながら、メアリーはたったひとつしかない、大きな天蓋付きのベッドに目をやった。洗面台とアイロン台がその横に並んでいる。向かい側には、赤々と燃える火の前に、小さなテーブルと二脚の袖付き椅子が置かれている。マシソン卿のような裕福な男性がふだん慣れている贅沢《ぜいたく》にはほど遠い部屋だが、椅子に向かう途中、メアリーは宿の主が疑わしそうに彼女のみすぼらしい格好を見たあと、高価な注文仕立ての服をすっぽり包んでいる、マシソン卿の地味なコートに目を移したことに気づいた。

この宿の主の目には、ふたりは暮らしに不自由こそないが、続き部屋に泊まるほどのゆとりはない夫婦に見えるのだろう。

宿の主が立ち去る前、マシソン卿は口早にいくつか言いつけたが、メアリーはほとんど聞いていなかった。暖炉に燃える火を見て、自分がどれほど寒いか、服がどれほど濡《ぬ》れているかを思い出したのだ。彼女はマシソン卿のそばを離れて進みつづけ、火の前に立った。そして炉格子の前にしゃがみこむと、両手を炎にかざした。手袋はどうしたのかしら？ああ、手紙を開くときにはずしたんだわ。手紙どころか、ただの白い紙だったけれど。恐ろしいほど冷酷な、意地の悪い女性が、だまされやすい愚かな娘をまんまと手玉に取った証拠だった。

怒りに震えながら、メアリーはマシソン卿から返してもらったあとでポケットにつっこんだ紙を取り出した。

モリーの言ったとおりだったわ！ メアリーは紙をふたつに引き裂いた。マダムの頭にあるのはお金と自分の店のことだけ。びりっ。さらに引き裂く。キティに食事を用意させ、モリーに荷造りをさせたけれど、あのトランクを送るつもりはまったくなかったのだ。びりっ。それを思うと新たな怒りがこみあげてきた。びりっ。実際、たとえそうしたくても、あのトランクを送ることはできないわ。わたしには行く場所などないことを知っているのだもの。白い紙はすっかり小さくなっていたが、メアリーは涙をこらえて再びそれを引き裂こうとした。そして満足するほど細かく引き裂くことさえできない自分に猛烈に腹が立ち、小さな叫び声をあげて、それを火のなかに投げこんだ。

「そのほうがいい」いきなり後ろで声がして、彼女は飛びあがった。マシソン卿がそこにいることを忘れていたのだ。つかのま、マダム・ピショットの狡《こう》猾《かつ》な企《たくら》みと、あまりにもひどい裏切りに頭を占領されていたのだ。

マシソン卿はグリットに命じて、マダム・ピショットの店の出入りに目を光らせておいたことを神に感謝した。グリットはフランス人の店主が、仕立屋が届けるような美しく包んだ荷物ではなく、膨らんだ鞄《かばん》を手にしたお針子と一緒に辻《つじ》馬車に乗るのを見て、その意味に気づく賢さを持ち合わせていた。

夜通し走る郵便馬車に追いつける望みはないことは、最初からわかっていた。だが、〈ホワイトハート亭〉でたっぷり金をばらまくと、必要な情報は手に入った。そこで彼はオレンジグローヴ通りにある〈ペリカン亭〉に部屋を取ってから、彼女を捜しに向かった。コーラの行き先を突きとめるため、通りの店を一軒ずつきいてまわる覚悟でいたが、蓋を開けてみると、その必要はなかった。コーラは手紙のようなものを手にして、店の扉の上にある番地を確かめながら、通りを行ったりきたりしていたのだ。今日のうちに彼女に近づくつもりはなかった。〈稲・妻亭〉で気のいい御者たちから聞いた話が頭にあり、コーラを怖がらせたくなかったのだ。そこで今日はコーラが落ち着く先を確かめたら、そのまま宿に戻り、次の手をじっくり考えるつもりでいた。

だが、しだいに時間がたつにつれ、コーラが疲れはて、暗い顔になっていくのが手に取るようにわかった。そしてとうとう彼は、それまでお守のように握りしめていた手紙を、茫然《ぼうぜん》と見つめている彼女をひとりで放っておけなくなったのだ。

彼女を助けなくては。隠れているつもりだったことなどすっかり忘れ、ぼくは通りを渡った。そして彼女には、ぼくの差し出す手をつかむ以外に方法がないことを知ると、一瞬、勝利感に満たされた。

だが、その喜びはほんの短いあいだしか続かなかった。コーラが打ちのめされ、あきらめきった顔でぼくの腕をつかむのを見て、ぼくは心臓に必殺パンチを見舞われたような気がした。〈稲妻亭〉で見たときもやつれていると思ったが、今日のコーラはまるで幽霊のようだった。ぼくは半ば彼女を持ちあげるようにして宿の階段を上がった。コーラの目のうつろな表情からすると、このまま正気を失うのではないかと不安になったくらいだ。

だから、彼女がいまいましい紙を引き裂き、怒りに満ちた声をあげたときは、少しばかりほっとした。この苦難はどうやら乗りこえてくれたようだ。

「濡れた服を脱いで、何か食べれば、もっと気分がよくなる」

「何をすれば気分がよくなるか、あなたには想像もつかないわ！」彼女は言い放った。

わたしの一生が台無しになるというのに、いったいどうすれば、落ち着き払って食事のことなど口にできるの？

彼にはどうでもいいことだからよ。わたしがこんな目に遭わされたのはこの男のせいだわ。この男がわたしを裏切ったからよ。わたしを腕に抱いて、キスしたくせに……。

彼女は怒りにまかせて立ちあがり、拳《こぶし》を振りあげた。だが、手首をつかまれ、一発も殴ることができなかった。

彼女は手首をつかんでいる手を叩《たた》き、マシソン卿のブーツを蹴った。彼は驚いて見開いた目を細め、厳しい顔で彼女を持ちあげると、部屋を横切った。

マシソン卿が自分をベッドに押し倒しても、それを防ぐ手立ては何ひとつないことに気づき、彼女の怒りはパニックに変わった。そしてなんとか逃れようと身をよじり、猫のように引っかこうとした。

たっぷり五分かかって、ようやく彼女は気づいた。

マシソン卿は彼女をベッドに投げ落として無理やり抱くどころか、椅子に座らせようとしていただけだと。

彼女はマシソン卿から逃れようとするのをあきらめ、ハンサムな顔を見上げた。自分よりもはるかに力のある相手と争ったせいで、息が乱れる。でも、彼は荒い息さえしていなかった。こちらはまるで正気を失ったかのように暴れたのに、完全に落ち着き払っている。

みんなが言ったとおりだわ、わたしは頭がおかしいにちがいない。気の毒なこの人を攻撃するなんて。わたしを裏切ったのは、この人ではない。七年ものあいだ必死に働いて勝ちとった未来を奪ったのも、この人ではないわ。みんなマダム・ピショットの仕業よ。

恥ずかしさに泣くような声をもらし、彼女はうなだれた。呼吸がゆるやかになり、鼓動も静まると、自分が着ているウールの服のにおいに気づいた。

「ごめんなさい」

肩をつかんでいたマシソン卿の手の力がゆるんだ。

「放しても大丈夫かい？　その椅子に座ったまま、おとなしくしてくれるかい？」

彼の行動を誤解して、完全に自制心を失ったことが恥ずかしい。これ以上の謝罪の言葉すら口にできずに、彼女は黙ってうなずいた。

マシソン卿が体を起こし、暖炉をはさんで向かいにある椅子に座った。

彼女はようやく、彼もすっかり動揺していることに気づいた。顔が青ざめ、椅子の肘掛けをつかんだ手が震えている。半ば狂ったような女性に飛びかかられて、心底恐ろしかったにちがいない。

「濡れた服を脱ぐ必要があるよ、コーラ」

「わたしの名前はメアリーよ」彼女はむっとして言い返し、コートのボタンをはずしはじめた。いまの出来事で、わずかに残っていた自尊心さえ失ってしまった。なんとかして、それを取り戻さなくては。手はじめに、わたしについて、彼も間違った結論に飛びつく可能性があることを思い出させよう。

「きみが自分のことをなんと呼ぼうと」マシソン卿は噛《か》んで含めるように言った。「きみが自分を傷つけるのをぼくは見たくない」彼はきっぱりと付け加えた。「ほかの誰かがきみを傷つけるのも許さない。ぼくはただ、きみの面倒を見て、きみを守りたいだけだ」

彼女はボンネットの紐《ひも》をほどこうとしていた手を止めた。わたしを守るですって？　こういう申し出は、愛人にしたいという言葉のべつの表現であることは、みんなにばかにされてきたわたしですら知っている。

でも、彼がわたしを昔の恋人だと本気で信じているとしたら、そういう申し出はしないはずよ。彼女は新たな疑いをこめて彼を見た。この人は、わたしが心を持ち去った女性ではないことを、最初から知っていたの？　わたしが思ったような、ひどく苦しんでいる気の毒な紳士ではなかったの？

彼女は深いため息をつき、ボンネットを取った。どうやらわたしには、人柄を判断する力はなさそうだ。マダム・ピショットについて、どれほど間違った見方をしていたかがその証拠だろう。

店に怒鳴りこんできた女性は、マシソン卿が娘の評判に対する義務を逃れようとしているとわめいていた。わたしを昔の婚約者だと断言すれば、たしかに彼はあの女性の娘につかまらずにすむ。でも……。ボンネットを乾かすために、暖炉の上の棚へと運びながら、彼女は不思議に思った。最初からわたしを愛人にするつもりだったとしたら？　結婚した男が愛人を囲っている例はいくらでもあるわ。

それに、あの女性は、マシソン卿が邪悪な男だと言った。キティは彼が悪魔の申し子だという噂《うわさ》があるとも言っていた。賭け事のテーブルでつきに恵まれているのは、自分の領地におびき寄せた若い女性を、悪魔の言うままに殺したおかげだ、と。モリーはそれを知ったから、彼と愛人関係になるのをやめさせようとしたにちがいない。わたしがいちばん絶望しているときに、突然現れるなんて、考えてみればずいぶん奇妙なことだ。彼女はちらっと横目で彼を見た。そもそも、わたしがバースにいることをなぜ知っていたの？　ぶるっと体が震え、彼女は反射的に両腕で自分の体を抱きしめた。

「いくらお金をもらっても、自分を偽る気はないわ」彼女はきっぱり宣言した。「あなたは誰かさんとの結婚を逃れる口実が欲しいのかもしれないけれど、わたしはほかの人のふりをするのはごめんよ。愛していないのなら、最初から結婚など申しこむべきではなかったのよ」

「なんだって？」マシソン卿はぱっと背中を起こし、彼女をぽかんと見つめた。

だが、ふたりが次の言葉を口にする前に、宿の使用人がドアをノックし、コーヒーとサンドイッチをのせたトレーを手に入ってきた。宿の使用人がそれをテーブルに移すあいだ、ふたりは互いに呼吸を整え、第二ラウンドに備えるボクサーのようににらみ合っていた。

「ほかにご用はございますか？」

「ある」マシソン卿は答えた。「妻のボンネットとコートを乾かしてもらえないか？　それに少し待ってもらえるなら、ブーツも一緒に頼みたいんだ」

彼は膝をついて、巧みにブーツの紐をゆるめ、それを脚から滑らせるように引き抜くと、無表情な宿の使用人に手渡した。

「奥様のものは、すべて乾かし、ブラシをかけ、明日の朝いちばんでお届けいたします」宿の使用人はそう言った。感情を隠そうとしていたが、彼女の服の状態にうんざりしているのが見てとれた。

濡れたコートを腕にかけ、ブーツの紐を指にかけて宿の使用人が出ていくと、彼女は自分を愛人にしようとバースまで追ってきた男と、ひと晩この部屋に閉じこめられたことに気づいてパニックにかられた。不快なブーツを脱ぐことができてほっとするあまり、それを手渡すことが何を意味するか、すぐにはぴんとこなかったのだ。

宿の使用人に助けてくれと訴えても、おそらくなんの役にも立たないだろう。彼女はマシソン卿の腕に取りすがるようにして、自分の意志でこの宿に入ってきたのだ。マダムの残酷さに茫然として、自分が何をしているかわからなかったと言い訳をしても、とても信じてはもらえないはずだ。

たとえこの部屋から逃れることができたとしても、どこで何をすればいいのだろう？　バースには、知り合いはひとりもいない。仕事を見つけてくれそうな人など知らないのだ。バースだけではない。ほかのどこでも同じことだった。

うかうかと彼の手のなかに落ちてしまった自分の愚かさを暗い気持ちで考えていると、マシソン卿が落ち着き払ってコーヒーを注《つ》ぎ、サンドイッチをのせた皿からひとつ選んで、彼女に差し出した。

コーヒーの香りに鼻がひくつき、上品に切られたサンドイッチに唾が湧く。そして彼女はこう思った。次に何が起ころうと、すきっ腹でそれに対処する必要はないわ。

五分後にメイドが熱い湯をひと缶手にして入ってきたとき、ふたりはどこにでもいる生真面目な夫婦よろしく、向かい合って火のそばに座り、コーヒーを飲みながらサンドイッチを口にしていた。

メアリーは自分が誘拐されたと、あるいは誘惑されたとは言えないまでも、まったく不本意な状況に追いこまれたと宿の使用人に説明する最後のチャンスが、指のあいだをすり抜けていくのを感じた。

マシソン卿は湯を洗面器に入れ、そこにタオルを浸《つ》けると、肩にべつのタオルをかけて、再び彼女の足元に膝をついた。

「騒ぐことはないよ。足の手当てをするためにストッキングを脱がせるだけだ」

貴族がお針子の足を洗うですって？　メアリーはすっかりショックを受けて、ぽかんと口を開けた。

「自分でストッキングを脱がなければ、ぼくが脱がせるしかないな」

「なぜ？」彼女は愚かにも尋ねた。

「血が出ているからさ。気づかなかったのかい？」

メアリーは自分の足を見下ろした。彼の言うとおり、寒さでかじかみ、ブーツでこすれた爪先に血がにじんでいる。こんな些細《ささい》なことで争うのは、ばかげているわ。半分食べたサンドイッチを皿に置きながらメアリーはそう思った。それに、力では彼にとてもかなわないことがすでにわかっている。

メアリーがガーター留めをはずそうとスカートの下に手を伸ばすと、マシソン卿は背を向けた。そして、彼女が直接足を入れられるように、湯の入った洗面器を椅子のそばに持ってきた。

邪悪な誘惑者で極悪非道な人殺しにしては、ずいぶんと思いやりのある男のようだ。わたしがストッキングを脱ぐところを、いやらしい笑みを浮かべて横目で見るほうが、キティの言ったマシソン卿の姿には相応《ふさわ》しいだろうに。メアリーは両手に石鹸《せっけん》をつける彼のうつむいた頭を見つめた。

「いくよ」マシソン卿がつぶやき、皮のむけた皮膚を石鹸でこすりはじめると、メアリーはたじろいだ。

マシソン卿が力強い手で、優しく彼女の足を自分の腿に広げたタオルの上に持ちあげ、そっと拭くと、メアリーは目に涙が浮かぶのを感じた。予測していた彼の行動とは、比べものにならない優しさだ。

悪魔と契約を交わした男が、こんなに優しい行動を取れるものかしら？

「いったいどうやったの？」メアリーはつぶやいた。彼がランプの魔人のように現れたのはどういうわけなのだろう。「つまり、どうしてわたしがバースにいることがわかったの？」メアリーはけげんそうな彼の顔に向かって、そう尋ねた。

「店のマダムが夕方ロンドンを出る郵便馬車にきみを乗せたと聞いて、あとを追ってきたからさ」

「そんなことを誰から聞いたの？」

「きみのことを見張らせていたんだ」

誰かが自分を見張っていたと聞いて、メアリーはぶるっと震えた。

彼女の気持ちが顔に出たと見えて、マシソン卿は言った。「きみを見つけた最初の日から、ずっと見張らせていたんだ。きみを再び逃がすようなことをするはずがないだろう。この七年間、ぼくは地獄のような苦しみを味わってきたんだからな」

「ふつうの人は誰かを見張らせたりしないものよ」

いったいなぜマシソン卿はそんな極端な行動に走ったのだろう？　メアリーはめまいを感じて目を閉じた。今日は自分が信じていたすべてのことが、すっかりひっくり返ってしまった。「まるで悪夢だわ」

「いや、悪夢はもう終わった」彼は主張した。「さっきも言ったように、これからはぼくがきみの面倒を見る。何も怖がる必要はない。きみはもう二度と、きみを奴隷のようにこき使ったあのマダムみたいな、ふとどきな連中の手に落ちることはないんだ」

メアリーは目を開け、意志の強そうなマシソン卿のあごを見て、彼に逆らうのは無駄だと気づいた。

それに、マシソン卿が愛して失った女性とわたしが似ているのは、彼のせいではないわ。マダムの打算が、考えられるかぎり最悪の状況にわたしを追いやったのも彼のせいではない。実際、メアリーはマシソン卿が気の毒になってきた。そして、つかのま彼に腕を回し、〝自分が正しいことをしていると、あなたが信じているのはわかります。もう怒っていませんわ〟と言ってあげたいような気がした。

だが、その代わりにメアリーは震える手で自分のうなじをなで、目を閉じた。マシソン卿は怖がる必要はないと言ったが、裕福な男があわれな娘を追いまわすのは、しばしのあいだベッドで相手をさせるためでしかないのがほとんどだ。マシソン卿を気の毒に思い、彼が本気で助けに来てくれたという説明を受け入れたにせよ、自分の道徳観と相反する行動を迫られることに変わりはないのだ。

でも、自分でもよくわからないのに、どうやってそれを説明すればいいの？　メアリーがそう思ったとき、彼が立ちあがり、両手を彼女が座っている椅子の肘掛けに置いた。

「コーラ」彼は苦痛と切望に満ちた声で言った。「目を覚まして、もう一度ぼくを愛してくれ」

マシソン卿はキスをするつもりだ。わたしを通じてコーラの面影とキスをするつもりなのだ。メアリーは、ふだん男性が近づきすぎたときのように、恐怖と嫌悪がこみあげてくるのを待った。しかし彼に唇を奪われても、どちらの感情も湧いてこなかった。ただ、この人の苦しみを取り除いてあげたいと願うばかりだった。きつく閉じた彼女のまぶたの下から、ひと粒の涙が滑り落ちた。彼女は両腕を彼に回し、不器用にキスを返しはじめた。

彼女の鼓動が激しくなった。こんなふうにキスしてほしいと、毎晩のように願ったような甘く優しいキスだったからだ。

ああ、この人が七年たってもあきらめられないほど愛している女性がわたしだったら、どんなにいいかしら。でも、わたしはコーラではないわ。

悲しみにかられ、メアリーは目を開けた。「いいえ」うなじから手を滑らせ、マシソン卿の肩に置いて彼を押しやった。「これは間違ったことよ。わたしは彼女ではないもの」

「きみはコーラだ！」マシソン卿の苦悩に満ちた声は、メアリーの頬を新たな涙で濡らした。「最初はぼくにも信じられなかった。きみが幽霊だと思ったほどだ。しらふに戻ると、きみがコーラに似ているだけのべつの女性で、光の加減で見間違えただけだと自分自身に証明するために、酒場に会いに出かけた」彼は黒い髪をかきむしった。「だが、きみが話すのを聞き、きみに触れると……」マシソン卿はメアリーの手を取り、彼女がそこにいることを確かめるように握りしめた。「どんな女性も、きみほどぼくの血をかきたてたことはない。ぼくはまるで生き返ったようだった。七年ものあいだ、死んでしまいたいと思いつづけてきたんだ」

彼女は衝撃を受けて目をしばたたいた。マシソン卿の言いたいことが、はっきりとわかったからだ。彼に抱かれ、キスされたときに、自分もまるで生き返ったような気がした。そんなふうに感じられる相手は、ほかには誰もいない。

ふたりは運命の糸で結ばれているようだ。

でも、そんなはずはないわ。

彼女が小さく首を振るのを見て、マシソン卿はうめいた。そして彼女のうなじに顔をうずめ、まだ息ができるのが不思議なほどひしと抱きしめた。

「ごめんなさい」彼女はマシソン卿の髪をなでながらつぶやいた。

彼を傷つけなくてすめばいいのに。わたしがモリーのような娘なら、彼の望むような相手であるふりをすることができただろうに。

やがてマシソン卿の動揺はおさまったが、彼女はそのあとも彼を放すことができなかった。抱きしめているだけなら安全だ。自分の信念を曲げなくても、彼の苦しみを和らげる方法がありさえすれば。

ええ、あるかもしれない。

「もしもわたしが……コーラだとしたら、あなたはわたしをこんなふうに扱ったかしら？」

「なんだって？」彼は驚いて体を離した。

「コーラは良家のお嬢さんだったのでしょう？」マシソン卿と婚約していたとすれば、そうでなければおかしい。「あなたは彼女を宿に連れこんで、こんなふうに抱擁したりせず、彼女の評判を守るために心を砕いたにちがいないわ」

マシソン卿は、つかのま彼女の発言を検討したあと、あっさり脇に捨てた。「きみをぼくの目の届かないところに置くつもりはない。油断したら、また消えてしまうかもしれないからね」彼はぱっと立ちあがり、彼女から離れると、脇におろした両手を握りしめて、くるりと振り向いた。「それに、あんな消え方をしたあとで、まだきみに心配すべき評判などあるものか。そんなものは、とっくに失われているさ」

へんだわ。目の前で男性が激怒しているのを見ても、わたしは少しも怖くない。メアリーはちらっと思った。そして、この怒りが自分ではなく、コーラに向けられているからだと気づいた。

それに、彼の言葉に反論すべきなのはコーラであって、メアリーではない。

「わたしの評判がどうなろうと、これっぽっちも気にならないとおっしゃりたいの？」

「ああ、そうさ」マシソン卿は言い返した。「ぼくにとって重要なのは、きみが安全で、幸せなことだ。ひと晩中べつのベッドで眠るなどという愚かなしきたりじゃない。コーラ、ぼくはきみを抱く必要がある。きみが戻ってきたことを知る必要があるんだ。

きみがべつの部屋にいたら、一睡もできるものか。もう七年も、きみがどこにいるかと思いながら過ごしてきたんだ。ぼくにこの部屋を出ていけとは言わないでくれ!」

そんなことは頼めないわ。彼女はため息をついた。そんな残酷なことはできない。今日はもう、残酷な仕打ちは十分経験してきたもの。

「いいわ」彼女はため息をつき、あとで悔やむのはわかっていたものの、こう言った。「べつの部屋を取ってとは頼まないわ」無駄かもしれないが、彼女は挑むようにあごを上げた。「でも、同じベッドで眠るのはいやよ」

「結婚するまではね」彼は心からほっとしたようにうなずいた。

「結婚ですって? あなたと結婚などできないわ」

「結婚するに決まっているじゃないか。決してきみを目の届かないところへはやらないと言ったのは、どういう意味だと思ったんだ?」マシソン卿は傷ついた顔になった。「コーラ、きみの評判が台無しになったからといって、まさかぼくが結婚以外のことを考えていると思ったわけじゃないだろうね?」彼は平手で顔を打たれたように見えた。「そう思ったのか? そんな男だと思われるなんて、いったいぼくが何をしたというんだ?」

何もしていない。ほかの人々が耳にした噂に惑わされただけだ。だが、その言い訳を心から信じることはできなかった。彼女は最初からマシソン卿がろくでなしではないことを知っていた。彼は傷つき、怒り、混乱している。そのせいで、ほかの人々が非難するような行動を取ってきたにちがいない。

「あなたは何もしなかったわ」彼女は謝罪の念をこめて言った。「でも、あなたは貴族ですもの。わたしのようなお針子に結婚を申しこむことなど、ありえないわ」

マシソン卿は彼女をじっと見た。「そうか。きみはまだ自分がコーラだとは思っていないんだね？」彼は向かいの椅子に戻ると、両手を膝にはさみ、身を乗り出してじっと彼女を見た。「いいだろう。もしもコーラでないとしたら、きみはいったい誰なんだ？」

メアリーの心臓がどくんと打った。「ようやく真実を聞く気になったの？」そう言いながらも、彼女は躊躇《ちゅうちょ》した。わたしがコーラでないことがわかったらどうなるの？　この人がわたしに惹《ひ》かれているのは、コーラだと思っているからよ。ただのお針子だと納得すれば、今度こそ本当にベッドに連れこもうとするかもしれない。そうなったら、わたしには防ぐ手段は何もない。

「ああ、話してくれ」マシソン卿はいったん口をつぐんだあと、ゆっくりと言った。「メアリー、きみはどこから来た？　きみの両親は誰だ？」

マシソン卿が彼女を本名で呼ぶのは初めてだ。どんな結果になろうと、もうすぐ真実が明らかになる。

彼女は彼の瞳を見つめた。「本当は」真実を話すはめになったことを悔やみながら、彼女はどうにかささやいた。頭のなかにある深淵《しんえん》に埋められているものを見つめようとするたびに、闇と恐怖と苦痛を感じる。

泣くような声をもらしながら、彼女は凝り固まったうなじをもんだ。「わからないわ！」結局は、そう認めざるをえなかった。「両親のことは思い出せないの。ときどき、母のことを思い出すような気がするけど」彼女は頭のなかを探り、刺繍《ししゅう》に専念しなさいとうながす、優しくて落ち着いた人の記憶をつかもうとした。「縫い物を教えてくれたのは母だったわ」

「なるほど。ほかには？」

彼は手を差し伸べ、肘掛けをつかんでいる彼女の手に重ねた。「お父さんのことは？」

母の向こうに、恐ろしげな姿があった。これまでは一度もじっと見つめようとしなかった姿が。母はそれからわたしをかばおうとした。恐ろしげな姿のわめき声と固い拳から。

「父はしょっちゅうわたしに手を上げたのよ」そう言ったとたん、できるだけ部屋にいる人々の注意を引かぬように、静かに座って刺繍をする癖がついた理由が彼女にはわかった。「いつも怒っていたわ。わたしが何をしても気に入らなかったの」

それから恐ろしい光景が脳裏に閃《ひらめ》いた。女性が床に倒れ、そのかたわらに男がしゃがみこんで、拳でその女性を打ちすえている。

「コーラ、どうした？　何を思い出したんだ？」

彼女はまばたきして我に返ると、マシソン卿が心配そうに見つめ、自分の手を両手で包みこんでいることに気づいた。

「父は母にも暴力をふるったの……」彼女はぶるっと震えた。たったいま脳裏に閃いた光景がひどく恐ろしく、喪失感はあまりに深かった。思い出すのが怖かったのは、そのせいかもしれない。「父は母を殺したにちがいないわ」

この恐ろしい事実を頭から締め出すために、記憶をなくしたのよ！　いまもそのことから目をそらしたかったが、手元にはなんの仕事もないから、単調な同じ作業の繰り返しで不安を静めることはできない。彼女は荒い息をつきながら立ちあがった。

即座にマシソン卿がかたわらに来て、彼女を抱きしめ、低い声で慰めはじめた。恐ろしい光景をさえぎる手段をほかに思いつけなくて、彼女はマシソン卿に気持ちを集中した。背中をなでる彼の手と、〝もう大丈夫だ〟と何度も繰り返しささやく言葉と、彼のにおいに。すると、恐ろしい光景がしだいに薄れ、呼吸が穏やかになって、パニックが消えていった。彼女はもうその場にはいなかった。バースにある宿の部屋にいて、すぐそばの暖炉で薪《まき》がはぜながら燃えている。テーブルに置かれたカップのコーヒーが冷えはじめていた。彼女はマシソン卿の腕のなかにいた。

「きみのお父さんがお母さんを殺したはずがない」ようやく彼女が彼の上着の袖を断続的につかむのをやめると、マシソン卿は言った。「きみのお父さんは牧師だったんだよ」

ついさっき頭に浮かんだ、母のかたわらにかがみこんでいた男は、牧師の服を着ていた。

彼女は首を振り、心を乱すイメージを押しやった。「コーラの父親は、牧師だったかもしれないけど」彼女はそう言ってマシソン卿から離れ、彼に背を向けた。「わたしの父は酔っ払いで、弱い者に暴力をふるう男だったわ」

真実がどこからか湧いてきて、唇からこぼれ落ちた。そう、父が酔っ払いだったから、馬車の男たちの息から漂う、すえたような甘いにおいがなんだかわかったのだ。あの三人はどこかの酒場で馬車を待っていたにちがいない。御者がどれほど大きな音で角笛を吹こうと、馬車の車輪がどれほど大きな穴のある道を通過しようと目を覚まさず、彼らがいびきをかいてぐっすり眠れたのもそのせいだった。

マシソン卿は優しく彼女を椅子に座らせて問いかけた。「コーラ・モンタギューでないとしたら、きみは誰なんだ？　どうして彼女と瓜《うり》二つなんだ？　なぜロンドンに六年前に現れた？　コーラが消えて二カ月もたたぬうち、過去のはっきりした記憶を持たずに！」

「たしかに、はっきりした記憶はないわ。ほとんどが断片的な光景だけ」

彼は身を乗り出して目を険しく細めた。「ほとんど？　それはどういう意味だ？　まだ話していないことがあるんだな？」

「ええ」彼女はこれまで黙っていたことに、ひどい罪悪感を覚えながら認めた。「マダム・ピショットのところに送られる前に働いていた場所のことは覚えているの。地方にある大きな館だったわ」

「どこにある館だ？」彼は鋭く尋ねた。「何もかも話してくれ」

「それは……できないわ」彼女はぱっと立ちあがり、苛立《いらだ》って歩きはじめた。

「話せないのか、話したくないのか、どっちなんだ？」

「どうしてわたしをそう苛《いじ》めるの？」彼女はくるりと向き直った。「そんなことをして、あなたにどんな得があるの？」

マシソン卿も立ちあがり、再び彼女を自分の腕のなかに引き寄せた。マシソン卿のことをなじったにもかかわらず、メアリーは彼に抱かれていると心が安らいだ。まるで不安の海に突き出している、唯一の岩にすがるように。

「ぼくが何を求めているかは、よくわかっているはずだ」マシソン卿はうめくように言った。「きみがコーラだと証明したいんだ。あの日、馬に乗って出かけたあと、きみに何が起こったのか知りたい。どうしてロンドンに住むことになったのか。だが、もしも……」両手で彼女の顔をはさんで上向け、その目をのぞきこむ。「きみがほかの誰かだとわかっても——父親が母親を殺した場面を目撃して、家を逃げ出した娘だとわかっても、必ずきみの面倒は見る。どんな事実が明るみに出ようと、怖がる必要はまったくない。それに、きみも自分のことを知りたくないのか？」マシソン卿はまっすぐに彼女を見た。「ふたりできみの過去の謎を解明しよう。さもないと、どちらも自由に生きることはできない」

「わたしを放り出したりしないというの？」

「そうだ。コーラに似ているのは、きみのせいじゃない。きみは仕事を失い、見知らぬ街に放り出されるようなことは、何ひとつしていないんだ。きみがコーラでなかったとしても、この償いはきっとするよ」

マシソン卿の言葉は真実を述べていた。わたしが誰だろうと、彼は責任を持って面倒を見てくれるだろう。

モリーが言ったように。

メアリーはマシソン卿から離れ、両手で自分の服の袖をなでつけた。分別のある女性なら、いまこそ自分のためになるような条件をつけるべきときだ。自分に飽きたら、店を手に入れるお金をくださいと告げるべきだろう。

でも、わたしはそんなことなど、これっぽっちも望んでいないわ。メアリーはそれに気づいて息をのんだ。

この長く混乱した一日のどこかで、彼女は自分が実際にコーラだったらと願いはじめていた。彼と結婚できるような娘だったら、と。この先ずっと彼と一緒にいられたら、と。だからマシソン卿が何度も繰り返している話に、自分の記憶を合わせはじめていたのだ。

メアリーは椅子に沈みこむように腰をおろした。

「ひとつ、お願いがあるの」彼女は苦痛に耐えながらささやいた。

「ぼくにできることなら、なんでもする」

「本当のことがわかるまで、わたしをコーラとして扱ってくださる?」

彼に使いすての商品のように扱われるのは、とても耐えられない。マシソン卿がどれほど深く愛することができるかを垣間見たいまは、なおさらつらすぎる。

「ぼくもぜひともそうしたいな」彼は表情を和らげ、

微笑のようなものを浮かべた。

マシソン卿に空想のなかで生きることをうながしていると思うと、メアリーの胸は痛んだ。まもなく真実が明らかになることは、わかっているのに。

わたしは彼が愛している女性ではない。

なぜだか知らないが、メアリーにはその確信があった。

6

大きなベッドにひとりで眠るのは、メアリーが思ったほど快適ではなかった。

彼女は横向きに寝返りを打ち、毛布を耳のまわりに引き寄せた。こんなに疲れているのに、どうして眠れないのか、自分でもさっぱりわからない。マシソン卿《きょう》に、自分は暖炉のそばの椅子で眠るから、ひとりでベッドに眠るといいと言われたときは、あれほどほっとしたのに。彼がビロードのカーテンを自分のまわりで閉めて、彼女のプライバシーを尊重すると言ってくれたときには、どうにか内気な笑みさえ浮かべたのに。疲れて痛む手足を柔らかいマットレスの上で伸ばし、頭を枕につけたとたん、夢も見ないでぐっすり眠っている自分が想像できたのに。

ところが、一度にほんの数秒ほど目を閉じていることしかできないとは。

ここはあまりにも暗すぎる。

マシソン卿が埃《ほこり》っぽい茶色のカーテンを周囲に引いた直後、メアリーは手探りでベッドの端へとにじり寄り、ほんの少し開けねばならなかった。彼女は小さな鞄《かばん》をカーテンのなかに持ちこんでいた。だが、真っ暗ななかで手探りし、感触だけで寝間着を探せる自信がなかった。それにスポンジケーキのように柔らかいマットレスに膝をついて寝間着に着替えるのは、とても難しい。ようやくそれが終わったときには、枕に頭をあずけてくつろぐ代わりに、そこに膝をついたまま下唇をかみしめて考えあぐねた。脱いだ服をどうしよう？　頭から脱いだときに、裾が汚れているのに気づいたのだ。できれば寝る前に泥を洗い落としておきたい。それを火のそばの椅子にかけておけば、朝までには乾いているだろう。

だが、そうなると、マシソン卿の縄張りに入ることになる。

それも寝間着姿で。

ごくりと唾をのみこんで、メアリーは汚れた服をベッドの裾の止め板にかけ、自分に言い聞かせた。旅先で汚れた服を着るよりも、もっとひどいことはたくさんあるわ。

ええ、はるかにひどいことが。今日はそのいくつかを経験した。あの戸口に立って、何も書かれていない白い紙を手にしたときの絶望を思い出すと、胃がぎゅっと縮み、両手でそこを押さえなくてはならないほどだった。

それに、こんなに神経がささくれだっているのは、今日の出来事のせいだけではない。マシソン卿が思い出すように強いた過去のせいもあった。父が身を丸めた母を拳《こぶし》で叩《たた》いている姿が、目をつぶるたびに見える。

メアリーも両手を拳にして、ぱっと起きあがった。

ええ、ずっとわかっていたわ。自分の過去には、頭が思い出すのを拒否するほど醜い事実があることは。でも、まだ何か、もっとはるかにひどいことが隠されているという恐ろしい予感がしてならない。それが記憶のすぐ外に、影のなかにうずくまる獣のように潜み、彼女がふっと気を許した瞬間に飛びかかろうと尻尾を揺らしている。

メアリーは枕をつかんで膝にのせて抱きしめると、顔をうずめた。ここがロンドンだったら。モリーとキティにはさまれて眠っているのだったら。寝返りを打つ隙間もなく、ぱっと起きあがることも、枕を動かすこともできないが、ふたりが両側にいてくれるので、こんなに頼りない思いをせずにすむ。半ば眠りながら、どちらかが手を伸ばし、体をとんとんと叩いて、夢なんか気にするなと言ってくれるだろうに。ふたりがいないいま、メアリーは真っ暗闇のなかでまばたきして息をのみ、夢を見るのが怖くて眠ることができなかった。うなされても、起こしてくれる人がいなければ、どんどん恐ろしくなる夢のなかへのみこまれてしまう。

メアリーの心臓は早鐘のように打ち、体全体が震えていた。この街では、彼女はまったく無防備だった。ロンドンはいつも音がしている。夜の何時でも、片時も静寂が訪れることはない。通りを走る馬車の車輪の音、夜警の叫び声、千鳥足で家に向かう酔っ払いの歌う声。命のしるしがあふれている。

ところがここはまるで墓地のように静かだ。宿の部屋の静寂が闇と共謀し、ビロードに囲まれた墓で自分を窒息させようとしているように思えてくる。

するとマシソン卿が体を動かして椅子をきしませた。その音を聞いたとたん、肩から少し力が抜け、メアリーは横になって天蓋があるはずの闇を見上げた。もしも眠って夢を見たら、彼が叫び声を聞いてくれるだろう。夢にのみこまれてしまう前に、起こしてくれるはずだ。

再び椅子がきしむと、メアリーはふたりがいる場所を比べた。彼も快適ではなさそうだ。わたしのほうが椅子に寝て、彼にはこのベッドを使ってもらえばよかった。小柄なわたしなら、毛布にくるまり、体を丸めて椅子に寝るのは苦にならない。暖炉で躍る炎を見つめるうちに、眠れたかもしれない。彼はいつもしているように、大きなベッドでゆったりと体を伸ばせただろうに。そして少なくとも、ふたりのうちのひとりは、少し眠ることができたはずだ。

メアリーは大きなベッドで体をこわばらせ、彼が起きている音に耳を傾けながら、早く夜明けが来て、ふたりの不快な時間が終わるのを待つしかなかった。

翌朝、メアリーは恥ずかしくて、マシソン卿の顔をまともに見られなかった。彼はわたしを助けるためにロンドンからはるばるバースまで追ってきた。そして実際、救出してくれた。マシソン卿がここにいなければ、どうなっていたことか。それを思うと体が震えた。それなのに、感謝の言葉を口にするどころか、敵意と疑いをあらわにして、彼にレディとして扱うように要求するなんて。

「ロンドンまで、馬車を雇うことにするよ」テーブルにつくと、すぐに彼はそう言った。目の前には、薔薇《ば》色の頬の若者が並べた、かなりの量の朝食があった。

「ロンドン?」メアリーはちらっと彼に目をやった。そして目の下に黒いくまができているのを見て、即座に罪悪感を覚えた。

「そうとも、ロンドンだ」彼は自分の皿にある、汁気の多いサーロインステーキを切りながら答えた。「論理的に考えて、本当のきみを見つける手がかりを探しはじめる場所は、ロンドンがいいと思う」

　メアリーはバターと蜂蜜をたっぷり塗ったロールパンのひと切れを、うわの空で口に運んだ。彼はあきらめるつもりはないのだ。わたしの秘密をほじくり出すまでは、容赦なく探りつづけるにちがいない。

「マダム・ピショットのところに行く前に、大きな館で働いていたと言ったな」

　メアリーは突然口のなかが渇き、声を出すどころか唾ものみこめなくなってうなずいた。

「マダム・ピショットなら、きみのもとの雇い主に関して何か知っているだろう。きみに推薦状を書いてくれたはずだからね」

　メアリーはカップを手に取り、ココアをごくりと飲みこんだ。わたしがロンドンに送り出された事情を、マダムが話したら……。

「マダムは、何も話してくれないかもしれないわ」

　マシソン卿に鋭い目で見られ、メアリーはうつむいた。

　マシソン卿はその様子を見て、罵りの言葉をのみこんだ。あの仕立屋の女主人が協力的な態度をとるとは思えない。

　彼はフォークでステーキを突き刺し、もうひと切れ切ってそれを口に運んだ。マダム・ピショットは意地の悪い女性だ。人を疑わない娘に白紙の手紙を持たせ、ありもしない店を探させるなど、あまりにもひどすぎる。

　だが、あのマダムが彼女にそんな仕打ちをすることを決めたきっかけは、おそらくぼくにある。

　マシソン卿は音をたてて、レアのステーキごとフォークを皿に戻した。昨夜はこの数日の出来事をじっくり検討して過ごした。なぜ彼女はぼくがべつの女性に結婚を申しこんだなどと思ったのかについて、とくに考えた。ウィンターズ一家の誰かが、なんらかの話をしたにちがいない。ぼくとミス・ウィンターズのことを知っている人間は、あの一家以外には誰もいないのだ。

父親か母親が店に行き、マダム・ピショットに嘘《うそ》八百を並べたてたあげく、商売に差し障るようなスキャンダルを流すと脅したにちがいない。

自分を守る術《すべ》を持たない女性に対する残酷な仕打ちを、いつまでも罵倒していたかった。だが最後には、仕事を失い、ひとりぼっちで放り出され、見知らぬ男の助けを受け入れざるを得ない立場に彼女を追いこんだのは、自分の取った行動のせいだったことを認めざるを得なかった。

どうりで、彼女はぼくと目を合わせるのを避けているはずだ。

「マダムは協力したがらないかもしれないが、そうすることになる」彼は険しい顔でぴしゃりと言った。

そんな彼を見て、メアリーはもとの雇い主のことがほんの少しだけ気の毒になった。こんなふうに怒りに燃える目のマシソン卿を見ると、ロンドンの人々が彼を悪魔のようだと信じているわけがなんとなくわかるような気がした。

貸し切りの馬車で旅をするのは、郵便馬車の旅とはまるで違うことに、メアリーはほどなく気づいた。小さな馬車のなかには、ふたり以上の乗客が乗る余地はほとんどない。それに、好きなペースで旅を続けられる。馬と御者を替えるために止まったときには、食事もできたし、そうしたければ散歩もできた。マダム・ピショットに会うのを心待ちにしているわけではなかったので、メアリーにとってはありがたかった。マシソン卿と同じ部屋に泊まるのは、まだ気詰まりだったが、彼はそうするに決まっている。

だが、マシソン卿が頼んだ個室で軽い夕食をとるためにテーブルにつくころ、メアリーはもう商品のように扱われる心配などしていなかった。彼はメアリーの希望をすべてかなえてくれたのだ。マシソン卿がじろりと見ただけで、馬番はどんな頼みも聞き入れ、宿の主人は自ら給仕をしてくれた。本物のレディで、いつもこんなにちやほやされたら、どんなにいいかしら。メアリーはそう思わずにはいられなかった。

マシソン卿は完璧な紳士だ。彼にはわたしよりずっとすばらしい女性が相応《ふさわ》しい。メアリーはナプキンで口を拭くと、皿の横にそれを置きながら思った。

「今夜はベッドに寝てちょうだい」彼女は部屋でふたりきりになると即座にそう言い、ベッドへと歩み寄って、さっと上掛けをはがして枕とともに抱えた。そして窓のそばにある、弓形の脚をした背と肘掛けのある大きなソファにそれを置いた。「どうかお願いだから、何も言わないで。わたしの気持ちはもう決まっているの」彼が首を振りながら口を開くのを見て、彼女は言った。「今夜は疲れきっているから、どこでも眠れそう。わたしはあなたよりずっと小柄だもの。ソファでも快適なはずよ」

マシソン卿は肩をすくめ、ベッドの端に腰をおろしてブーツを脱ぐと、ダマスク織りのカーテンのなかに消えた。目をつぶったとたんに眠れることを期待して、メアリーもソファに丸くなった。

今夜はあっというまに眠れそうだ。前日のショックが薄れ、マシソン卿と一緒に過ごすことにもだいぶ慣れた。彼は申し分ない旅の道連れだ。親切で思いやりがあり、常に礼儀正しい。彼に面と向かって認めることはできないが、同じ部屋にいてくれるのもありがたい。

目を閉じると、少しのあいだは、まだ体が揺れているような、奇妙な感じがした。筋肉が馬車の動きに慣れていて、すぐにはリラックスできないのだ。

とはいえ、やがて疲れがどっと襲ってきた。夢のなかで、彼女は入り江で揺れる穏やかなボートに乗っていた。かもめが鳴きながら頭上をゆるやかに飛び、マシソン卿もそこにいた。彼女は力強い腕に包まれ、深い満足を感じながら、ボートを洗う波の音に混じって規則正しい心臓の音が聞こえるように、たくましい彼の胸に頭をあずけ……。

突然、自分がベッドに丸くなり、マシソン卿の胸に抱かれていることに気づくと、メアリーはびくっとして目を覚ました。

彼はわたしが眠るまで待ってから、ベッドに運んできたにちがいない。もちろん、場所を代わるためにそうしたにちがいない。だが、しばらく抱いていたいという誘惑に負けて、そのまま眠りこんでしまったのだろう。

でも、このままでいることはできない。

メアリーは彼を起こさないように、自分を包んでいる上掛けをほどこうとした。

「だめだよ」彼がうめくように言った。さらにきつく抱きしめ、寝返りを打って長い脚で彼女の脚を押さえてしまう。目を開けもせずに。

メアリーの心は甘くとろけた。マシソン卿には、わたしをそばに置いておく必要があるんだわ。彼がどんな気持ちでいるか、メアリーにはよくわかった。わたしも昨夜はベッドを分かち合っていたお針子仲間が恋しかった。

彼の眠りを妨げてまで、ここから抜け出す必要があるの？　こうして抱かれていたからといって、なんの害もないわ。彼は何もしない。ただ抱いて眠りたいだけなのよ。

ふたりとも、そのほうが安心してよく眠れる。このまま目を閉じて、もっと快適な姿勢になればいいだけ。

こうしていると暖かくて居心地がいい。それだけでなく、とても幸せな気分になれる。これまで一緒に眠っていた仲間は、安心と、冬にはぬくもりを与えてくれたけれど、ふたりとも、まるで貴重な宝物のように、わたしにしがみついてはこなかった。まるでわたしが大切な人みたいに。

翌朝メアリーが目覚めると、ベッドには彼女しかいなかった。カーテンも閉じられていたが、メアリーは少しも寂しくもなければ、怖くもなかった。マシソン卿が部屋のなかにいるのがわかっているからだ。彼が洗面台で顔と体を洗ってタオルで拭き、服を着る音がしている。

ひと晩、抱かれて眠った相手が、日課をこなす音に耳を傾けているのは、とても親密な感じだ。マシソン卿が近づいてきて、咳払《せきばら》いをひとつすると、カーテンを引いた。メアリーは全身が赤くなるのを感じた。毛穴のひとつひとつまでが、じっと見つめる彼の目に敏感に反応する。ふたりは永遠にも思えるほど長く見つめ合った。

うっとりと自分を見上げてくるまなざしに、マシソン卿はもう思い出すことはないと思っていた甘い欲望をかきたてられた。

彼女はやはりコーラにちがいない。ぼくからこんな反応を引き出すことができる女性が、ほかにいるとは思えない。

だが、ぼくの知っているコーラが、知らない男と部屋をともにすることができただろうか？　そのあとで、こんなに落ち着いて目を覚ますことができただろうか？

いまのコーラは、昔の彼女が持っていなかった心の強さを持っているようだ。もちろん、不安にかられることもあるが、過去をなくしたとあっては、それも無理はない。

だが、そうした障害にもかかわらず、彼女は慣れない環境のなかで勇敢に新しい人生を築いた。

そして、ぼくに対しても一歩も譲らず自己を主張した。

ぼくのような悪魔につかまったときは、さぞかし怖かったことだろう。それに、ぼくがバースの宿の部屋でひざまずき、愛してくれと懇願したときには、正気を失っていると確信したにちがいない。

それでも、彼女はぼくを抱きしめてくれた。明らかに怖がっていたが、絶望したぼくに、できるかぎりの慰めを与えてくれた。さらに、レディのように扱ってほしいと要求までした。

彼女はレディだ。彼女のすべてがそうだ。あのもつれた巻き毛から、まめのできた足の指まで。しかも、なんと寛大な心を持ったレディであることか。昨夜はぼくがどれほど疲れているかを見てとると、ぼくのことを思いやり、ベッドを譲ってくれた。

何も言わなくても、ぼくが何を必要としているかわかってくれた人は、彼女しかいなかった。二度と彼女を失うつもりはない。

失いたくない。

もしも、彼女がコーラでなかったら……。

彼は恐ろしい可能性にたじろいだ。

「着替えるあいだ、談話室で待っているよ」自分をうっとりと見つめている女性がかけた呪文を破るように、彼はかすれた声で言った。「三十分で朝食におりてこられるかい？」

メアリーはかすかに心を騒がせながらうなずいた。それから顔を洗って体を拭き、ますますみすぼらしく見える服を着ながら、何が心を騒がせたのかに気づいた。マシソン卿は同意を求めるような形で口にしたものの、さっきの言葉は実質的には命令だった。彼は三十分で起きて支度をし、階下に来いと命じたのだ。

わたしの意見は聞かなかった。

マシソン卿はわたしの人生を支配しはじめた。

それなのに、わたしには何ひとつ抗《あらが》う術がない。

馬車がアルバニーにある独身者用の住まいの前に止まったとき、メアリーが最初に感じたのは反発だった。コーラと同じように扱うと約束したのに。わたしがコーラなら、ここへ連れてきたりはしなかったはず。

ホテルへとエスコートしたはずだ。

でも、ホテルの部屋の大きなベッドに、ひとりで寝ることを思うと、冷たい汗が噴き出した。彼の約束が口先だけでよかった。

メアリーは階段を上がりはじめたマシソン卿の腕をぎゅっとつかんだ。

彼がぱっと見下ろし、優しく言った。「怖がることはない。ぼくは決してきみを傷つけたりしないよ。ただ、快適に過ごしてもらいたいだけだ。マダム・ピショットに会いに行く前に――」

「いや！」ロンドンに到着してすぐひとりにされる不安に、メアリーは青ざめた。それはホテルに置き去りにされるのと同じくらい恐ろしい。「わたしをひとりにしないで」

メアリーは探るようにマシソン卿を見ると、彼の目に苛立《いらだ》ちが浮かんでいないことにほっとした。気の短い男性なら、わたしの頑固さに愛想がつきるかもしれない。

だが、マシソン卿は上着の袖をつかんでいる彼女の指にただ手を重ねて言った。「きみをひとりにしたりするものか。絶対にそんなことはしないとも」

少しのあいだ、ふたりは見つめ合った。

メアリーはいぶかった。いつからマシソン卿が心の平和を保つために欠かせない存在になったのかしら？　旅のあいだ、彼がどれほど優しくなれるかを示したときから？　温かい腕に抱かれて眠った幸せな夜から？　それがどんなふうに起こったにせよ、いまでは彼は人生がもたらす危険を食いとめる防壁となっていた。一分でも彼の姿が視界から消えたら、自分が粉々になってしまうような気がする。

マシソン卿はただそこに立ち、彼の目の色を探らせてくれた。そして、わたしの気持ちを理解していること、それを歓迎してさえいることを気づかせてくれた。

「おいで」彼は優しく言った。「なかに入って、旅の埃を落とそう。鬼のような女のところへ乗りこむ前に何か食べるかい？」

メアリーは、自分を連れて階段を上がるマシソン卿に不安なまなざしを投げた。

「一緒に行こう」そう言って彼は安心させてくれた。

マシソン卿のノックに応えて扉を開けたのは、茶色い巻き毛のずんぐりした男だった。

「イフレイム、お客を連れてきた。彼女はしばらくここに滞在する」

マシソン卿が矢継ぎ早に指示を与えているあいだ、メアリーはそれとなく執事の反応を探った。主人の腕にしがみついている女性を見た驚きを執事がすばやく隠すのを見て、ほっとした。そして彼女のために客間を準備しろというマシソン卿の言葉に執事が目を丸くすると、元気づけられた。執事の反応を見るかぎり、マシソン卿がここに女性を連れてくる習慣はないようだ。ふたりのあいだに起こっていることは、メアリーだけでなく執事にとっても前例のないことなのだろう。

「わたしはメアリーよ」マシソン卿が居間へと向かうと、彼女は肩越しに執事に言った。マシソン卿がコーラとして紹介しなかったこともうれしかった。彼がほかの人々にコーラだと触れてまわったら、他人の名前をかたっているようで、落ち着かない。

メアリーはマシソン卿が示した椅子に座り、下唇をかんだ。わたしがここにいるのは、彼にコーラだと信じこまれているからだ。だが、ふたりでマダム・ピショットを訪れて彼が真実を知れば、この優しさは蝋燭《ろうそく》の炎のように吹き消されてしまうだろう。

こんなふうに大切にされるのも、あと少しのことだわ。そう思いながら、メアリーは彼を見上げた。

「もう気づいたと思うが」マシソン卿は使用人が部屋を出ると、言い訳をするように話しはじめた。「きみがここにいるあいだ使えるよう、イフレイムに客間を用意させた」暖炉へと歩いていき、髪をかき上げながら振り向く。「きみがコーラだとすでに証明されたようにふるまうと約束したが、最後にぼくが見たとき、きみは十七歳で、まだ無垢《むく》だった……」マシソン卿は苦悩に顔をゆがめ、メアリーに背中を向けて、少しのあいだ火のない暖炉を見つめていた。そして、再び振り向いたときには、見知らぬ男のようだった。厭世《えんせい》的な目には、それまでの優しさのかけらもない。

これが、少しでも弱みを見せた相手を容赦なく滅ぼした、非情なギャンブラーの顔なんだわ。メアリーはそう思った。

「そのころは、たしかに独身の紳士の住まいに泊まるとか、付き添いもなしにぼくと旅をすることなど、とうてい考えられないことだったろう。だが、いまは事情が違う。この七年のあいだ、きみは社交界を離れ、人々が眉を上げるような生き方をしてきた。だから、厳格な社交界のルールをいまここで当てはめても、ふたりの結婚がもたらすにちがいない噂《うわさ》を静める役には立たないと思う」

メアリーはスカートのひだを引っ張った。「たしかに、コーラはここに連れてこられたことに抗議したでしょうね」彼女は部屋をすばやく見渡し、重厚な家具や、サイドテーブルにきちんと重ねられた紳士向けの雑誌、窓辺にあるフェルトを張ったテーブルに置かれた何組かのカードの存在を認めた。「でも、わたしは抗議などしないわ」それから、さきほどちらっと反発を感じたことを思い出し、一瞬だけうつむいた。「あなたは……」彼女はほほえもうとした。「わたしをまともに扱ってくださるわ。紳士がお針子なんかに示すより、はるかに大きな敬意を表してくださるもの」

「だが、レディと同じようにではない、と言いたいのだろう？」彼は顔をしかめた。「くそ、なんて複雑なんだ。とにかく、きみが誰なのか少しでも早く知る必要がある」

メアリーは同意できなかったが、反対もしなかった。イフレイムがパンとバター、それに薄切りの冷肉とチーズを運んでくると、ふたりは黙って食べた。

イフレイムの案内で用意された部屋に入り、旅の埃を落とすあいだ、メアリーの頭の中ではマシソン卿の言葉がぐるぐると回っていた。

マシソン卿の用意してくれた部屋は、メアリーがひとりだけで使うためのものだった。こうして彼女を自分の住まいに連れてきたいま、四六時中、見張っている必要はないと思ったのだろう。居心地のよさそうな部屋だった。ベッドの横と洗面台の前には絨毯《じゅうたん》が敷いてあり、ベッドの周囲と窓のカーテンには、木の葉のような緑色の美しいダマスク織りの布が使われている。重厚な木を使った暗褐色の家具には、すべて同じ模様で明るい色調の象嵌《ぞうがん》が施してあった。

ここにずっと留《とど》まることができたら！　メアリーはそう思わずにはいられなかった。常にそばにいるマシソン卿に守られ、家事やその他の雑用をこなす使用人のいる生活。毎晩疲れはてて眠るまで働かなくてすむ生活。なんとすばらしいことかしら。

でも、わたしがコーラではないことを彼が突きとめたら……。メアリーは顔に水をかけ、忍び寄る不安も一緒に洗い流そうとした。彼はそれでも面倒を見ると言ってくれたわ。柔らかいタオルを顔にあてながら、自分に言い聞かせる。彼の言葉は信頼できる。あの人は紳士だもの。

銀のブラシを手に取り、彼女は考えに沈みながらもつれた髪を梳《と》かしはじめた。二週間前には、誰かの愛人になることなど、考えもしなかった。でも、彼の人生に留まるにはそうするしかないのだ。

メアリーはマシソン卿のそばにいたかった。彼といると安心できる。大切にされていると感じる。わたしが混乱していることさえ、彼は理解してくれた。あざ笑いも同情もせず、そのおかげでわたしは、自分には何かが欠けているという思いをせずにすんだのだ。

ほかの人々が悪魔の手先だと噂する人間が、自分の影にさえ怯《おび》えがちなわたしに、これほど深い信頼を呼び起こすのは、考えてみれば不思議なことだ。

メアリーは首を傾け、左耳の上の巻き毛を梳かしながら思った。

あの噂は、あまりにもばかげているわ。だから、ちっとも気にならなかった。だいたい、マシソン卿が何年も前にコーラを殺したのだとしたら、わたしがコーラだと信じこんでいるのはおかしい。悪魔との契約がコーラの血で封じられたことになっているとすれば、そんなものは存在しないことになる。何もかも誰かがでっちあげた、意地の悪いゴシップにちがいないわ。ぴかぴかに磨かれた化粧台に銀のブラシを置きながら、メアリーはだんだん腹が立ってきた。おそらくマシソン卿にカードの賭けで負けた人間が、いかさまだと非難することもできず、悔しまぎれに悪態をついたにちがいない。お針子に本物のレディとして扱うと約束して、それを守れないことに罪悪感を覚える男性が、カードでいんちきなどできるわけがないわ。ましてや人殺しなど。どんな罪深いことも無理だ。

自らを紳士と呼ぶ男たちの大半は、一緒に泊まった宿でわたしを無理やり自分のものにしても、これっぽっちのやましさも感じないだろう。彼らは何もせずにわたしを抱いて寝ることもないし、起きたときにわたしが心を乱さないよう、朝早くベッドを出るような思いやりも示さないだろう。

わたしは彼の世話を受けることを、少しも悔やんでいない。ただ、わたしがコーラでないことがわかったときに、彼を傷つけることになるのが悲しいだけ。

ずっと捜していたコーラではないことがわかったら、彼はどんなにがっかりすることか。そして、わたしにどんな気持ちを持つだろう？　自分が失ったものを絶えず思い出させるわたしをそばに置いておくのが苦痛になるだろうか？　店が欲しいと言えば、彼はそのお金を出してくれるにちがいないけれど……。

もうここには置いてくれないかもしれないと思うと、つらくて胃がかきまわされるようだ。こんなことをしているうちに、彼はひとりで出かけてしまったかもしれないわ。メアリーはぱっと立ちあがり、ブラシが床に落ちるのもかまわず居間に駆け戻った。

マシソン卿はマントルピースに寄りかかり、胸の前で腕を組んでドアに目を向けていた。

わたしを待っていたんだわ。

メアリーは息を弾ませ、自分の疑いを恥じながらドア口で足を止めた。

マシソン卿は何度も、わたしの姿が見えなくなることに耐えられないと言った。ふいにメアリーは、そのとおりだということに気づいた。自分を貫いたパニックとまったく同じものが、彼の目のなかにも見える。それはメアリーが部屋に入ったとたん消えたのだ。

ほんの一、二秒、言葉にならないほどの喜びがメアリーの胸にこみあげ、泡のようにふつふつとあふれてきた。

するとマシソン卿が言った。「そろそろ出かけようか。マダム・ピショットを訪れて、さっさと用事をすませてしまおう」

とたんにメアリーの喜びの泡が弾《はじ》けた。彼にこういう行動を取らせているのが、自分ではなくコーラだと気づいたのだ。胸をかきむしるような嫉妬を隠すために、メアリーは顔をそむけた。マシソン卿のような男性をこんな状態に陥れた女性に出会うことがあれば、思いきりぶってやりたい。

「服を買う必要があるな」マシソン卿はひどく汚れた彼女の服に目をやりながら言った。

上等な服に着替えた彼は、非の打ち所のない紳士に見える。やはり黒ずくめだが、服地は極上で、仕立てもすばらしく、すらりとした筋肉質の体を引きたてている。そんな彼を見ると、身分の違いがいっそう際立ち、メアリーは悲しくなった。泥で汚れたしわだらけの服に、毛先を焼いたコート、濡《ぬ》れて固くなったブーツ姿の自分は、文字どおり、身分の低い貧乏な女にしか見えないことに、いやでも気づかされる。

「ちゃんと自分の服があるわ。わたしは自分の服を着たいの」メアリーはそう言う自分の声を聞いた。

マシソン卿に関するかぎり、わたしは誘惑の坂をもう十分転がり落ちた。彼はわたしの道徳観をひとつずつ突き崩していくが、服まで買ってもらうようになったら、完全に彼のものになってしまう。

マシソン卿が眉を上げた。

「マダムがわたしをバースへ送り出した日に、モリーが荷造りしてくれたの」メアリーは口をつぐみ、首を振った。「あのトランクは、まだ店の倉庫にあるはずよ。もう古着屋に持ちこんでいなければの話だけれど」彼女は下唇をかんで、震えを止めた。自分の体の一部があのトランクのなかにしまいこまれたかのような気がする。あれを取り戻せなければ、マシソン卿に服を買ってもらうしかない。すっかり彼に頼ることになってしまう。

「だったら、それを取り戻そう」

奇妙なことに、マシソン卿のその言葉は、メアリーの嫉妬をいっそうあおった。

マシソン卿は、コーラが望むことならなんでもするんだわ！

マシソン卿の腕にすがり、まるで客のような顔でマダム・ピショットの店に表から入ったとき、メアリーはとても奇妙な感じを覚えた。キティがふたりを見たとたん、口をあんぐりと開けたところを見ると、彼女にもひどく奇妙に思えたにちがいない。まるでふたりから目を離すことができないかのように、キティはあとずさりながら、マダムを呼ぶために青いビロードのカーテンの向こうに消えた。そしてマダムがオフィスから出てくると、どたどたと階段を駆けあがる音がした。

マダム・ピショットの顔は氷のように冷ややかだった。「この店では、レディのドレスしかお作りしませんのよ」マダムは嘲るような笑いを浮かべ、マシソン卿の腕にしがみついているメアリーをあてつけがましく見た。

「この店でドレスを作るつもりなどないから、ちょうどよかった」マシソン卿のほうも氷のように冷たい声で言い返した。「ここに来たのは、個人的なことをきくためだ。われわれだけで話せるようにしてもらいたい。きみにしても、自分がどれほどあこぎな詐欺師で、恐ろしく残酷な女性か、顧客に知られる危険をおかしたくないだろう？」

マダムは目玉が飛び出さんばかりに目を見開き、真っ赤な顔になった。だが、すぐにきびすを返し、かっかしながら通路を進むと、建物の奥にあるオフィスへと向かった。

そのあとに従いながら、メアリーは階段に集まっているにちがいないお針子仲間たちの動向に耳をそばだてた。マダムのオフィスに入ったとたん、メアリーは壁の節穴をちらっと見ずにはいられなかった。そこからはオフィスのなかでこれから起ころうとしていることが、手に取るように見えるのだ。マダムは机の向こうに回り、ふたりと向き合った。マシソン卿は、背が梯子《はしご》状になっている椅子を引いてまずメアリーを座らせ、それから自分も隣に腰をおろした。メアリーはその様子を見て、ロッティが目を丸くするのが見えるような気がした。仲間がこの仕草をどう受けとるか、メアリーにはたやすくわかった。わたしがすでにマシソン卿の愛人になったと思うにちがいない。

メアリーは後ろを向き、本当は違うのよ、と説明したい衝動を必死にこらえた。

「ここに来たのは、知りたいことがあるからだ」マシソン卿は、口をへの字に結んでこちらをにらみつけているマダムに言った。

「それと、わたしのトランクを受けとるためよ」メアリーは彼の袖に触れながら言った。彼女はちらりと壁の上のほうを見た。お針子たちはその裏側に集まっているにちがいない。

「ああ」マシソン卿はゆったりと座り、脚を組みながら言った。「あとで送るふりをして、きみがお針子のひとりに荷造りさせたトランクだ」

「まだそうする時間がなかっただけですわ」マダムは言い返した。「もちろん、メアリーがロンドンに戻り、あなたの保護の下にいるとわかったからには……」マダムは嘲るように言った。「そちらの住所にお送りするよう、手配しますわ」

「そうかな？」マシソン卿が少しも信じていない声

で言い返した。

彼のあからさまな非難に、仲間たちは息をのんでいるはずだ。メアリーはその音が聞こえるような気がした。

「メアリーは、ぼくの使用人にそれを取りに来てもらいたいだろうと思うね」

「ええ、そうしてほしいわ」メアリーは言った。自分好みの服を作らせたいにもかかわらず、マシソン卿がこちらの願いを聞き入れてくれた理由はもうどうでもよかった。あのトランクに入っている手袋やストッキングは、彼女がこの店で苦労して自分の居場所を作りあげるのにかかった時間のすべてを象徴している。

メアリーは自分がロンドンで達成したことを誇りに思っていた。ほかはともかく、針に関しては人一倍優れた才能を持っていることは、誰にも否定できない。その技術は、彼女が生き延びる手段となっただけではなかった。それはマダム・ピショットの店の名を上げ、お針子仲間の待遇を改善したのだ。メアリーは顧客をひと目見ただけで、どんなドレスが似合うかぴたりと見抜いた。布を裁断するのはマダムだが、最初のデザインのスケッチ画を描くのは、ほとんどの場合メアリーだった。極度の集中を必要とするビーズの刺繍《ししゅう》に関しては、彼女の右に出る者はほとんどいない。

この七年の全人生が、あのトランクに詰めこまれている。メアリーにはそう思えた。それをここに残していくのはごめんだわ。マダムには、すでにさんざん利用されてきたのに、あれまで古着屋に売られるのは耐えられない。

「さてと、そろそろ質問に答えてもらえるかな?」

マシソン卿が切りだした。

「わたしは何も知りませんよ」

「まず、メアリーがここに来る前にどこで働いていていよく考えてもらいたい」

「どうしてそんなことを教える必要があるんでしょう?」

「言葉に気をつけることだな」マシソン卿は目を険しく細め、メアリーの背筋が震えるような表情を浮かべた。「ぼくを敵に回すことになるぞ」

「わたしにこれ以上、何をしろとおっしゃるんです?」マダムは両手を机について立ちあがった。「お針子のひとりをつけまわし、彼女を路頭に迷わせたあげく、わたしが……売春宿を経営しているなどという、途方もないそしりを受けるようなことをしでかしておきながら。この国に来て以来、必死に働いてどん底からのしあがり、ようやくこの街でも指折りの仕立屋になったというのに」

マダムは突き出た大きな目に涙を浮かべ、全身を震わせていた。

矛盾する気持ちがせめぎ合い、メアリーは戸惑った。マダムにも同情の余地はある。最後はあんなひどい仕打ちをされたが、マダムがそうした動機は理解できるような気がした。マダムはメアリーの才能を失うことに激怒していたにちがいない。気まぐれな貴族たちは、もうこの店では、マダムのトレードマークとなった美しい刺繍の施されたドレスは作れないとわかれば、すぐさまほかの店に移ってしまうにちがいない。顧客が減り、店は傾く。ここを維持するためには、上流社会以外の客の注文も受けなくてはならない。そして誰でも金しだいでこの店でドレスを作れることになれば、特権は失われ、坂道を転がるように店の格は落ちるのだ。

「この店をそこまでにしたのは、きみの指ではないと思うが」マシソン卿は鋭く指摘した。「おそらく、不幸なお針子たちを極限まで酷使し、自分のポケットを潤してきたのだろう。だが、今日はその話をするために来たわけではない。誰を敵にするか、よく考えたほうがいいぞ。この件は間違いなく噂になる」彼は片手を振って、オフィスに座っている三人を示した。「スキャンダルを逃れる術はない。だが、それがきみの店に与える影響は、きみがどちら側につくかで大きく変わってくる。ひとつ警告しておくが、ウィンターズ一家は上流社会の人々には、たいして重きを置かれていない。彼らには後ろ盾もないし、良家の出でもない。商売で稼いだ金はあるが」マシソン卿は唇をゆがめ、どこへでもしゃしゃり出る卑しい成金たちへの軽蔑を示した。「メアリーがぼくの妻になれば、ウィンターズ一家、あるいはメアリーの〝友人たち〟が何を言おうと、やっかんでいるとしか取られないだろう」

マシソン卿の言葉を考えるあいだ、マダムは声もなく唇を動かしていたが、やがて言った。「本気でこの子と結婚するおつもりですの？」

「そうだ」

マダムの唇が意地の悪い笑みにゆがんだ。「では、彼女がどこから来たか、喜んでお教えしますわ。サリー州のオーカムホールと呼ばれる館からです。メアリーはレディ・サンディフォードのお針子でしたの。でも、彼女は暴力をふるって、お払い箱にされたんです」

マダムは意地の悪い喜びで目をきらめかせ、メアリーを見た。

「館の殿方に、ひどいけがを負わせたんですよ。その息子さんだというのに、まったく……」マダム・ピショットはマシソン卿が怒りに顔をゆがめ、ぱっと立ちあがったのを見て、これみよがしにため息をついた。「どうやら、その話はあなたに隠していたようですわね。あまり自慢できることじゃありませんもの」

7

マシソン卿《きょう》はメアリーに腕を差し出した。彼はマダム・ピショットのオフィスのドアを開け、メアリーのためにビロードのカーテンを手で押さえておいてくれた。そして店の外で待っていた馬車にも彼女を乗せてくれた。

だが、幽霊のように青ざめた彼の顔からは、そのあいだも険悪な表情が消えなかった。

マシソン卿の耳にだけは入れたくないと思っていた事実をマダム・ピショットが口にしたあと、メアリーの心臓は激しく打ちつづけ、喉から飛び出さんばかりだった。彼がかろうじて怒りを抑えているのが、はっきりと見てとれる。殴られる恐れはまったくないが、ふたりきりになったら、何を言われるかわからず、それが怖かった。暴力沙汰を起こしていたことが知られた以上、放り出されるにちがいない。

裏切りの苦い味が喉にこみあげ、彼女は息を詰まらせながら、すすり泣きをのみこんだ。

彼の約束など、あてにならないわ。男は決して約束を守らない。自分たちの望みをかなえるために、その場かぎりのでたらめを口にするだけで、少しもそれを守る気はないのよ。

馬車が彼の住まいに着くころには、メアリーの苦悩は怒りに変わっていた。マシソン卿が失望したとしても、わたしが悪いわけではないわ。彼自身のせいよ。あれほど何度も、わたしは彼が思っているような人ではないと念を押したのに。

「せめてわたしの話を聞きたいとは思わないの？」イフレイムがマシソン卿の帽子とコートと手袋を受

けとるのを見ながら、メアリーはたまらず尋ねた。

嫌悪のような表情が青ざめたマシソン卿の顔をよぎった。彼はメアリーの腕を取り、乱暴に居間に引っ張っていくと、ドアを蹴って閉めた。

「きみが話したいというなら聞くが、話したくないだろう？　きみにはすまないことをした」彼はうめくように言うと、メアリーを引き寄せて息もできないほど強く抱きしめ、彼女を驚かせた。「光のなかに引き出さずに、闇に葬られたままにしておくべきだった。サンディフォードの大ばか者が」彼はメアリーを離し、彼女の顔を両手ではさんで見つめた。

メアリーは混乱して彼を見返した。

「わたしのことを怒っていないの？」

「きみに腹を立てるだって？　あいつと闘ってのけたきみを？　もちろん、怒ってなどいるものか」

彼女は首を振った。「マダムが言ったことを聞かなかったの？　わたしが彼に襲いかかったことを」

「意地の悪い女が、ぼくたちの仲を壊そうとして言ったことは聞いたとも」彼は鋭く言い返した。「だが、ぼくはきみを知っているんだよ、コーラ。それにサンディフォードのやつも知っている。だから何が起こったかは、手に取るようにわかる」

「あなたはわたしを知らないわ」メアリーは抗議した。マシソン卿がコーラと呼びさえしなければ、彼のこの絶対的な信頼に慰めを見いだしたかもしれない。だが、彼が信じているのはコーラだ。彼は婚約者だった女性にすっかり夢中で、七年たったいまでも吐き気を覚えるほどあさましい出来事にすら、目をつぶろうとしているのだ。

彼女はマシソン卿から離れ、脇におろした手をきつく握りしめて彼をにらみつけた。いったいどうすれば、真実に直面してもなお、錯覚にしがみついていられるの？　わたしにはとても我慢できない。

「わたしは彼を刺したのよ！」メアリーは泣きなが

ら叫んだ。「何度も何度も。血が飛び散ったわ」

視界の周囲がぼやけはじめ、唇がしびれてきた。メアリーは震えながら手を伸ばし、ふらつく体を支えようとした。たまたま手近にあるのはソファだったので、彼女はそれに沈みこみ、両手で顔を覆った。

マシソン卿がサイドボードへと向かい、デカンタの栓を取って、グラスに何かを注ぐ音がした。

メアリーが気づいたときには、彼がかたわらに膝をつき、彼女の手にグラスを押しつけていた。そして手を添え、そのグラスをメアリーの唇へと持ちあげて、金色の液体を震える唇のあいだから流しこんだ。焼けるような液体が喉を流れ落ち、メアリーは少しせきこんだ。だが、それが胃のなかに入ると、温かい蔓《つる》のようなものが体のなかを走っていくのを感じた。彼女はグラスをつかんでもうひと口飲んだ。

「きみは自分を守ろうとしただけだ。あの男を傷つけたことで罪悪感を抱く必要などまったくない」

「どうしてそれがわかるの？」メアリーはきっとなって言い返した。マシソン卿の目に浮かんでいる心配の色が短剣のように彼女の胸を貫いた。

彼は、わたしが間違ったことなどできない、優しくて無垢《むく》な育ちのいいコーラだと思っている。だから、自分から暴力をふるったのではなく、むしろ犠牲者にちがいないと考えたんだわ。

彼女は反発を感じ、グラスを彼の手からひったくった。もうひと口飲むと、不機嫌な顔でつぶやく。

「たしかに、わたしは自分を守っていたと言えるわね」そしてマシソン卿の目に燃えているコーラへの尊敬を見なくてすむように顔をそむけた。

「わかっている。サンディフォードがきみをかどわかし、オーカムホールへ連れ去ったんだな」

「なんですって？　いいえ！」メアリーは叫んだ。

「わたしはあの館でお針子として働いていたの」彼の戸惑った顔を見ても、思ったほどの満足は感じない。「雇われたときには、彼はそこにいもしなかったわ」

「どうしてオーカムホールへ行くことになったんだ？」彼はすっかり混乱して尋ねた。

「あの……よく思い出せないの」メアリーはしぶしぶ認め、人差し指でこめかみを押さえた。「オーカムホールに行く前の記憶は、たいしてないの……」彼女はグラスの残りを飲みほし、足元に置いた。「あそこに雇われた日、家政婦の部屋に立っていたのは覚えているわ。わたしをそこにともなったレディが、わたしは病みあがりだから、軽い仕事しかできないと言ったわ。家政婦がちょうどお針子を必要としていたところだと言うと、さっきのレディがわたしのことをとても腕のいいお針子だと言ったの。それを聞いて、とても驚いたのを覚えているわ。でも、言いつけられる仕事はとても簡単だったから、そのレディの言うとおりだとわかったの。わたしはたしかに腕がよかったのよ」

「病気だったのかい？」彼は立ちあがり、ソファに並んで座ると、両手を膝のあいだにはさんだ。

「ひどい頭痛がして……」マシソン卿にはすでになじみの仕草で、彼女はうなじに手をやった。「でも、レディ・サンディフォードの息子さんが帰ってくるまで、館には長いこといたのよ。彼はどこか遠くにいたの。そして……」メアリーは青ざめた。「裁縫室にたびたび顔を見せた。新入りの娘、つまりわたしを見るためだと彼は言ったわ。そしてすぐそばに立って、ここの住み心地はどうかとか、仕事は好きかなどと尋ねてきたわ」

あの低い声と、彼が顔に吐きかけてきた臭い息を思い出すと、メアリーの胃がぎゅっと縮んだ。

「いつ来ても、酒臭い息をしていたわ。そして、いつも体が触れそうなほど近くに立っていたの。でも、わたしは何も言えなかった。雇い主の息子さんだもの。すると彼はわたしの髪をなではじめ、あのときは意味がわからなかったけれど、なんだか怖い質問をしはじめたの」

メアリーはつかのまぎゅっと口を結び、それから深々と息を吸いこんで小さな声で続けた。

「でも、やめてくれとは一度も言えなかったのよ。だから、触ってもかまわないと彼が思いこんだのは、きっとわたしのせいね」メアリーは頬を赤くした。

涙がひと粒メアリーの頰を伝い落ちると、マシソン卿は彼女の手を取った。

「彼はとても強くつかんだの。あまりにも痛くて、ショックを受けて、わたしは怖じ気《おけ》づいて彼からあとずさった。ぱっと立ちあがって、裁縫室の奥にあとずさったのよ。彼は笑いながらわたしをつかんだ。その瞬間、何も考えずに反射的に刺繡《ししゅう》に使うはさみを取って、伸びてきた彼の手を刺したの。そのあとは、すべてがあっという間に起こったわ……」

彼女は肩を落とし、うなだれた。

「彼が吠《ほ》えるような声をあげたので、みんなが走ってきたわ。彼はわたしの首をつかんで、気がつくとふたりとも床に倒れていたの。わたしは彼の上になっていて、逃れるためにその手を繰り返し刺していたのよ。すると、ふたりの使用人が飛びこんできて、わたしを彼から引き離した。彼はわたしが正気を失った、施設にぶちこむべきだ、とわめきたてていたわ。そして使用人たちは、わたしを地下のワイン貯蔵室に引きずっていったの。館のなかでいちばん頑丈な扉がある場所に。でも、彼らが扉を閉めると、なかはとても暗くて……」彼女はぶるっと震えた。

「寒かったわ」

そのときの恐怖を思い出し、メアリーの頰を涙がとめどなく流れた。

「刑務所に送られるのではないかと、生きた心地がしなかったわ。彼はわたしを判事のところに引ったたてていくと息まいていたの。わたしがどんな申し開きをしても、誰も信じてくれなかったでしょう。館に来る前のことさえ覚えていないわたしの言葉など、誰が信じてくれるというの？　それがいちばん恐ろしいことだったわ。記憶が詰まっているはずのところに、ぽっかり開いている穴が。何かがそこにあるべきなのに。わたしは自分の名前さえわからなかった。館にわたしを連れてきたレディは、家政婦に、わたしの名前はメアリーだと言ったの。それを聞いてわたしは驚いた。でも、自分の名前にも驚くなんて、いったいどうして……？」

「メアリーがきみの名前ではなかったからさ。そうとも、きみはコーラだ」

「違うわ！　わたしの話を聞いていなかったの？」

「聞いたとも」彼は苛立《いらだ》たしいほど冷静な声で応じた。「きみは自分が知っている以上のことを話してくれた」彼はハンカチを差し出しながら、片方の腕を優しく彼女の肩に回した。「だが、きみがワイン貯蔵庫からどんなふうに逃げ出したのか、それを聞く必要がある」

「彼女が……家政婦が出してくれたの」メアリーはそう言って鼻をかんだ。「真っ暗ななかに、ずいぶん長いこと閉じこめられていたから、ひどくまぶしくて……」メアリーはハンカチを握りしめた。「貯蔵庫にいるときは、まるで闇がわたしの一部になったかのようだったわ。闇がわたしのなかに染みこんで、内側から蝕《むしば》んでいく、そんなふうに思えたの。そのうち、わたしには闇しか残らなくなるんじゃないかと怖くてたまらなかったわ。いまでも夢に見るの」

彼に対する怒りと反発はまだかすかに残っていたが、メアリーはマシソン卿の肩に顔をうずめた。

「もう大丈夫だ。何も心配はいらない。誰にも二度ときみを傷つけさせやしないよ」彼はメアリーの頭に温かい息を吹きかけた。

マシソン卿の言葉よりも、彼のたくましい体と、しっかりと抱きしめてくれる腕が昔からの恐怖を追い払ってくれた。メアリーは震えながら深いため息をついて、清潔なリネンと彼の肌に残る石鹸《せっけん》の香りを吸いこんだ。それが暗闇に閉じこめられたときの寒さと孤独を頭から追い払ってくれた。

「家政婦も……」メアリーはぎこちなく身を起こし、マシソン卿の頬に片手を置いた。「彼の話を信じなかったの。あなたと同じように。何も聞こうとせずに、こう言ったわ。〝これまでさんざん若いメイドたちを餌食にしてきた天罰がくだったのよ〟と」

マシソン卿は険しい顔を和ませた。「思慮深い女性のようだな」

「家政婦はわたしを暖かい外套《がいとう》でくるみ、マダム・ピショット宛の推薦状を書いて、外働きの使用人に、ロンドンへ向かう馬車にわたしを乗せるように言いつけたの」メアリーは馬車の旅で感じた恐怖の話を飛ばして言った。「マダムはその手紙を読んで、わたしがちゃんと仕事をして、おとなしく言うことを聞くのなら、かくまうと言ったのよ。友達の頼みだから、食事と寝る場所は用意する、と。わたしの腕がよければ、給金のことも考えると約束してくれたわ。そのときのマダムはとても親切だったのよ」

マシソン卿が給金と聞いて険しい顔になるのを見て、メアリーは急いで付け加えた。

「わたしが怖がっているのは明らかだったから、モリーが清潔な服を用意するあいだ、熱いお茶をいれてくれたわ。自分の下で働くかぎり、オーカムホールで起こったような出来事が起こる心配はない、と言ったの。店の奥に紳士が入りこんで、お針子を悩ませるようなことは決して許さないから、と」

メアリーは懇願するように彼を見た。どうかわかってちょうだい。

しばらくすると、マシソン卿は表情を和らげ、うなずいた。「きみはそこを自分の避難所だと思っていたんだね？　そしてマダム・ピショットは救い主だと。給金などどうでもよかったんだ」

メアリーはうなずいた。

「かわいそうに。なんとひどい目に遭ってきたんだ」彼は深く息を吸いこみ、決意も新たに言った。「こんなことは聞きたくないだろうが、家政婦がきみを判事の手に渡さなかったのは、残念なことだ」

メアリーが不安にかられて身を硬くすると、彼はぎゅっと彼女の手を握りしめた。

「そうすれば、きみは家に戻り、ロンドンに送り出されて七年ものあいだ自分が誰かと思い悩まずにすんだはずだ」

「自分が誰かはよく知っているわ。お針子のメアリーよ」

マシソン卿は頑固な表情を浮かべた。「きみがそれを信じる前に、キングズミードからどうしてオーカムホールへ行くはめになったのか、調べる必要がある。その鍵を握っているのは、きみの話に出てきたレディ――家政婦にきみのことを推薦した女性だな。彼女のことは覚えているかい？」

メアリーは彼の手を振り払い、自分の体を抱きしめた。「何も言えないわ」

「では、ぼくのほうからいくつか言おう」彼は厳しい声で言った。「キングズミードからオーカムホールまでの距離は五十キロもない。きみはぼくの家であるキングズミードに滞在していたんだ。ぼくたちは領地にある教会で結婚することになっていた。その支度で忙しいさなかだったんだ。ふたりともとても幸せだった」

彼の目に遠くを見るような表情が浮かんだ。

「ある日の午後」メアリーがしだいに募る不安に吐き気を感じはじめたのにも気づかず、マシソン卿は言葉を続けた。「きみはひとりで馬に乗って出かけた。そして、木の葉をそこらじゅうにつけた泥まみれの馬だけが戻ってきた。最初、ぼくらはきみが森で落馬したのだと思った。ひどい雷雨があったからね。雷鳴と稲妻が、きみの乗っていた馬を驚かせたのかもしれない。きみがどの方向に行ったかさえわからず、ぼくらは恐怖にかられた。暗くなるまで必死に捜し、ランタンを手に捜索に戻った。だが、どこにも落馬した痕跡が見つからず……」彼の顔からふいに表情が消えた。

マシソン卿は立ちあがり、部屋を歩きはじめた。「もしかすると、きみは落馬して気を失い、雨に打たれて気がついたものの、頭が混乱して、どこかに身を寄せたのかもしれない。おそらく、その家の女性がきみをオーカムホールへともなったのだろう。しかし――」彼は眉根を寄せた。「彼女がぼくに知らせなかったのは、ずいぶんおかしな話だ。最初の夜のあと、ぼくたちは捜索隊を組織し、館から何キロも離れた家まで訪れ、尋ねてまわったんだからね」彼は苦い声で付け加えた。「だが、ぼくに殺人の疑いがかかると、捜索の範囲はぐんと狭められた」彼は悪魔のような顔になった。「馬車、池、納屋や干し草、氷室さえ入念に調べられた。彼らはぼくがきみの死体を隠しそうな、ありとあらゆる場所を調べてまわったんだ」

「まあ、ごめんなさい」彼女はなぜか罪悪感を覚えてそう言った。

マシソン卿は片方の肩をすくめ、苦い笑みを浮かべて彼女を見た。「きみが謝る必要はないさ。きみになんの落ち度もなかったのは明らかだ」彼は部屋を横切ってすぐ前に立つと、彼女をにらみつけた。「くそ、謎の一部を解くたびに、その答えがべつの謎を生むとは。その女性は誰なんだ？　きみはなぜ彼女の世話を受けていた？　それに、なぜ彼女はきみをオーカムホールへ連れていったんだ？　よく考えてごらんよ、コーラ」彼はソファに腰をおろし、彼女の肩をつかんだ。「その女性の家にいたときのことを、なんでもいいから思い出せないか？　謎が解明できるようなことを」彼は絶望にかられ、両手を大きく広げた。「なんでもいいんだ！」

メアリーはぎゅっと目を閉じ、ひしと自分の体を抱きしめた。わたしはコーラではないと言いつづけてもなんの役にも立たない。コーラに起こったという出来事、その悲劇が起きたときに、自分がすぐ近くにいたことを考えると、マシソン卿がわたしをコーラだと頑固に信じている気持ちはわかる。

でも、わたしは決して馬に乗れないわ。

「あなたの助けになれたらと思うけれど」メアリーはそう口にしていた。「でも、そのころのことをいくら思い出そうとしても、断片的な記憶しか浮かんでこないの」それがいまもよみがえってきた。彼女は体を揺らし、うめくように言った。「痛みと喪失感、それに……」深い悲しみが大きな波のように襲ってきた。「ああ、だめ、思い出したくない」

マシソン卿は無理強いしたことを悔いて、彼女を抱きしめ、子供をあやすように揺さぶった。「きみを苦しめるつもりはなかったんだ。いいんだよ、ダーリン。思い出す必要はない。答えはぼくが自分で見つける」彼女の髪を涙に濡《ぬ》れた頬から押しやりながら優しく言う。「サンディフォードを見つけるのは簡単だ。彼からいくつか答えを引き出すとしよう」

「やめてちょうだい。お願い、彼にわたしがいる場所を教えないで」彼女はマシソン卿の襟をつかんだ。「刑務所か、もっとひどい施設に放りこまれるわ」

彼の顔が険しくなった。「ぼくはそんなばかじゃないさ。きみの名前を出さなくても、あの男から情報を得る方法がある」彼は立ちあがった。

「もう出かけるの？」彼女はぎょっとした。「わたしをひとりにしないと約束してくれたでしょう！」

マシソン卿の顔に苛立ちがよぎった。「ひとりじゃないさ。ここにはイフレイムがいる。なんでも彼に頼むといい。呼び鈴を鳴らせば来てくれる」彼は暖炉のそばの紐《ひも》を示した。「ぼくと一緒に行くのは無理だぞ」彼は厳しい声で付け加えた。「サンディフォードがどんな男か、よくわかっているはずだ。あいつの好みを満たす店を、いくつか梯子《はしご》する必要があるかもしれない」

マシソン卿が危険な目に遭うかもしれないと思うと、メアリーは自分の不満を忘れた。「気をつけてくれるわね？」彼女はくしゃくしゃのハンカチをもみしだきながら立ちあがった。

マシソン卿は涙に濡れた彼女の頬を人差し指でなでた。「きみの記憶を取り戻すためなら、地獄の底まで行くさ」険しい顔で言うと、固い決意を浮かべた。「ぼくのことは心配いらない。サンディフォードが出入りする場所では、ぼくも顔が売れているんだ。彼らはぼくの〝悪魔との契約〟もよく知っている」そう言って、自嘲するように顔をゆがめた。「ぼくを怒らせる度胸のあるやつなどいるものか。だが、たとえ誰かがちょっかいを出してきても、そのための備えはしてある。腕利きぞろいの場所で定期的にフェンシングをしているし、ジェントルマン・ジャクソンのジムでボクシングもしている。賭博場では――」彼はにやっと笑った。「自分の面倒を見られないやつは長続きしないからな」

「どうか」彼女は勇気を振り絞ってその名前を口にした。「サンディフォードのあとを追わないで」

彼の顔が険しくなった。「この数日の出来事で、さぞ疲れたことだろう。本でも持って部屋に引きとるといい」彼は片手を振って、本や雑誌がぎっしり詰まった棚を示した。

彼女はちらっとそちらに目をやった。面白そうな本がたくさん並んでいる。のんびり座って読書ができるのは、ずいぶん久しぶりのことだ。

マシソン卿はすぐに彼女の物欲しそうな表情に気づいた。「きみは昔から本が好きだったからな」

「コーラが、でしょう？」彼女は書棚から視線を離して抗議した。

彼はかすかに苛立ちのにじむ声で言った。「きみが実際に貧しい家で育った、ただのお針子なら、小説を読むのが大好きなのはどうしてかな？ 働く女性には、読書をする暇などないと思うが」

たしかにマダム・ピショットの店で働いているあいだは、本を読む時間などまったくなかった。どうして自分が読書を愛しているのか、メアリーにはわからなかった。一緒に働いていた娘たちとはまるで違う。厳格な道徳観を持っている理由もわからない。

「わたしの両親は、立派な教育を受けた人たちだったけれど、貧しかったのかもしれないわ……」

「認められるのは、そこまでか」彼は皮肉たっぷりに言うと、苛立って付け加えた。「どうしていちいちぼくに逆らうんだ？ きみが自分を誰だと思っているにしろ、好きな本を読んで過ごせるチャンスがうれしくないのかい？」

マシソン卿は彼の珍しい怒りの発露にショックを受けている彼女を残し、きびすを返して大股で部屋を出ていった。

彼女は体の芯が冷たくなるのを感じた。

わたしが必死に築いた身分に固執するのに、うんざりしはじめたのね。彼の空想に調子を合わせられなくなったら、いまと同じことが頻繁に起こるの？

でも、彼の機嫌を保つ手段がそれしかないとしても、自分の信念を曲げてコーラのふりができる？

彼女はしばらくそこに座り、自分が直面しているジレンマと格闘していた。だが、やがて自分で勝手に作り出した不幸なシナリオにパニックをあおられているだけだと気づいた。何かで気を散らさないと、頭がおかしくなりそうだ。

これまでは、刺繍をすることで前向きな考え方を取り戻してきた。でも、独身男性の住まいで、その材料が見つかるとは思えない。彼女は立ちあがり、手に触れた最初の本を書棚から抜き出した。

そしてページを開くと、良質の紙とインクのにおいが立ちのぼってきた。二、三度深く息を吸いこみ、半ば目を閉じて、本に目を近づけながら、かすかにインクが盛りあがったタイトルをなでる。そうすると、少し気持ちが落ち着いた。彼女は『ラックレント城』を手にすると、暖炉のそばの椅子に落ち着き、マライア・エッジワースの小説が苦しい思いを忘れさせ、もっと幸せな場所に連れていってくれることを願った。

だが、その物語は没頭できるほど面白くなかった。メアリーの頭には話の展開がさっぱり入ってこなかった。

マシソン卿はどこにいるのだろうか？　それが気になった。サンディフォードを見つけたのだろうか？　見つけたとすれば、わたしのことをどう話しているのだろう？　メアリーは階段に足音が聞こえるたびに、彼が戻ってきたのかと体をこわばらせた。

だが、メアリーがぽつんと彼を待っている居間に入ってくるのは、イフレイムだけだった。執事は暖炉の残り火を囲いに来た、夜の片づけをしに来た、と言っては顔を出したのだ。やがてイフレイムはほとんどの蝋燭《ろうそく》を消し、部屋にあるものをみなきちんと整えたあと、咳払《せきばら》いをして尋ねた。「今夜はほかに何かお入り用なものがございますか？　だんな様は、お嬢様が早めにおやすみになりたがっていると言っておいででしたが」執事はマントルピースの時計をちらっと見た。もう真夜中に近い時刻を示している。「熱いココアでもお持ちいたしましょうか?」

本を読むのは、ここでなくてもできる。ベッドに追いたてられる子供のような気分で、メアリーはドアへと向かった。すると、イフレイムがぱっと動いて、彼女のためにドアを開けた。

メアリーは自分のために用意された部屋のドア口で立ちどまった。昼間見たときにもすてきだと思ったが、留守にしていたあいだに、だいぶ様子が変わっていた。艶やかに磨かれた化粧台には、昼間はなかった薔薇《ばら》を生けた花瓶が置かれ、蜜蝋のにおいが入りまじった甘い薔薇の香りが鼻をくすぐる。それ以外にも、イフレイムは男性的だった部屋にこまごまと手を加え、女性の部屋らしい雰囲気を作り出していた。明日の朝、忘れずにお礼を言わなくては。

彼女のトランクは、洗い立てのシーツをかけたベッドの裾に置かれていた。豪華なサテンのキルトの上には寝間着が広げてある。

トランクがここにあるのはうれしかったが、イフレイムが勝手に開けて、なかを見たのはあまりうれしくなかった。彼女は執事が荷ほどきしたのを覚悟してトランクを開けた。が、そのなかにあるものは、モリーが荷造りしてくれたときのままで、誰も手を触れた様子はなかった。

メアリーはベッドの上の寝間着を見直し、それが自分のものではないことに気づいた。こんなに上等なシルクで作られたものは、これまで一度も持ったことがない。それに、ベッドのそばにある椅子の肘掛けには、おそろいのガウンもかけてあった。トランクが戻らなかったときのために、マシソン卿がわたしのために買ってくれたにちがいない。

いままで、こんな美しい贈り物をもらったことはない。彼女はトランクのそばにしゃがみこんだまま目を潤ませた。いえ、いままでは何ひとつ贈られたことはなかった。彼女は手を伸ばしてうっとりと美しい寝間着をなでた。

それから期待に体を震わせ、服を脱いで洗面台へ行き、水差しの湯を洗面器に注いだ。こんなに上等なものを着るなら、その前に体を洗わなくては。

石鹸を使いながら、昼間とは違うものであることに気づいた。もっときめの細かい上等な石鹸で、薔薇の香りがする。

わたしのお気に入りだわ。

どこからか湧いてきた思いに、メアリーはまつげと鼻から湯を滴らせながら凍りついた。マシソン卿は気味が悪いほどわたしの好みに詳しい。

この部屋にいる喜びがすっかり台無しになったのを感じながら、彼女はタオルを取って顔を拭いた。

マシソン卿は賢明な男性だ。あらゆる手段を使って、わたしが行方不明になった婚約者だと納得させようとしているんだわ。もう少しで、わたしもそれを信じるところだった。

でも、薔薇の香りが好きな女性はたくさんいる。シルクの肌触りを愛している女性も多い。マシソン卿がわたしのことをよく知っている理由にはならないわ。

彼女は何秒か寝間着を見下ろしてから、怒りにまかせてベッドの上からさっとつかみ、化粧台の引き出しに投げこんだ。そしてトランクから自分の身分に相応《ふさわ》しい、清潔な寝間着を取り出した。これは上等なローン生地の残りで作ったものだった。贅沢《ぜいたく》な贈り物など必要ない。

彼女は頭から寝間着をかぶり、首のまわりにきゅっとリボンを結んで、まだかっかしながらベッドに入った。

そして持ってきた本を手に取り、イフレイムが居間に入ってきたときに読んでいた箇所を開いた。蝋燭が短くなり、炎がちらつきはじめても、彼女はまだ座ったまま、その本をつかんでいた。もうほとんど文字を判別できない暗がりのなかで、かごにとらわれた野鳥のように、あれこれ考えながら。

玄関ホールのドアが音をたてて閉まったときには、空が白々と明るくなりかけていた。メアリーがベッドをおりると、本が床に落ちた。マシソン卿が自分の空想に彼女まで巻きこもうとしたことには、まだ腹が立つが、サンディフォードから何を言われたか知りたい気持ちのほうがはるかに強い。あの男は何を言ったのだろう？　オーカムホールへメアリーを連れていった女性の名を挙げることができたの？その女性はキングズ……ウッドだかコームだかと何か関係があるのだろうか？　でも、コーラが最後に姿を見られている場所の名前は関係ないわね。だけど、サンディフォードの返答には、わたしの将来がかかっている。

彼女はまっすぐ通路を横切り、マシソン卿の寝室のドアをノックして開けた。薄い寝間着一枚の姿で、夜明け前のこの時間に、裸足《はだし》で家のなかをうろうろするのは、とんでもなく不適切なことだ。だが、彼が入手した情報のことで頭がいっぱいで、そんな心配はこれっぽっちも頭に浮かばなかった。

マシソン卿の部屋はメアリーの部屋とよく似ていたが、明らかに男性的な雰囲気だった。マシソン卿はベッドのそばの椅子に座り、イフレイムがその前に膝をついてブーツを脱がせている。どちらの男性も、同じように驚いて彼女を見た。

「どうしたんだ？」マシソン卿が鋭く尋ねた。

あまり歓迎しているとは言えない声に、彼女はためらった。

イフレイムがブーツを脇に置くと、マシソン卿は立ちあがった。使用人は落ち着き払って主人が上着を脱ぐのを手伝った。

彼女はごくりと唾をのみ、ドアの取っ手をつかんだ。マシソン卿が服を脱ぐ光景から視線をそらすと、洗面台に用意された髭剃《ひげそ》りの道具が目についた。

「今夜はもうやすんでくれ」マシソン卿はぶっきらぼうに言った。

メアリーはぎょっとして靴下だけの足で化粧台の前に立っている彼に目をやった。そして、マシソン卿が下がらせたのは自分ではなくイフレイムだと気づき、ほっとした。

イフレイムが立ち去ると、彼女は部屋に入り、壁に背中を押しつけた。

「なんの用だい？」彼は疲れた声で尋ね、スカーフをはずして床に落とした。

メアリーは壁沿いにじりじり移動し、衣装だんすの端にぶつかった。

「ごめんなさい」彼女はシャツのボタンをはずしたマシソン卿の胸元を見つめながら口ごもった。まばらな黒い毛が見える。「あの、わたしは失礼するわ」

彼女は壁沿いにドアのほうへと戻りはじめた。

「そうはいかない」彼は鋭く言って、たった二歩で彼女のいる場所に達し、その手首をつかんだ。「ぼくはこの七年、片時も心の休まる日がなかった。ここに入ってきたあとで、逃げ出すとはどういうつもりだ。しかも裸同然の、そんな格好で」彼はごくりと唾をのんだ。「ぼくに希望を抱かせて」彼はぎゅっと目をつぶり、低い声で毒づくと、出し抜けに彼女を自分から突き放した。くるりと背を向けて、髪をかきあげ、うなるように言う。「出ていってくれ。ぼくを地獄に置き去りにするといい」

「そんなことはしたくないわ」彼女は自分がそうささやくのを聞いた。奇妙なことに、マシソン卿がどれほど傷つき、怒っているかを見たとたん、自分が同じように取り乱していたときに彼が示してくれた優しさを思い出した。彼は不安にかられているわたしを置き去りにしたりしなかった。抱きしめて、慰めてくれた。

メアリーはマシソン卿に近づき、ためらいがちに肩に手を置いた。背を向けて化粧台の端をつかみ、頭を垂れていた彼は、体をこわばらせた。が、いやがっている様子はない。

出ていけと言ったけれど、彼はわたしにいてほしいんだわ。

「あなただけの地獄じゃないわ」彼女はさらに近づき、彼の腰に腕を回して、こわばった背中に頬をあずけた。「わたしの地獄でもあるのよ。わたしはあなたと一緒にそこにいるの」

「だが、きみはぼくを求めて焼かれるような思いを抱いているわけじゃない。そうだろう？」

彼はわたしを求めているわけではない。彼が求めているのは、亡くなった女性だ。

「わたしはそういう意味で言ったわけじゃないの」メアリーは抗議した。「あなたとわたしは……」彼女は顔をしかめ、適切な言葉を探そうとした。「わたしたちは、ふたりともこの世界からはみ出している。まるで、ほかのみんなが何百本という蝋燭が灯《とも》された舞踏室で複雑なメヌエットを踊っているのに、わたしたちはその外で、わたしたちにしか聞こえないワルツを踊っているようだわ」

険しい表情を少し和らげ、マシソン卿は両手で彼女を抱きしめた。

「今夜は失敗だった。サンディフォードは何ひとつ役に立つことを知らなかった。例によってぺらぺらしゃべってくれたが」

マシソン卿がぶるっと体を震わせたので、メアリーは彼に回した腕に力をこめた。

「聞きたくもないことばかりだった。吐き気がするような自慢話だ。卑劣な屑《くず》め！」

「そんなことはどうでもいいわ」メアリーは両手で彼の背中をなでながら、慰めようとした。

マシソン卿は彼女の髪に顔をうずめ、そのにおいを吸いこんだ。

ふたりは抱きあったまましばらく立っていた。

それから彼がささやいた。「きみにキスしたい」

メアリーは黙って顔を上げた。

彼女が唇を開いてキスを受けると、彼はほっとしたようにうめいた。

お腹《なか》に硬いものが押しつけられ、メアリーはつかのまぎょっとした。だが、狭い仕事場で一緒に働いている娘たちの話を聞いていたから、まったく無知というわけではなかった。モリーたちは、欲望の満ち干によって変わる男性の象徴について、ときどきくすくす笑いながら話すことがあったのだ。だから、それがマシソン卿の欲望が高まっている証拠だということはわかった。自分が脚のあいだに感じているとろけるような熱も、彼を迎え入れるための体の準備だとわかっている。

「きみが欲しい」マシソン卿はうめくようにつぶやき、彼女の喉に熱い唇を押しつけた。

メアリーは骨まで溶けるような気がした。彼が寝間着の襟元に顔を寄せ、夢中でリボンをほどこうとしている。

ついに彼の唇が尖《とが》った胸の頂をむさぼりはじめると、彼女はあまりの快感に息をのんだ。彼の愛人になる気がないなら、そろそろ止めなくては。

「どうか、ぼくを止めてくれ」マシソン卿が彼女の思いを口にした。「きみがぼくを望んでいないなら。さもないと止まらなくなる」彼は両手で彼女のヒップをつかみ、腰を押しつけた。

「だめ」彼女はマシソン卿の肩にしがみついて訴えた。「やめないで」突然、これこそ聖女のようなコーラが決して彼に与えないものだという確信を彼女は持った。上品なコーラが寝間着姿で男の部屋に来ることはありえない。キスを許し、胸をさらけ出すことも考えられない。

　メアリーは気が変わる前に、手をおろして器用にマシソン卿の膝丈ズボン《ブリーチズ》のボタンをはずし、なかに手を入れた。モリーはときどき、ジョーに〝手綱をつけておくために〟どんなことをするか説明してくれたものだ。男性を歓《よろこ》ばせるための知識を、実際にありがたいと思う日が来るとは想像したこともなかった。だが、マシソン卿がうめいて、硬くなったものを押しつけてくると、なんとも言えぬ歓びを感じた。手のなかのものがさらに硬くなるにつれ、彼の額に細かい汗が噴き出す。マシソン卿は絶頂に達する寸前のようだ。

　わたしが彼を興奮させたのよ。

　お針子のメアリーが、彼のコーラが与えられなかったものを与えている。わたしはコーラと違って生きているからよ。

　彼に怒りを向けられるのは耐えられない。どこかへやられるかもしれないと思うと、つらくてたまらない。彼なしでは、生きていけないような気がする。彼を愛しているから。

　メアリーはベッドへとあとずさる彼の体のあらゆる部分にキスの雨を降らせ、自分がこれほど激しく彼をかりたてられることに有頂天になった。

「あなたが必要なの！」マシソン卿に抱き上げられて、ベッドに置かれた瞬間、彼女は叫んだ。結局のところ、とても単純なことだ。マシソン卿は何よりも大切な男性なのだ。「わたしはあなたのものよ」

　マシソン卿は彼女の残りの服を引きちぎり、身を重ねた。

8

彼女は一瞬、鋭い痛みを感じた。

「コーラ」彼がうめくようにつぶやく。

すると彼女の痛みは苦悶《くもん》に変わった。

ついさっきは、コーラを忘れさせることができたと思ったのに。だが、一糸まとわぬ姿で彼の下に横たわっている体はメアリーのものでも、彼が愛を交わしているのはコーラなのだ。彼が胸にナイフを突き立てたとしても、彼女をこれ以上深く傷つけることはできなかっただろう。

「愛《いと》しい人」彼は汗ばむ彼女の額に張りついた細い髪をなでつけながらつぶやいた。「ごめんよ、痛かったかい？　きみを傷つけるくらいなら、死んだほうがました。ただ、まさかきみが……」彼はつかのま目を閉じた。「サンディフォードのやつは、それをしゃべりまくっていたんだ。とうにきみを……」

彼女が過去の出来事をはっきりと告げたがらなかったせいで、マシソン卿《きょう》は彼女をものにしたと豪語するサンディフォードの写実的な描写を信じこんだのだ。

だが、それは真っ赤な嘘《うそ》だった。

さまざまな苦難を味わったにもかかわらず、彼女はいったいどうやって純潔を守りとおしてきたのだろう？　御者たちに囲まれ、安酒場でジンを飲んでいる彼女を見たときから、最悪の事態を覚悟していた。彼女の堕落を。そして、その思いこみが自分の行動の端々に表れていたことは否定できない。

少なくとも、彼女自身を責めることはしなかったが、この予断は彼の行動すべてをゆがめた。男性はごく自然に、性的な経験があるかないかで女性を測る。その経験がどういう形のものであれ、処女を見る目と、そうでない女性を見る目は、根本的に変わってくる。

だが、彼女は処女だった。それを尊重する代わりに、ついに彼女が自分の願いに応じる気になってくれたことに気を取られ、気が変わる前にベッドに連れこむことしか考えられなかった。

そしていま、コーラは彼の下で顔をそむけて目を閉じ、歯を食いしばっている。

「最初のときは苦痛だと聞いている」マシソン卿は彼女の頬に優しくキスしながらつぶやいた。「もっとときみに心の準備をさせておくべきだったのに。だが、こうしてひとつになったいまは、痛みが和らぐはずだよ」

彼の声ににじむ深い後悔に、メアリーは心を動かされた。彼女は最後にもう一度自分を哀れんで泣くようなな声をもらすと、彼のキスを受けられるように顔を戻した。

「ああ、それでこそ、ぼくの勇敢な娘だ」彼女が首に腕をまきつけてくると、彼は励ました。彼女にも歓《よろこ》びを与えたい。

彼女がさっきどれほど歓喜したかを思い出し、彼はうつむいて胸の頂を口に含んだ。

「愛しているわ」彼女がささやく。

「ぼくもきみを愛している」彼は静かに体を沈めた。

すると、彼女は硬くなるどころか、甘い声さえもらしはじめた。

やがて彼女が体を震わせながらのぼりつめるのを感じると、これまで経験したことのない大きな快感がマシソン卿の自制心を奪った。すべてを忘れたとたん、鋭い快感が体を貫く。

「コーラ」彼は最後にもう一度体を深々と沈め、ぐったりと彼女に重なった。

メアリーはマシソン卿の熱い涙が自分の胸と首を

濡《ぬ》らすのを感じながら、たくましい背中をなであげた。

泣きたいのは彼女のほうだった。

ハンサムで裕福な男に魅力を感じた、愚かで単純な娘は、自分が最初の女ではないことをわかっている。でも、その男がほかの女性を愛していると承知していながら、すべてを与える娘はそれほど多くはないだろう。

恍惚《こうこつ》の瞬間に、ほかの女性の名前を呼んだことで、彼を責めることはできない。彼は一度として言い繕うことも、ごまかすこともしなかった。それどころか、彼女がコーラだとなんとか納得させようと最善をつくした。彼が望む役柄をたやすく演じることができるように。

荒い息遣いがおさまると、彼は尋ねた。「どうしたんだ?」

「べつに」彼女はつらそうにため息をついた。「なんでもないわ」

マシソン卿は顔を上げ、彼女を見下ろすと、悔いのこもる声で言った。「こんなことはすべきじゃなかった。きみはぼくを信頼していたのに、処女を奪って、その信頼を裏切ってしまった」

「わたしが望んだことよ」彼女は正直に認めた。少なくとも、それは真実だ。「あなたとこうなりたかったの」そうすることで、コーラに勝てると思うなんて、なんという浅知恵だったことか。「あなたの……」彼女は赤くなりながらつぶやいた。「愛人になりたいの」

いつか彼は正気に戻り、わたしがコーラではないことに気づくにちがいない。うっかり口にした言葉やちょっとした仕草が、彼を現実に引き戻すだろう。そうなったら、わたしはお払い箱になる。

でも、その日が来るまでは、自分のすべてを彼に与えよう。結婚していない相手に抱かれるのは不道徳だという罪悪感を抱いたりもしない。彼を愛しているのだから。それがいちばん大切なことだ。

「愛人だなんて、とんでもない！」彼は抗議した。「ぼくらは結婚する。七年前にそうすべきだったんだ」

「あなたの妻にはなれないわ」彼女はマシソン卿の腕のなかから出て体を起こし、シーツを引きあげて胸を覆った。「ただのお針子と貴族では釣り合わないもの。愛人にしてくれないなら……」彼から離れることを思うと、涙がこみあげた。

「きみを放すものか」マシソン卿は泣きじゃくる彼女に腕を回して引き寄せた。「きみはもうぼくのものだ。そうだろう？」

彼女はマシソン卿にしがみつき、広い胸のなかでうなずいた。

「だったら、別れる話などもうするな。どうしても自分がコーラだと思えないなら、きみが好きな形で一緒に暮らそう」

ふたりは枕に頭をあずけ、互いの腕に包まれていた。この関係がいつまで続くか、そんなことを心配するのは無意味だ。彼女にとっては、たとえ法的には結婚していなくても、マシソン卿は夫だった。彼と愛し合うのは、自分が死ぬまで彼のものだと告げる、彼女なりの方法だったのだ。マシソン卿を愛しているように、ほかの男を愛することはありえない。

マシソン卿は彼女が眠るまで、シルクのような髪をなでていた。それから寝顔を見つめて考えた。

この女性は、ほかの誰も必要としなかった形でぼくを必要としている。彼女には、ほかに誰も頼れる人はいない。自分が誰かすら、はっきりとはわからないのだ。過去の記憶を失うのは、どんな気持ちがするものだろう？　自分が誰か、どこから来たかすらわからないのは、どんな感じだろう？

マシソン卿は顔をしかめた。先ほど彼女が〝わたしたちは、ふたりともこの世界からはみ出している〝と言ったとき、何が言いたいのかよくわからなかった。だが、いまはわかるような気がする。彼女は完全にひとりなのだ。そして、ぼくも悪《あ》しき噂《うわさ》でほかの人々から隔てられている。両親がぼくの無実を信じてくれていたら、少しは事情が違ったかもしれない。だが、父と母の示した反応は、まるでロビーの非難を肯定しているようだった。〝彼がやったにちがいない〟人々はそう言った。〝さもなければ、家族が彼を勘当するはずはない〟と。

彼女だけが、彼を信じ、それを態度で示してくれた。自分の信念にまったく反するというのに、処女を捧《ささ》げてくれた。まだ自分はメアリーだと信じ、結婚など不可能だと思っているにもかかわらず、すべてを与えてくれたのだ。ほかの女性なら、ぼくの思いこみを逆手に取ってコーラになりすまし、妻の座を狙うだろうに。彼女は違う。ただ自分を与え、その見返りを望もうとしない。

彼女の柔らかい体を抱き寄せ、髪に顔をうずめながらマシソン卿は思った。ぼくのものだ。彼女が誰だろうと、決して離すものか。

翌日、メアリーが目を覚ますと、マシソン卿は黒いビロードのガウンに身を包んでベッドのすぐ横に座り、考えこむような顔で彼女を見ていた。

メアリーは眠っているあいだに脇へと蹴飛ばした上掛けを急いでつかみ、首まで引っ張り上げた。

彼は首を振った。「きみがそうやって寝ているのを見て楽しんでいたんだ。一糸まとわぬ姿で、愛し合ったあとの上気した体で。だが……」彼は身を乗り出し、顔にかかる巻き毛を耳にはさんでやった。「きみのそういう慎《つつ》ましさにも、同じくらいそそられるな」濃厚なキスをして、付け加える。「きみのすべてがぼくに歓びを与えてくれる」

彼はぱっと体を起こした。

「だが、お腹《なか》がすいたはずだ」彼は暖炉のそばにある呼び鈴を鳴らした。「イフレイムに朝食を持ってきてもらおう」

彼女が顔に恐怖を浮かべてドアを見ると、マシソン卿は言った。

「ベッドのカーテンを引くといい」

彼女はその提案にほっとしたが、たとえカーテンが隠してくれても、イフレイムが部屋にいるときに裸のままでは落ち着かない。

「寝間着を取って」メアリーはそれが落ちている場所を示した。彼が笑みを浮かべて拾いあげ、彼女に寝間着を渡したとき、ノックの音がした。メアリーはきしむような声をあげ、膝立ちになって、毛布を胸にあてながら、片手で必死にカーテンを引こうとした。

マシソン卿は低い声で笑いながら、カーテンを閉めてやると、イフレイムを部屋のなかに入れた。

ほっとしたメアリーはくしゃくしゃの寝間着を頭からかぶり、使用人が朝食のトレーをドアのそばのテーブルに置いて立ち去ったあと、カーテンの外に出た。

マシソン卿は彼女のためにココアを注《つ》いでいた。

「出ていけるまでに、どれくらいかかる？」

「えっ？」メアリーの心臓がどきんと打って止まりそうになった。昨夜の言葉はずっと一緒にいるという意味じゃなかったの？

「そんなに驚くことはない」彼は顔をしかめた。「できるだけ早く、きみを無事にロンドンから連れ出したいぼくの気持ちは、きみにもわかるだろう？この街にはきみの敵が多すぎる」彼はロールパンをちぎり、バターと蜂蜜をつけながら説明した。「マダム・ピショットはすでに、どれほど意地の悪い女性かを見せつけてくれた。サンディフォードが、自分の手に永久に残る傷をつけた娘がすぐ近くにいることを知れば……」彼は険しい顔になった。「それに、野心をくじかれたミス・ウィンターズもいる。彼女はすでにきみの人生をめちゃくちゃにしようとしたんだからね。キングズミードに帰ったほうが、もっとよくきみを守れる」彼は推しはかるように彼女を見て付け加えた。「それに、館に戻れば、きみをオーカムホールへ連れていった女性を捜すこともできる」

メアリーはカップと皿を脇テーブルに置き、椅子に沈みこんだ。

「ぼくらは彼女を見つけ、きみがコーラだという決定的な証拠をつかむ必要がある」

「ゆうべあなたは、わたしが好きな形で一緒に暮らそうと言ったわ」

「きみが誰だかを突きとめたらの話だよ。きみはぼくの妻になるべきだ。恥ずべき存在のように日陰で暮らすなんてとんでもない。だが、コーラだとぼくが証明しなければ、結婚はできないのだろう?」

メアリーは涙ぐんで首を振った。

「何をそんなに怖がっているんだ?」彼女が震えはじめると、マシソン卿は尋ねた。

「わたしが実際に誰だかわかれば、あなたはわたしをそばに置いてくれないわ」彼女はどうにか自分の気持ちを告白した。

「なんだって?」彼は鋭く言い返した。「そんなことなどするものか」彼は椅子のそばに行き、彼女の足元にひざまずくと、努力して声を和らげた。「きみの面倒は見るともう言ったはずだぞ。万が一きみがコーラではなく、身寄りのない、友達もいない娘だとしても、そんなきみを放り出すことなど考えられない。きみにはぼくが必要だからね」

マシソン卿が腕を回してくると、メアリーは広い肩にもたれ、安堵《あんど》のため息をついた。

「これで怖がることなどないとわかっただろう。その女性に関して思い出せることを話してくれ」

わたしがどれほどしぶっても、マシソン卿はわたしの身元を突きとめるまで、あきらめるつもりはなさそうだ。彼の約束にもかかわらず、わたしの身元がわかったとたん、ふたりの仲はおしまいだという恐ろしい予感がしてならない。

だが、逆らうだけ無駄だ。わたしが思い出せることをすっかり話すまで、彼は執拗《しつよう》に尋ねつづけるにちがいない。いっそのこと、さっさと終わらせてしまったほうがいいのかもしれない。

「わたしが覚えているのは、屋根裏のような場所で目を覚ましたことよ。埃《ほこり》とよどんだ空気のにおいがしたわ。あらゆるたぐいの壊れた家具が山になっていた。ちゃんとした窓はひとつもなく、いちばん端のドアのところに、天窓がひとつあっただけ」

メアリーは自分の額を押しつけた彼の肩がこわばるのを感じた。ついに話しはじめたことに興奮しているのだろう。だが、彼女自身はその気持ちを分かち合えなかった。胸のなかに夜の帳《とばり》のようにみじめさが広がっていく。

「その女性は、一日に一度か二度、水差しと、誰かの食べ残しのようなものをのせた皿を持ってきたわ。わたしがそこにいることに、とても迷惑そうな様子だった。はっきり言ったわけじゃないけれど、そう感じたの。わたしのそばに立って、まるでわたしを憎んでいるように見下ろしていたもの」

「外見は？」マシソン卿が口をはさんだ。「きみはかなり大きな家にいたようだ。ぼくはその女性を知っているかもしれない」

「女看守のように見えたわ。怖い顔で、体も大きかった。丈夫で長持ちする地味な服を着た、冷たい目と硬い手をした……」

「その調子だ」マシソン卿は彼女の背中をさすり、

こめかみにキスした。「ほかに思い出せることはないかい？」

彼の腕に抱かれていると、記憶と一緒にじわじわ押し寄せる恐怖も、いつもほどの力はなかった。

メアリーは、ふと思い出した。〈稲妻亭〉で大胆にもマシソン卿に食ってかかったとき、彼は恐ろしい幽霊などではなく、ただの男だとわかった。初めて出会った日に、カーズン通りで彼から逃げたのは、まったく愚かなことだった。思い出すのが怖いと思っていたことも、案外わかってみればそれほど怖くないのかもしれない。頭のなかの隠れた隅をうろついている陰鬱な光景も、真っ向から見据えれば、同じように無害だとわかるかもしれない。

ほとんどの場合、物事は自分が恐れているほどひどくない。とうにそれを学んだはずじゃないの？

初めてマダム・ピショットの仕事場に入ったとき、つっけんどんで乱暴な物腰の、あんなに恐ろしいと思ったお針子たちも、結局はいい友達になった。

彼女はためらいがちに、あの日、屋根裏部屋で目を覚ましたとき、自分がどう感じたかを思い出そうとした。自分が誰で、どこにいるか、何を怖がっているのかわからなかったが、耐えがたいほど不幸だったことはよく覚えている。なぜだかわからないがとても不幸で、そこに横たわりながら死んでしまいたかった。ものを食べ、生きつづける手間をかける価値などないような気がしたのだ。女看守のような女性が持ってくるものを食べたのは、彼女が戻ってきて、トレーの食事に手をつけていないのを見たら、どんな反応を示すかわからなかったからだ。

「彼女は夜やってきたわ。わたしが眠ったと思うころに。そして古いリネンの山に半分埋もれている古い机のところへ行き、引き出しのひとつを開けてそのなかに手を入れ、隠れたつめを押すの。すると、かちりという音がして、パネルが一枚床に落ちる音がそれに続く。すると彼女はかがみこんで、指輪を手に取ったわ」

「指輪？」マシソン卿は体を離し、彼女の肩をつかんでまっすぐに見た。「どんな指輪だい？」

「大きくて重そうな指輪だった。とても古いものに見えたわ」メアリーははっきり思い出そうとした。

「それを光にかざすと、はめてある石が燃えるようにきらめいたの。見るたびに体が震えたものよ。まるで血を流しているように見えたわ」

「ルビーか」マシソン卿はささやくように言い、痛くなるほど彼女の肩をつかんでいる手に力をこめた。

「きみにあげた婚約指輪だったかもしれないな。その可能性が高い。ぼくの家に先祖代々伝わってきたものだ。母が父から隠しておくことのできた唯一の宝石だった。たったひとつの家宝とでも言えばいいかな。ほかのものはみんな、父が売るか賭けでなくしてしまったんだ。ぼくが母にきみと結婚すると告げると、どこに隠してあったのかそれを取り出してきて、きみに贈るようにとぼくにくれた。いまの話が、どういう意味だかわからないのかい？」

彼は立ちあがり、髪をかきあげながら歩きはじめた。

「きみはきっと強盗に襲われたんだ。おそらく、その女性は故買商だな。だとすれば、ぼくたちが一帯を捜索したときに、きみを隠しておいてもなんの不思議もない。自分につながりのある強盗がおかした罪がばれるようなことなどしたくないはずだ」彼はくるりと振り向いた。「その家にとらわれていたとき、ほかの人に会ったかい？」

メアリーはぞっとして背筋を震わせた。最初から、あの女性にはあの指輪を手にする権利などないという確信があった。ただ、わたしはとても弱っていたし、相手には力がありそうだった。おまけにいつも怒っていたから、問いただす勇気が持てなかったのだ。代わりにあの指輪は自分には関係ないものだと、何度も自分に言い聞かせたのだった。

何かが空気のなかできらめき、その光景のぼやけた端のすぐ外に漂っている。

メアリーは首を振った。こんなことはやめなくては。どうにか思い出せるほんの二、三の断片まで、マシソン卿の言葉に影響されて、違うものに見えてくる。どれほど彼の愛する女性になりたいと思っているにせよ……。

彼女は歩きながら話しつづけているマシソン卿に目をやった。何か言うたびに、人差し指で鋭く宙を切る彼を見ていると、ちょうど池に投げこんだ石がもたらしたさざなみが消えるように、胸騒ぎがしだいにおさまってきた。

「きみを隠す動機に関して、ぼくの推理が正しいとしても、その女性がきみをオーカムホールへ連れていった理由はわからない。家政婦がその女性の推薦だけで、きみを雇うことにした理由もね。きみの話からすると、ほとんど仕事などできない状態だったようだからね。その家政婦に直接きくことはできないんだ。サンディフォードから得た情報によれば、その家政婦はすでに亡くなっているんだよ。やつは代わりの家政婦を見つけるのがどれほど難しいかを嘆いていた」マシソン卿は腰に手をあて、彼女を見つめた。「きみの言う女看守は、なんらかの地位がある人物のようだな。だが、さっきの描写にあてはまる人間は、ぼくの知り合いにはいない。でも心配はいらないよ」そう言って彼女のところに戻ってくると、ベッドの端に腰をおろした。「キングズミードに着いたら、似顔絵を描かせて近辺に配るとしよう」

「どうしてもロンドンを離れなくてはならないの？」メアリーはためらいがちに尋ねた。あの女性には、二度と会いたくない。彼女を捜すと考えるだけで恐ろしかった。「わたしの安全を心配してくれる気持ちはとてもうれしいけど、あなたをお仕事から引き離すのは心苦しいわ」

「仕事だって？」彼はけげんそうな顔になり、それから顔をしかめた。「分別よりも金を持っている酔っ払いからそれを巻きあげることかい？　そういう生活からきれいさっぱり足を洗うことに、これっぽっちの悔いも感じないな」

マシソン卿は彼女を見たあと、その後ろの壁を見て足元に目を落とし、それから肩に力をこめた。

「もうそういう方法で生活費を稼ぐ必要はまったくない。しばらく前からそんな必要はなかったんだ。ぼくが賭博場に通っていたのは……」彼は赤くなりながら言葉を続けた。「こんなことを言うと、頭がおかしいと思われそうだが」彼は立ちあがって、テーブルへと歩き、ふたつ目のロールパンをふたつに割った。「ぼくはきみの幽霊に取りつかれていると確信していたんだ」彼はバターの器に突き刺すようにナイフを入れた。「勝ちのすべてを、きみの善意の影響だと思い、きみが近くにいるのを感じるために賭博場へ舞い戻った。まったくどうかしているだろう？」まるでロールパンにバターを塗るには全神経を集中することが必要だとでもいうように、背中を彼女に向けている。「本当はギャンブルなんか嫌いなのに」

彼は音をたててナイフをトレーに放り出すと、肩を丸めて両手をテーブルについた。

「最初のうちはついていた。本物のギャンブラーが夢に見るような勝ちが続いたんだ。ぼくは勝つたびに、きみが導いてくれたからだと自分に言い聞かせた。そして負けると、きみがそこにいないと判断し、きみが見つかるまでべつの賭博場を捜しつづけた。そこに座って、酔いが回って働かない頭で、まともに稼いだ金を投げすてる男たちを軽蔑したが、そのあいだもずっと彼らの誰より、ぼくがいちばん狂っていたのさ。まるで夢遊病者のように自己欺瞞《ぎまん》の迷路を歩きながら、どうやって使っていいかわからないほどの金を稼いでいた。そのあいだも、ずっと――」

彼はゆっくり体を起こし、罪悪感に満ちた顔を向けた。

「きみはぼくのすぐ近くにいて、食べるものと寝る場所を保つために、疲れきって指が動かなくなるまで働いていた。あのとき、そのまま捜索を続けていれば……。あのとき、それだけの金があれば……」

彼女は立ちあがってマシソン卿を抱きしめ、彼の顔を自分の首に押しつけた。

「もう終わったことよ。過ぎたことだわ」彼の望むものになるために、彼女は心を鬼にした。いま彼が聞く必要のある言葉を口にするために。「わたしはここにいる」こういう真摯な悔いを前にしても、頑固でいられる女性はほとんどいないはずだ。「それに、わたしはそのことであなたを責めたりしないわ」

「きっとこの償いはするよ、コーラ」マシソン卿は彼女の顔を上向けてキスをした。「ロンドンを離れ、悪の巣窟をあとにして、新しいスタートを切ろう。キングズミードで」

彼女はマシソン卿のキスに夢中で応えた。彼が自分をそばに置いてくれるかぎり、どこへ連れていかれようとかまわない。

「たしかに」彼女は手を伸ばして彼の眉間のしわをなでた。「通りでサンディフォード卿にでくわしたくはないわ。それに、気の毒なミス・ウィンターズの前でわたしたちの関係を誇示するのは、あまり親切とは言えないでしょうね」

「ウィンターズ一家に、あんなことをされたあとだというのに？」彼は信じられないという顔をした。

「だって、あなたが婚約を解消したときは、悲嘆に暮れたにちがいないわ」

「悲嘆に暮れただって？　とんでもない。あれ以上冷たい女性を探すのは難しいくらいだ」

「そんな人に、なぜ結婚を申しこんだの？」

「申しこんだりするものか」マシソン卿はむっとしたように答えた。それから、けげんそうな顔をしている彼女を抱きあげてベッドにおろし、ため息をついた。「どうやら、ミス・ウィンターズに関するばかげた一件の顛末《てんまつ》も告白するしかなさそうだな」

テーブルからバターをつけたロールパンの皿を持ってくると、マシソン卿はそれを彼女に差し出し、自分でもパンを取ってひと口食べると、窓辺へ歩いていった。

「ウィンターズのやつとはビジネスで付き合いがあったんだ。さまざまな賭博場で勝った金の大部分は、投資に回したんだよ。ふだんは、仕事の話はウィンターズのやつのオフィスでしたが、ときどきやつの家に招かれた。取引関係を結びたがっているほかの投資家と一緒にね。ときどきは、仕事の話がすんだあと、やつの妻と娘を交え、夕食をとることがあったんだ。そして――」彼は窓枠に腕をあずけた。「ミス・ウィンターズはぼくを感心させた。それは認めるよ。ぼくが領地の抵当権をはずし、父が残した借財をすっかり返済したことが公になって以来、パーティのたびに群がってくる頭の空っぽな社交界の娘たちとはまるで違っていたんだ。彼女はぼくをうっとりと見て赤くなったり、扇子で顔を覆ったりせず、父親のほかの客に対するのとまったく同じように礼儀正しい態度をとっていた」

彼が考えこむような顔でパンを食べるのを見ながら、メアリーの気持ちは暗くなった。

「きれいな人なの？」つい彼女はきいていた。コーラ以外にも、マシソン卿が魅力を感じた女性がいると思うと、胸が引き裂かれる思いだった。

「きれいだって?」彼はすっかりまごついた顔を向けた。「彼女の容姿がなぜ関係してくるんだい? ぼくが言いたかったのは、彼女がぼくにはまったく関心のないふりをして、油断させたということだ」

マシソン卿が再び歩きだす。苦痛が少し和らぎ、メアリーは自分のロールパンをかじった。

「ある夜、ウィンターズ家に着くと、彼女の様子がいつもと違う。何やら悩みを抱えているようだった。ぼくは紳士なら誰でもするように、どうかしたのかと尋ねた。すると彼女は……」

彼は窓辺で足を止め、何かに注意を引かれたかのように外の通りを見下ろした。

「彼女はぼくにしかできない助言を必要としていると言って、誰もいない部屋に誘いこんだ。もちろん、彼女が欲しかったのは助言などではなかったんだ。ドアが閉まったとたん、ぼくに飛びついてきた」

マシソン卿が嫌悪の表情を浮かべ、肩をこわばらせているのを見て、メアリーの胸の痛みは完全に消えた。

「当然ながら、その抱擁には目撃者がいた。細部まで演出ずみだったんだよ」

メアリーはマシソン卿のこわばった背中を目でたどり、ガウンの裾から出ている脚を見て、ゆうべ足の裏でなでたときの感触を思い出した。

「どうしてそんなことをしたのかしら?」メアリーはマシソン卿の素足に目を吸い寄せられた。「よほど切羽詰まっていたのね。さもなければ、ご家族が困っていたにちがいないわ。ご両親が無理強いしたのかしら?」

彼はあきれた顔を向けた。

「考えてもみて」彼女は指についた蜂蜜をなめながら言った。「あなたは危険だという評判のある人よ。悪魔のようだとさえ言われているもの。あなたをひどい男だと罵倒しながら、なぜあんなに必死に娘と結婚させたがっているのか、わたしにはミセス・ウインターズの気持ちがさっぱりわからなかったわ。一家はきっと経済的な困難を抱えているにちがいないのよ」

「ミス・ウィンターズがぼくと恋に落ちたと見なすのは、そんなにおかしなことかい？」

「そんなふうに見えたの？」

マシソン卿は髪をかきあげた。「いや、ちっとも。あの父親から察するところ、目当ては金と地位だな。父親は娘を貴族と結婚させたがっていたのだろう。だが最後は、彼女はぼくという男に恐れをなして逃げ出した。たっぷり脅してやったからな」

「まあ」メアリーは両膝を胸に引き寄せ、首を傾けて彼を見た。「あなたを怖がる人がいるなんて、想像もできないわ」

「みんながぼくを邪悪な男だと思っているときでも、きみはぼくのよい面を見てくれた。ぼくの領地で……」彼の顔が陰った。「いや、なんでもない。いずれにしろ、キングズミードの状況は、昔とはまったく違う。おや、何を笑っているんだい？」

「だって、忘れてくれと言ったり、思い出せと言ったり、めまぐるしく変わるんですもの」メアリーはくすくす笑った。「どちらかに決めてほしいわ」

まるで長い夜が明け、太陽が顔を出したかのようだった。これこそぼくのコーラだ。ぼくの愚かさを笑う、昔のままのコーラだ。人生はしかつめらしいものではなく、ふたりで一緒に楽しむゲームのようなものだと感じさせてくれた女性だ。その明るい性格で、ぼくの憂鬱を追い払ってくれたコーラだ。

ゆうべ彼女を抱いて、薔薇《ばら》の香りを吸いこむと、まるで七年前に戻ったような気がした。つらく孤独な年月が消え去り、ぼくはまたコーラにファーストキスを与えるという名誉に浴した若者に戻り、無垢《むく》な彼女と愛を交わした。

　だが、この瞬間は、死ぬまで大切に心にしまっておくだろう。ぼくのベッドに座り、ゴージャスな髪を白い肩に落とし、再び無邪気に笑っているコーラの姿を。彼女が受けた試練を思えば、笑うことなど、とうに忘れてしまってても不思議はないのに。

「幸せなんだね」マシソン卿は深い満足を感じた。

「ええ」彼女が微笑《ほほえ》みながら片手を差し出した。

「あなたと一緒にいるからよ」

「ほかのことは何ひとつ問題じゃない。そうだろう？」いまという瞬間はとても貴重だが、この幸せはとてももろい。石鹸《せっけん》の泡のように、触れただけで割れてしまいそうだ。

　マシソン卿はガウンの紐《ひも》をほどきながらベッドへ近づいた。「朝食は終わったかい？」彼女から皿を取り、それをすぐ横の椅子に置く。

　彼女は黙っていたが、美しい目には情熱がきらめいていた。

「キングズミードに行くのは明日でも遅くない」彼はうなるように言いながら、彼女を乱れたシーツのなかへと押し倒した。

「明後日《あさって》でも遅くないわ」彼女はそう言って、彼の首に腕を回した。

9

その部屋でどれだけの時間を過ごしたのか、メアリーには見当もつかなかった。鎧戸《よろいど》を閉ざしたまま、ふたりは情熱を満たしては眠り、空腹を覚えたときには食事を運ばせた。

だが、魔法のような時間は、マシソン卿《きょう》がカーテンを引く音でメアリーが目を覚ましたとたんに終わった。新たな一日の始まりを告げる淡い灰色の光が、蝋燭《ろうそく》のロマンティックな炎に取って代わる。それはたったいま吹き消されたかのように、一、二本はまだ煙を上げていた。彼が固い決意を浮かべ、すでにすっかり着替えているのを見ると、メアリーは心が沈んだ。

「旅の手配は、もうすませた」彼がそっけない調子で言った。「きみのトランクはまだそのままだから、朝食をとって、きみの支度がすめば出発できる」

メアリーがベッドから起きる気配がないと、彼は眉根を寄せた。「ぼくは長いこと闇のなかで手探りで暮らしてきた。ぼくらはキングズミードに戻る必要があるんだ」

こうなっては言い争うだけ無駄だ。彼はすでに心を決めている。わたしが何を言ってもそれを変えることはできない。

「きみが領地の暮らしに退屈しないでくれるといいが」彼女に手を貸して雇った馬車に乗せると、マシソン卿は少し心配そうに言った。そしてちらりと彼女を見た。

今朝は起きたときから、とても物静かで、明らかにロンドンを離れたくなさそうだ。ひと言も文句は言わないが、窓の外を通り過ぎるさまざまな建物や施設に心のなかで別れを告げているように見える。

「街のような娯楽はないから、単調すぎると思う人々が多い」

「でも、わたしはロンドンのそういう面は見なかったわ。毎日十六時間、屋根裏にこもって働いていたんですもの」

たとえ否定的な返事にせよ、彼女が答えてくれたことにほっとして彼は言った。「すると、元気がないのは、退屈な田舎に行くからではないんだね?」

彼女は驚いてマシソン卿を見た。わたしが取り乱しているわけはわかっているはずよ。わたしはロンドンのあなたの住まいでこの先ずっと暮らすことになっても、十分幸せだわ。それに飽きたのはあなたのほうよ。わたしが与えられる以上の刺激が必要になったのは。カーテンを開けて、ふたりの人生に現実が押し寄せてくるのを許したのは。


「母はキングズミードを監獄だと言っていた」彼女が黙っていると、マシソン卿は言った。「もっとも、それが父の放蕩《ほうとう》のせいだったことは明らかだな。父はキングズミードにほとんど戻らないのに、自分は気分転換にロンドンに出かける余裕さえないと母はいつもこぼしていたものだ。まあ、父のような気性の男にとっては、地方の穏やかで静かな暮らしは物足りなかったのだろうな」皮肉たっぷりな言い方からすると、マシソン卿は父親の言葉をそのまま口にしたようだった。「だが、ぼくらは母とは違う。きみが街に遊びに出かけたければ、いつでも連れていくよ。貸し馬車を頼むのではなく、そろそろ自分で使う馬車を買ってもいいころだ」

「わたしのために馬車を買う必要などないわ」彼女は抗議した。「ロンドンに戻り、通りでばったりサンディフォードにでくわすはめにはなりたくないもの。それに、キングズミードでもすることはたくさんあると思うの。なんといっても、初めて行く場所だし、目新しさがなくなるまでには、かなりかかるはずよ」

「とても景色がいいんだ」彼は言った。「もちろん、スコットランドの美しさとは比べものにならないが」

「どうしてスコットランドと比べるの？」

「きみがそこで育ったからさ」

コーラが育ったところよ。彼女は心のなかで訂正した。

「だったら、どんなふうに彼女と知り合ったの？」メアリーは勇気を振り絞って尋ねた。彼の人生にこれほど深い影響を持つ女性が憎らしくてたまらなかったが、好奇心には勝てない。「コーラとあなたのことよ」

「ぼくはきみのお兄さんと学校で一緒だったんだ」彼は顔をこわばらせ、まるで腹を立てているように鋭く言った。

それきり、いくら待ってもマシソン卿は何も付け加えようとしなかった。メアリーは失望を感じて窓の外に目をやった。どうやらわたしの過去を掘り起こし、わたしがヒステリックになる寸前まであれこれ問いただすのはいっこうにかまわないが、彼自身の過去についてはたったひとつの質問すら、満足に答えるつもりはないようだ。

それから一キロ半ほど進んでから、メアリーは彼が手を伸ばして彼女の手を取るのを感じた。

「過去について話すのは、必ずしも容易なことではないね」彼は自分のそっけなさを悔いるように言った。「だが、こうしてもう一度一緒になれたんだ。万事うまくいくさ」

のんきな見通しを聞いて、今朝、目を開けたときからつきまとって離れないメアリーの憂鬱は、さらに深いものになった。

「きみのお兄さんとぼくは、とても仲のいい友人だったんだ。学校が休みになると、互いの家を訪ね合って過ごした。キングズミードはぼくにとって楽しいことなどひとつもない場所だったが、彼が竜巻のように飛びこんでくると、それがすっかり変わったんだ」マシソン卿は彼女の手を唇へ持っていき、キスした。「ぼくの両親は、ぼくがすることには何ひとつ関心を示したことがなかった。ぼくが何を達成しても、喜んでくれたことなど一度もない。だが、きみのお兄さんは、この無関心をすばらしい自由だと解釈した」

彼は彼女の手を自分の腕に置いた。

「あの夏、ぼくらは野や森を夜明けから夕暮れまで歩き、湖や川で魚を釣っては、焚き火《たび》で焼いて食べた。まるでふたりの密猟者のように、放置された領地が与えてくれる恵みで暮らした。その日の気分で放浪者になったり、山賊になったりしてね。次の長い休みのときには、きみのお兄さんはむしろキングズミードに戻りたいと言ったんだが、きみのお母さんがお返しにぼくを招いてくれた。きみに会ったのは、そのときだ」彼は彼女のほうに体を向けた。「きみは内気で、小さくて、長い髪をおさげにした、やせっぽちのそばかすだらけの少女だった」

マシソン卿は手を伸ばし、ボンネットの下のピンで留めた赤い髪のほつれ毛を引っ張り、自分の指に巻きつけた。そして、にやっと笑った。

「きみは兄さんの友達を、畏敬の念を浮かべて見つめ、それからどこかに隠れて、ぼくが滞在しているあいだずっと、姿を見せなかった。食事のときに話しかけても、答えてもくれなかったんだぞ。まあ、テーブルでは会話はあまり奨励されなかったがね」

彼は顔をしかめた。

「きみの兄さんが、なぜキングズミードを気に入ったのか、まもなくぼくにもわかったよ。きみのお父さんは、ぼくの父とは正反対だったんだ。鉄槌《てっつい》をふるってきみたちを支配していた。それに、彼の説教ときたら……」マシソン卿は目を閉じ、首を振った。「だが、育ち盛りの少年たちには、彼が意図したような効果はもたらさなかったな」目を開けて、物悲しい笑みを浮かべる。「日曜日にはふたりとも、間違いなく永遠に地獄の火に焼かれると確信して教会を出たものさ。そして絶望に打ちひしがれ、地獄に落ちる前に、多少とも慰めを見つけるために出かけずにはいられなかった」

マシソン卿は次の言葉を注意深く選ぶように、つかのま口をつぐみ、それからこう言った。

「もちろん、キングズミードのほうが罪をおかすチャンスは多かった。きみのご両親が亡くなるまで、そんな日々が続いたんだ。だが、ふたりがこの世を去ると、きみのお兄さんはきみをひとりで家に残しておくことができなかったから、ぼくがスコットランドを訪ねた。きみのお兄さんは、たいしたもてなしはできないと言ったが、そんなことは平気だった。長旅も少しも苦にならなかった。ひとりでキングズミードにいるより、オーチェンティで友人とその妹と過ごすほうがはるかに幸せだったからね。だが、最後にそこを訪れたとき、お兄さんはきみたちの亡きお父さんの仕事関係の問題を片づけるのに忙しくて、ぼくと一緒に過ごす時間があまりなかった。それで、ぼくをもてなすのは、もっぱらきみの役目になったんだ」

彼はにっこり笑って彼女のあごを優しくなでた。

「ようやく、ぼくらは好きなだけ一緒に過ごせるようになったんだ。そしてぼくらはこの自由を最大限に活用した」あののどかな夏を思い出すと、懐かしさと憧れが胸を満たした。来る日も来る日も太陽が燦々《さんさん》と輝き、コーラの顔にはたえず笑みが浮かんでいた。

だが、よく笑う愛らしい少女の面影は、いま暗い顔で隣に座っているひどく痩せた女性には、ほとんど残っていない。マシソン卿は苛立《いらだ》った。彼自身も、あのころの若者とは違うのだ。コーラが消えたあと、彼は大学へ行く気にもなれず、まもなく彼が手にするのは、礼儀や作法の本だけになり、言葉を交わすのは、酔っ払いやプロのギャンブラー、競馬の賭け屋だけになった。その後、徐々に正常な生活を取り戻しはじめたものの、それはたんなるうわべだけで、ひどくすさんだ魂を隠す見せかけにすぎなかった。

この七年がふたりをゆがめ、昔の素直さや純粋さのほとんどを奪ってしまったのだ。

ロビーも同じだった。自分の年下の友人が、たったひとりの妹を殺したと信じて、この事実がもたらす恐怖を頭から追いやるために、彼は酒を飲むようになった。

三人が再び昔のようになれると考えているとしたら、マシソン卿はとんでもない愚か者だと言わざるを得ないだろう。

だが、昨夜の彼女は、彼が夢見たとおりの女性だった。炎のような髪を肩に落とし、愛に輝く瞳で彼を見つめる彼女を見て、彼はこの女性の心を勝ちとったことに大きな幸せを感じた。

昔コーラの心を勝ちとったと思ったときのように。当時、彼はコーラを永遠に自分のものにするために、すべてを危険にさらしたのだった。だが、そのかいもなく、彼女は彼の指をすり抜けた。

もう一度失うようなことがあれば……。

キングズミードに到着したら、ふたりが築きはじめたこのもろく弱い関係は、試練にさらされることになるだろう。コーラは館の使用人の目を気にして、おおっぴらにぼくに対する愛情を示さなくなるにちがいない。

「もうすぐ馬を替えるために止まらなくてはならな

い」マシソン卿はかすれた声で言った。「そこで一泊しようか」

彼女はけげんそうに窓の外を見た。「まだお昼を過ぎたばかりよ」

マシソン卿は不機嫌な顔で彼女を見返した。今朝目を覚ましたときには、目の前にいる女性を永遠に自分のもとに置けるように、彼女の過去の真相をなんとしても突きとめようと思った。

だがいまは、ふたりがこの瞬間にしがみつくことが、何より重要に思えた。真実にはもう少し待ってもらえばいい。自らをメアリーと呼ぶこの女性と一緒に見つけたものを危険にさらすのは愚かだ。

「カーテンを閉めれば暗くなる」彼は答えた。

彼女は目を見開き、赤くなったものの、いやだとは言わなかった。

マシソン卿は満足の声をもらし、彼女を抱き寄せて、甘い唇をむさぼりはじめた。

メアリーにとっては残念なことに、道中では一泊しかしなかった。マシソン卿が荷造りや馬車の用意をてきぱきとこなしたからだ。

翌日の午後の半ば、マシソン卿は彼女の手を取ってささやいた。「もうすぐだよ」そして窓の外を指差した。「領地からいちばん近い町のバンフォードに入ったところだ」

それからまもなく、馬車は大勢の人でにぎわい、栄えているように見える町を通過し、その外れの険しい坂道にさしかかると速度を落とした。丘の頂に至る直前、御者は疲れた馬を左に入る道に進めた。道は丘の縁にしがみつくように延びている。メアリーの座っている側の窓からは、何エーカーもの畑が波打つように下の谷へと広がっているのが見えた。

それから馬車が鋭く右へ曲がると、豊作を約束しているように見える光景が消えて森林地帯になった。

まもなく馬車は二本の石柱を通過し、もつれる枝が屋根のように張り出した道へと入っていった。

両側には木立がびっしりと並んでいる。ときおり枝が馬車の横をこすり、見えない幽霊が馬車を引きとめようとして、尖《とが》った爪で引っかいているような音に聞こえた。

こんな不気味な想像が頭に浮かぶのは、明るい日差しから急に薄暗い森のなかに入ったせいよ。メアリーは震えながら自分に言い聞かせた。だが、なぜか薄気味の悪い印象を拭うことができなかった。しかもそれは森の奥へと進むにつれて、強くなっていく。

「寒いのかい？」

マシソン卿が手に触れると、彼女はびくっとした。敵意に満ちた長い指のように、馬車のなかへと入りこんでくる影に気を取られ、彼が隣にいることをほとんど忘れていたのだ。その影は彼女の喉を閉ざし、息を奪いたがっているかのように、じりじり近づいてきた。

「いえ、寒くはないわ。怖いだけ……」彼女は震えながらつぶやいた。

不吉な影が、いまでは外から馬車に入りこんでくるだけでなく、しだいに力を強めながら彼女の内からもせりあがってくる。あとどれくらいそれを食いとめておけるのか不安になる。でも、無理に抑える必要はないのかもしれないわ。物事は決して予測していたほどひどくはないんだもの。マシソン卿が暗がりからいきなり出てきて、追いかけてきたときは、死ぬほど恐ろしかったけれど、直接会って話してみると、怖いところなどひとつもなかった。

「もうすぐ森から出る」マシソン卿はそう言うと、彼女の緊張に青ざめた顔を見て肩を抱いた。「次のカーブを曲がれば庭園に入る。うちの館も見えてくるよ」

彼女はマシソン卿の言葉に目を見開いた。その目は彼に向けられていたが、ほかの何かを見ているかのようだった。

マシソン卿が受けた印象はあたっていた。彼女の頭にはひとつの光景が形を取っていた。蔦《つた》の絡まるエリザベス朝様式の大邸宅の姿が。大麦の穂をねじったような形の煙突に、百もの窓、小さなダイヤモンド形の窓ガラスが低い日差しにきらめき、まるで外壁に無数の宝石がはめこまれているように見える。

「七年前にきみが使っていた部屋を用意しておくように告げてある。そのほうが早く慣れると思ってね。それに、きみが婚約者だということをすぐさま公にすれば、少なくとも噂《うわさ》話の一部は避けられると思う」

冷たいパニックがこみあげ、メアリーの胃がよじれた。

「わたしに彼女の部屋で眠れというの？」メアリーには見えた。古めかしい天蓋付きのベッドが。湖まで公園が見渡せる窓のある部屋が。精巧な彫刻を施した衣装だんす、そのなかにぎっしりかけられたドレス、その床を覆う靴……。彼はわたしが亡くなった女性の服を着て、彼女のベッドで寝ることを期待しているの？

恐怖に襲われ、彼女は息をのんだ。

「息が」メアリーは窒息しそうになって、ボンネットのリボンを引きむしった。「できない……」

彼女は夢中でコートのボタンをはずそうとした。息苦しいのは、ボタンをはめた胸元がきついからかもしれない。周囲がぐるぐると回りだし、馬車に満ちた靄《もや》を通して、マシソン卿が手を伸ばして窓をおろすのが見えた。

冷たい空気が頬にあたり、彼の声が聞こえた。

「ほら、少しはよくなったかい？」

だが、彼女が身を乗り出して、突然差しこんできた光のなかで息を吸おうとしたそのとき、あるものが目に飛びこんできて、完全に息を奪った。

そこには、先ほど頭に浮かんだ邸宅があった。蔦に覆われた、大麦の穂をねじったような形の煙突とダイヤモンド形のガラス窓……。

「コーラ、息をするんだ」マシソン卿が言う声がはるか彼方《かなた》から聞こえてくる。だが、彼の姿は見えなかった。馬車のなかにいるのは彼ではなく、もっと若い男だ。その男はこう言っていた。〝ほら、きみがどれほどすばらしい館の女主人になるか、見てごらんよ。あんなに美しい建物を見たことがあるかい?〟

だが、彼女の心は沈むばかりだった。彼女はこの領地の女主人にはなりたくなかった。ここに来たのはそのためではない。

「わたしをコーラと呼ばないで」彼女は息を詰まらせながら訴えた。「ここはわたしのいるべき場所ではないの」彼女はエリザベス朝様式の邸宅を指差した。「昔からそうだったわ。これからも決して……」

この道は以前も通ったことがあるという確信を、もはやせきとめることができなくなった。その確信は、彼女の心の奥底からこみあげてきて、彼女が築いた壁を越え、この七年間に達成したすべてを押し流した。彼女は再び、立ち直れないほど心を傷つけられ、みじめに震える若い娘に戻った。

彼女は絶望にかられて叫んだ。「わたしはコーラじゃないわ! メアリーよ」

砂利の上を車輪が進む音がする。マシソン卿の手が自分をつかみ、行きたくない場所に連れていこうとしていた。影と争うことはできないが、彼とならば闘える。メアリーは両手の指を鉤爪《かぎづめ》のように曲げて闘った。

「いやよ。コーラにはならないわ」メアリーは昔に戻りたくなかった。マシソン卿は彼女が振りまわす手を自分の手ではさみこむと、馬車のなかから彼女を引っぱり出し、館の陰った屋根付きの玄関ポーチ《ポルチコ》に立たせた。

後ろのドアが大きく開き、そこからもじゃもじゃの赤毛と血走った氷のかけらのような目の巨大な男が出てきた。

「妹を放せ、この嘘《うそ》つきで不実な豚野郎。おまえに相応《ふさわ》しい一発をお見舞いしてやる！」

その言葉とともに、七年のあいだ胸の奥に押しこめておいたすべてが堰《せき》を切ってあふれ出し、彼女の肺に残っていた最後の空気を奪った。

彼女は喉を詰まらせ、苦悩に満ちた声をあげると、頭から闇のなかに落ちていった。

マシソン卿は気絶した彼女を抱きとめると、さっと腕に抱え、巨人のような男のあとに従ってポルチコに出てきた家政婦に向かって大声で叫びながら館のなかへ運びこんだ。「嗅ぎ薬を持ってきてくれ。そこをどけ、この愚か者！」彼は行く手を塞いでいる巨大な男に向かって叫んだ。

「妹に何をした？」ロビーは廊下を朝の間へと彼女を運んでいくマシソン卿にわめいた。

マシソン卿は苛立たしげに歯ぎしりした。ロビーがどう思ったか、手に取るようにわかる。乱れた服装のまま、恐怖にかられた妹が、無理やり馬車からおろされたとたん気を失った。ロビーにはそんなふうに見えたにちがいない。

「冗談じゃない」マシソン卿は彼女をそっと長椅子へとおろしながら鋭く言い返した。「彼女を辱めるつもりなら、誰がわざわざおまえを招き、その証人にする？」

「そのいかれた頭でおまえが何を考えるか、誰にもわかりゃしないさ」ロビーは顔を突き出し、マシソン卿に近づいた。

アルコールのにおいが鼻につき、マシソン卿の目が涙で潤んだ。

「この年月、かわいそうなか弱い娘をどこに隠していたんだ？」

「どこにも隠してなどいないさ、酔っ払いの愚か者め」マシソン卿はそう答え、コーラの看病ができるように、ロビーを脇に押しやった。彼女は死人のように真っ青な顔をしている。息をしているかどうかすら、よくわからない。マシソン卿が顔を近づけ、脈を取ろうとすると、怒りの声をあげたロビーに襟をむんずとつかまれ、後ろに引っ張られた。

「汚い手で妹に触るな」

「それ以上、むかつくことを言うな」マシソン卿は必死に怒りを抑えながら、かすれ声で言った。「コーラは……」

だが、ロビーは話をする気分ではないらしい。昔のロビーなら、間違いなく一発でマシソン卿をぶちのめしていたにちがいない。だが、マシソン卿はロビーのアッパーパンチをあっさりかわし、次の一発もひょいとかわした。七年の飲酒癖がたたり、ロビーはいまでは、定期的にボクシングのジムに通っているマシソン卿の敵ではなかったのだ。

いくら狙ってもパンチがあたらないことに業を煮やし、ロビーは吠《ほ》えるような声をあげて、野生の熊よろしく両腕を広げ、マシソン卿に飛びかかった。

このままでは、ふたりとも長椅子に横たわるコーラの上に倒れてしまう。そこでマシソン卿はロビーの胃にパンチをめりこませ、分厚い胸に肩をぶつけて、横に飛ばし、意識を失っている彼女から離れた。

ロビーは横に倒れながら、マシソン卿に腕を回した。ふたりは長椅子の横に置かれた敷物の上に倒れ、どちらも効果的なパンチを繰り出せないとわかると、足で蹴りつけ、七年間の怒りをぶつけ合った。

コーラは徐々に意識を取り戻した。最初に聞こえたのは、よく知っている兄の出す音だった。うなり声をもらしながら、誰かを殴る音だ。犠牲者を見たくなかったが、まぶたが勝手に開いていた。

するると、そこに彼がいた。親友のクリストファー・ブレトンと床を転がっている兄が。コーラはつかのま頭が混乱した。彼らが取っ組み合っているからではない。それは珍しいことでもなんでもなかった。だが、家のなかでこんなけんかをすることは、父が決して許さないはずだ。

でも、父は亡くなった。いまではロビーが家長だから……いいえ、待って。この天井には、装飾的な漆《しっ》喰《くい》が塗られている。コーラの家には、こういう天井はどこにもなかった。ここはクリストファーの家にそっくり。

キングズミードにあるクリストファーの家に。

ええ、そうだわ。わたしはクリストファーと結婚するために、キングズミードの家に来たのよ。

少しのあいだ、過去と現在が周囲で渦巻き、七年前に戻ったかと思うと、もう少しで彼女を再び闇のなかへと引きずりこみそうになったとき、ふたりの男が長椅子の脚に激しくぶつかった。コーラがまだ意識を失ったままだったら、床に転がり落ちているところだ。

もちろん、殴り合うことに夢中なふたりは、まるで気づかないだろう。わたしがここにいることも、すっかり忘れているようだ。

たとえ思い出したとしても、わたしが男のけんかに恐れをなし、安全な場所に逃げ出して、ふたりのどちらかが結果を報告しに来るのを待つと勝手に決めているのかもしれない。

この前のように。

コーラは冷たい怒りにかられ、ぱっと体を起こした。

わたしがいつまでも、自分のために発言することもできない臆病な子供だと思ったら、大間違いよ。自分の将来は自分で決めるわ。わたしは誰の所有物にもならない。自分の意見などまったくないかのように扱われるのはもうたくさん。

ふたりが転がって、長椅子から十分遠ざかると、彼女はよろめく足を踏みしめて立ちあがり、窓辺に置かれた薔薇《ばら》を生けた花瓶へと向かった。そしてそれを手にすると、どちらの頭に叩《たた》きつけるのが適切なのかを考えた。

花瓶がひとつしかなかったので、最後は公平な正義を行うために、花瓶の中身をふたりの上にぶちまけるだけで我慢した。

「何をしているの！」彼女は驚いて自分を見上げたふたりに向かって叫んだ。「子供じゃあるまいし」

最初に相手を乱暴に押しやり、膝立ちになったのはマシソン卿だった。「コーラ」彼はしぶきを飛ばし、髪から滴る水で目をしばたたきながら叫んだ。

「大丈夫か？」

「わたしのことなんか、どうでもいいくせに！」彼女はわめきたてた。「ふたりとも偽善者よ。お兄様は……」彼女はロビーをにらみつけた。「まったく、なんて格好なの。何かといえば拳《こぶし》をふるうなんて、お父様そっくりだわ」

「そんな言い方はないぞ」兄は濡《ぬ》れた花びらを胸から払いながら抗議した。「けんかがはじまったとき、おまえは気を失っていたんだ。どっちが先に手を出したか、知らないはずだ」

コーラは兄の酒臭い息に、体をのけぞらせた。「ほら、お父様そっくり。お父様が亡くなったあと、決してお酒は飲まないと、あんなに約束したのに……」

ロビーは体を起こし、妹をにらみつけた。「この七年、おれたちがどんな思いをしたか、おまえは何も知らないんだ。ときどき一杯引っかけなければ、乗りこえることなどできなかったんだ」

「いまのが聞こえた？」コーラは笑った。「言い訳までお父様と同じだわ。何ひとつ自分のせいじゃないのね？ 誰かがそうさせただけ。お母様がいつも病気がちで苛々させるから。わたしがどんな男も満足させられない、やせっぽちの不器量な娘に育ったから。お兄様が手をつけられないほど奔放だから。そんな理由で、みんなに罰を与える。お兄様も同じことをしているわ。そうでしょう？ なんの罪もないことで、クリストファーを罰したりして！」

突然、まったく新しい記憶がどっとよみがえり、コーラは出し抜けに長椅子に座った。

「思い出したのか？」マシソン卿がかすれ声で言い、膝をついたまま彼女ににじり寄った。切れた唇から血が滴り、髪からは水がぽたぽた垂れてくるが、彼の目は、今朝の彼女なら愛と呼んだにちがいないもので輝いていた。「コーラ……」

「ええ、思い出したわ」彼女はマシソン卿が思わず立ちどまるほど、氷のように冷たい声で言った。傷ついたマシソン卿の表情を目にして、コーラは心を鬼にした。彼がどれほど当惑しているように見えても、ただの演技にすぎないことを知っていたからだ。自分が彼にとっては取るに足りない存在だったことを。

彼女は両腕で自分の体を抱きしめ、引き裂かれるような胸の痛みをこらえながら、うめくように言った。「何もかも」

10

「どうやら、嗅ぎ薬はもう必要なさそうですね」家政婦のミセス・ポールディングがドア口から言い、客間の惨状を見て嫌悪を浮かべた。

マシソン卿《きょう》は顔をしかめて立ちあがった。「見てのとおり、ミス・モンタギューは意識を取り戻した」

「部屋に引きとりたいわ」コーラはきっぱり言った。心臓が早鐘のように打ち、怒りにかられてわめきたてたいのに、正しくふるまおうとする努力で体がわなわなと震えている。

「着替えをすませたら、すぐに行くよ」マシソン卿が口早に言った。「話し合わなくてはならないことが……」

「わたしの部屋にあなたを入れるのは、とても不適切なことよ」コーラは冷ややかに言った。「これからは、言いたいことがあれば、みんなの前で言ってちょうだい」

彼は驚いて目を見開き、さっと青ざめた。そのせいで唇から流れる血がいっそう赤く見えた。

コーラがきびすを返して部屋を出ていこうとすると、彼に腕をつかまれた。

「いや、そんなことは許さんぞ」ロビーがうなるように言って立ちあがり、水滴と折れた薔薇《ばら》の茎をまき散らした。

「なんだと！」マシソン卿が叫んだ。「ぼくが彼女に危害を加えると思ったのか？」

「コーラがおまえを見たときの表情に気づいただけだ。それだけでおれには十分だ」ロビーはそう言い、大きな体でマシソン卿の行く手をさえぎった。

「お兄様」コーラはため息をついた。「よけいな口をはさまないでほしいわ」兄が中断した殴り合いの続きをはじめたがっていることは、コーラにはよくわかっていた。彼女は一歩脇に寄り、兄の突き出た腹部の向こうにいるマシソン卿に言った。「クリストファー、どうか言われたとおりにして、わたしを放っておいてちょうだい。少し時間が欲しいの」彼女はぎゅっと目を閉じ、またしても押し寄せた記憶にめまいを感じた。「考える時間が」

あごの筋肉をひくつかせ、マシソン卿はコーラから目を離さずに家政婦に言った。「ミセス・ポールディング、ミス・モンタギューを部屋に案内してくれ。必要なものがあれば、そろえてくれないか。長旅をしてきたうえに、ひどいショックを受けているんだ」

野蛮な男たちの殴り合いに立ち会わずにすむことを感謝しながら、家政婦はコーラの腰に腕を回し、支えるようにして部屋を出た。

コーラはドアが閉まり、廊下でふたりきりになると、白髪交じりの家政婦と向き合った。記憶にあるよりもっと髪が白くなり、しわも深くなっている。でも、七年という歳月が変えたのは、この家政婦だけではない。「もう誰も見ていないから、心配そうな顔をする必要はないのよ。あなたがわたしを嫌っていることはわかっているもの」

「わたしはここの雇い人です。ご主人様が選んでこの館に伴った若いレディたちのことを、あれこれ批評する立場にはありませんわ」

マシソン卿がよくここに女性を連れてくるような口ぶりに、コーラはよろめくように家政婦から離れた。家政婦は黒っぽい樫《かし》材を使った階段の上がり口へと、背筋をぴんと伸ばして歩いていく。コーラはそこまでたどり着くと、階段の手すりの親柱をつかんで体を支えた。いまのひと言で受けた痛みは、新たな記憶の波で倍になった。彼女は馬車でのときと同じように闇にのみこまれそうになった。が、いまはたったひとりでそれに対処しなくてはならない。

残酷な言葉で傷つけ、きびすを返した家政婦の頑《かたく》なな背中が目に入ると、コーラの胸には反発がこみあげてきた。彼女は深く息を吸いこんで、最初の段に足をのせ、意識的に朝食の間を振り返るのを避けた。そこにはまだクリストファーと兄がいる。七年前、あの部屋に入ったときは、長椅子に横たわっていた女性は自分ではなく、クリストファーの母親だった。彼はその手を握って誇らしげにあごを上げ、まるで挑むようにコーラを紹介したのだった。

「まあ、クリストファー」レディ・マシソンはわななく胸に片手を押しあて、泣くような声で言った。「まさか、あなたはわたしを不幸のどん底に落とすつもりではないでしょうね?」そしてコーラのほうに片手を振り、悲劇のヒロインのようなうめき声をもらした。「その子のために。ほんの少しでもきれいな子なら、まだ理解できるけれど」彼女はレースの切れ端に手を伸ばして目を拭った。「キングズミードがこれほど経済的に追いつめられているんだから、たっぷり持参金のある娘と……」

コーラは目を開けた。自分でも気づかぬうちに、何年も前のそっけない拒否がもたらした苦痛に目を閉じていたのだ。ミセス・ポールディングが階段の踊り場に達し、苛立《いらだ》たしげに見下ろしている。

つかのま過去と現在が入りまじり、コーラは婚約者の両親の家を初めて訪れたときの、怯《おび》えた若い娘に戻っていた。あのときの彼女は、将来義理の母となる人に冷たく拒否され、心に深い傷を受けた。そして部屋へ案内するように言われたミセス・ポールディングが、いまと同じようにあからさまな軽蔑を浮かべて自分をにらみつけていた。

クリストファーの母親には、そのあとほとんど会わなかった。レディ・マシソンは未来の義理の娘を歓迎するどころか拒否しつづけ、すべての食事を自分の部屋でとった。クリストファーとロビーはその態度に肩をすくめ、レディ・マシソンが暗い顔でうなだれていないほうが楽しく食べられるとコーラを励ました。だが、コーラは傷ついた。クリストファーの両親は、どちらも息子の結婚に賛成ではなかった。母親はそれを適切な歓迎を欠くことで示し、父親は息子の未来の花嫁の顔を見に来る手間さえかけずにそのことを示した。コーラにはふたりの態度が理解できた。自分がクリストファーのような地位にある男性には釣り合わない娘だとわかっていたからだ。クリストファーはもっときれいで、お金持ちの娘と結婚すべきなのだ。貴族の育ちで、自分を軽蔑する使用人をどう扱えばいいかわきまえている娘と。どうりで、七年後のいまも、わたしとマシソン卿とは釣り合わないと最初から感じていたはずだ。ちょうど彼の婚約者だった昔のときと同じように。

彼女はゆっくりと現在に思いを戻し、硬い表情で待っている家政婦に目をやった。

この前わたしがここに滞在したとき、この家政婦は、わたしが常に居心地の悪さを覚えるように仕向けた。だが、当時のわたしはそれに不満を抱くどころか、なぜハンサムな若い貴族が、自分のように不器量で教育もない牧師の娘を妻に選んだのかと、ミセス・ポールディングと一緒に疑問を抱きはじめた。そして家政婦の口から、何が起こっているか知らされるずっと前に、こう思いはじめていた。クリストファーの結婚の申しこみは夢で、いつか目が覚め、オーチェンティに戻っているのではないか、と。ひとつでも間違いをしでかせば、すべてが自分のまわりで崩れ落ちるにちがいない、と。キングズミードで過ごすあいだ、日一日と不安が募ったのだった。

コーラは不機嫌に唇を結び、ミセス・ポールディングの顔を見ながら階段を上がり、踊り場にたどり着くと言った。「いまでもマシソン卿とわたしを結婚させたくないようね」

「あなたは、ご主人様のよい伴侶にはなれません。昔もそうでしたし、いまもそうです。あなたがいないあいだ、マシソン卿は成功をおさめられました。小作人たちの世話をし、土地を改良し、この館を改装されましたわ。ところが、あなたがここに戻ってからまだ五分とたたないというのに、客間で殴り合いが起こるありさまです。それがわたしの意見ですわ。その意見を変える気はありません」

どれだけ多くの年月がたとうと、変わらないものもあるのだわ。クリストファーがこれっぽっちも自分など気にかけていないことを、ついにコーラが納得したときのミセス・ポールディングの勝ち誇った顔が目に浮かんだ。若いご主人様が結婚を申しこんだのは、乱暴者の兄が無理強いしたからだ。それはみんなが知っている。そう告げるミセス・ポールディングの目は邪悪な喜びで光っていた。そして、コーラに少しでも良心があれば、すでにご主人様とそのご両親との仲たがいの原因となっている婚約をすぐさま破棄して自分の家に戻るはずだと言い募った。

コーラはその夜、クリストファーが結婚を申しこむきっかけとなった出来事を振り返り、まんじりともできずに泣き明かした。

彼はその日、彼女をボートで入り江に連れていき、そしてようやくキスをしてくれたのだ。彼女が何日も待ち焦がれていたキスを。

いいえ、もっと前から待ち焦がれていた。真摯な目をした兄の友人には、初めて会ったときから憧れていたのだから。クリストファーは村の男たちとも、怒りっぽい父とも、兄とも違い、とても礼儀正しかった。育ちがいいのよ、と母は言っていた。

だが、まだ子供だったコーラがクリストファーに惹《ひ》かれたいちばん大きな理由は、彼がいつも穏やかで、落ち着いていたからだ。頭に浮かんだことをすぐさま口に出す兄や父、時には考える前に拳《こぶし》を突き出すあのふたりとは違い、クリストファーはよく考えたうえでなければ自分の意見を口にしなかった。

コーラは彼が訪れる機会を待ちわびていたが、めったに話しかける勇気をふるい起こせなかった。

でも、前年の夏は、多忙をきわめた兄に邪魔されずに、コーラは憧れのクリストファーとあらゆる時間を過ごした。とはいえ、ようやく丸一日彼と一緒に過ごせるようになったことは、喜びと同じくらいの苦痛をもたらした。クリストファーは友人の苦境に配慮し、我慢してその妹の相手をしているのかもしれない。どこまでも礼儀正しい彼が、自分にどんな気持ちを持っているのか、コーラには見当もつかなかった。

「一緒に行こうよ」彼はめったに見せることのない、たまらなく魅力的な笑顔で言った。「ボートの漕《こ》ぎ方を教えてあげるから」

そして、ふたりは一緒にボートに乗った。

コーラにどうやってオールを使うのか示すために、クリストファーはボートの狭いベンチに横に並んで座り、彼女の手をつかんだ。コーラは自分の側のオールを取りながら、スカート越しに彼の体が自分の体に触れるのを感じた。そして天国にいるかのように恍惚《こうこつ》となった。笑い声、暖かい日差し、互いの近さ。すべてがすばらしかった。いま考えても、自分の大胆さに顔が赤くなるくらいだ。大きな波がオールをコーラの手から奪うと、彼女は激しく揺れるボートのなかでクリストファーにしがみついた。そして彼が両腕を回して、しっかりと支えてくれると、うっとりとハンサムな顔を見上げた。

「きみはぼくのキスを欲しがっている」彼がそう言ったのはそのときだった。

コーラがうなずくと、クリストファーは唇を重ねてきた。

あれは、魔法としか言いようのないひとときだった。あの初めてのキスは。

でも、彼にとっては初めてではなかった。

そのころですら、コーラにはわかっていた。キスが上手だということは、すでにほかの女性たちと何十回も練習しているのだと。それでも、彼女は夢中でキスを返し、気がつくとふたりはボートのなかで体をぴたりと寄せ合っていた。

太陽が若いふたりを照らし、波が優しくボートを洗って、ふたりを揺さぶった。青い空をかもめが飛びまわっていたが、コーラはその警告するような鳴き声に耳を閉ざした。胸がはち切れそうな幸せに、生涯この瞬間を大切にしようと心に誓ったくらいだ。

すると、その日の夕方、彼がやってきて、とても信じられないことに、彼女に結婚を申しこんだのだ。

「冗談でしょう？　わたしのことをほとんど知らないのに！」

「きみの家には何度もお世話になった。ぼくはきみをよく知っているよ」

彼が本気だとはとても信じられず、彼女は自分の幸運に茫然《ぼうぜん》として首を振った。

「ふたりとも若すぎるわ」コーラは言い募った。彼は大学へ行くつもりなのよ。結婚しても、大学へ行けるの？　それに、彼のご両親は、同じ階級の娘と結婚させたいに決まっている。いつか彼が領地を相続したときに、館や領地を切り盛りできる女性と。

「わたしはあなたが結婚相手に選ぶような娘じゃないわ」

「でも、きみはぼくと結婚したいのだろう？」彼は真剣な顔で言った。「そう思っていなければ、今日の午後、あんなに夢中でキスに応えなかったはずだ」

あのときは、何も考えられなかったからよ。コーラはそう言おうとした。ただ、心のおもむくまま、若い体が求めるままにふるまっただけだ、と。でも、説明するまもなく、彼がキスで口を塞ぎ、理性が吹き飛ぶまでキスをやめなかった。

「結婚すると言ってくれ」クリストファーがキスの合間にささやいた。

やがてコーラは情熱でぼうっとなり、どうして反対するのか、思い出せなくなったのだった。

彼女はわれに返り、まばたきして、視界を曇らせている霞《かすみ》を払った。するとミセス・ポールディングの姿が再び目に入った。

冷酷にも、ロビーとクリストファーがコーラに隠していた情報を告げ、彼女の夢を粉々に砕いたミセス・ポールディングの姿が。

「あなたのお兄さんは、湾を見晴らす岬沿いで、あなたがボートのなかでクリストファー様と転げまわっているのを見つけたのですよ」家政婦はコーラがキングズミードに着いてから一週間とたたぬうちにそう言ったのだった。「そしてボート小屋のそばでクリストファー様をつかまえて殴りはじめ、あなたに結婚を申しこむことに同意するまでやめなかったのですよ！」

それを聞いた瞬間、ついに欠けていたパズルの一片があるべき場所におさまった気がした。そういえば、あの日、ふたりとも家に戻り、夕食のために着替えているべき時間なのに、なぜ海辺のボート小屋のそばで争っているのか不思議に思ったものだ。でも、兄とクリストファーが取っ組み合うのは何度も見ていた。それにそのあとふたりが、互いの肩を抱き合い、上機嫌で戻ってきたこともあり、あまり気にとめなかったのだ。

ただ、夕食のあと、クリストファーとふたりきりにして、兄がいつのまにか姿を消してしまったのはおかしいと思った。それまではいつも、〝男どうしの話〟ができるように、わたしを追い払ったのに。

どうりで、申しこみを受けたわたしの弱々しい反対を、クリストファーがあっさり脇に押しやってしまったはずだ。兄との友情は、彼にとっては何よりも大切なものだ。キスをしているのを見られたからには、なんの魅力もない痩せっぽちの妹と結婚する気になるほどに。

それがわかってみると、ふたりの運命を決めたあのボート遊びのあとに起こったすべてのことがまるで異なって見え、キングズミードの滞在は悲惨なものになった。

クリストファーはわたしに恋をしたから、結婚を決めたのではないんだわ。自分が何度も彼に愛していると告げたことを思い出し、コーラは身がすくんだ。彼はいつもただ微笑して、キスをしてくるだけだった。それはクリストファーが自分の気持ちを口にするタイプの男性ではないからだとは、もう思えなくなった。わたしに対する深い気持ちがないから、何も言わないんだわ。彼は完璧な紳士だから、わたしが彼を罠《わな》にかけ、望まぬ結婚に追いこんだことを口にしないだけ。彼はボート遊びのあとも、どうにか明るい態度を保っていた。

でも、心のなかではわたしと出会ったことを呪っていたにちがいない。

ああ、死んでしまいたい。コーラはそう思ったのだった。でも、その代わりに……。

コーラははっとしてわれに返り、自分が踊り場に立ってミセス・ポールディングを見つめていることに気づいた。

「あなたはあらゆる手段を講じて、わたしを追い出そうとしたわ」

ミセス・ポールディングは考えるような目でコーラを見て、顔をしかめた。「あなたがここを出ていったのは、正しいことでしたよ。自分がキングズミードの女主人に相応《ふさわ》しくないことが、わかったからだと思っていましたわ。いまでもそうですよ。なぜ気が変わって戻ってきたのか、わたしには理解できませんね」

コーラははっとして家政婦を見た。たったいま、この廊下で過去の記憶の一部が戻ったとき、滞在の最後の日に起こった出来事の陰には、ミセス・ポールディングがいるにちがいないと確信した。でも、いまの言葉は、そうではないことを語っている。

階段の上にいる家政婦が向きを変え、廊下を歩きだす。コーラは茫然としてそのあとに従った。どうやらわたしは、あらゆることについて間違っていたようだ。ミセス・ポールディングのことさえ誤解していた。この家政婦は敵意をむき出しにしていたとはいえ、犯罪者ではなかったのだ。頑固で、自分が仕える一家に篤《あつ》い忠誠心を持っていただけだ。

またしても過去の光景に襲われ、コーラは部屋のドア口で足を止めた。昔この部屋を使ったときには、ベッドの上掛けは埃《ほこり》で汚れ、カーテンはほつれて色褪《あ》せていた。シーツ類もいまにも擦り切れそうなほど薄くなり、最初の晩に足を伸ばしたとたん、びりっと破いてしまったくらいだ。それをミセス・ポールディングに告げるのが怖くて、夜中すぎまで裂け目を縫って過ごした。ところが、翌朝この家政婦は例のシーツを腕にかけ、貴族の館にはリネンを繕うメイドがおります、と軽蔑もあらわにコーラに言い渡したのだった。

いまはすべてが新しく、清潔だった。ベッドのすぐ横の敷物でさえ、きれいで分厚いものになっている。朝起きて足をおろしたときに贅沢《ぜいたく》な感触を味わえそうだ。コーラがいつも踵《かかと》をひっかけ、ころびそうになった古いものとはまるで違う。昔あれほど自信を喪失し、苦悩した部屋に入ると、昔とはにおいさえ違うことに気づいた。昔のキングズミードは、埃とかびのにおいがした。いまは蜜蝋《みつろう》とラベンダーの香りがする。

ミセス・ポールディングは部屋の中央に立ち、両手を腰にあてていた。その表情から、軽蔑と不安のあいだで揺れ動いているのが手に取るようにわかった。

いまのわたしは、昔に比べると格段に大きな力を持っているんだわ。コーラはふいにそう思った。マシソン卿と結婚すれば、ミセス・ポールディングをくびにすることもできる。

七年前に自分があれほど軽蔑し、軽んじた小娘が舞い戻ったのを見て、ミセス・ポールディングも解雇されるのを覚悟しているにちがいない。コーラは顔をしかめた。この人を好きになることはできないが、くびにするほど冷酷になれるだろうか？　この年齢では、新しい仕事を見つけるのは難しいだろう。

それに、自分が見くだしている女主人に推薦状を書いてくれと頼むのは、さぞ屈辱的なことだろう。

突然、部屋のなかの張りつめた空気に耐えがたくなり、コーラは火のない暖炉のそばにある肘掛け椅子に腰をおろした。

「お茶でもいただけるかしら？」

「お茶ですか？　それとも、もっと強い飲み物ですか？」それからほんの少しためらったあと、家政婦は付け加えた。「ご主人様はあなたがショックを受けたとおっしゃっていましたから」

その声に嘲りが含まれていると思ったのは、被害妄想だろうか？　いや、おそらく違うだろう。ミセス・ポールディングはわたしも兄のロビーと同じように酒が好きだと思っているのかもしれない。おそらく兄の部屋には、〝もっと強い飲み物〟があるはず。そしてあの息の臭さからすると、たびたびそれを口にしているのは明らかだ。

昔キングズミードに滞在したとき、コーラは家政婦の態度に黙って耐えた。この女性はクリストファーの両親の態度を真似《まね》ているだけだ。経験のないコーラは、無礼な使用人にどう対処すればいいかわからなかった。だが、いまの彼女は、一歩でも間違えばすべてを失う内気な十七歳の娘とは違う。

「ここで働きたくないというなら、それでもかまわないわ」コーラは冷ややかに言った。

ミセス・ポールディングはぱっと口を閉じ、ぐいと頭をそらして不満を表明すると、部屋を出ていった。女性の客に相応しいお茶とケーキのトレーを持ってくるのだろうか。それとも、コーラに対する自分の評価に相応しいジンのボトルを持ってくるのだろうか。

めまいと吐き気に襲われ、コーラは低いうめき声をもらして両手で頭を抱えた。いっそ兄のように酔いで紛らしたいくらいだ。頭のなかでは、さまざまな人々の思惑や印象がぐるぐると回っていた。それと格闘するよりも、酔うほうがはるかに楽だ。

マシソン卿がわたしをここに連れてこないでくれればよかったのに。そうすれば、わたしはメアリーとして彼の愛人になり、ふたりして多少の幸せを味わうことができたはずだ。だが、その代わりに、すべてを明るみに出さねばならない。

馬車がキングズミードを取り巻く暗い森のなかに入ったときから、コーラは七年前に荒々しく引き戻されていた。自分が知っていた人生が終わった、まさにその日に。

彼女はうなじの鈍い痛みをもみほぐそうとした。未知のものに感じる不安を、少しずつ克服する術《すべ》をゆっくりと学びはじめていた。が、それが問題だった。マシソン卿をカーズン通りで見た瞬間、彼女は暗い過去が自分に手を伸ばしてきたことを本能的に察知した。そしてとっさに彼から逃げた。だが、彼がしつこく引き起こす感情から逃げることはできなかった。そして彼のことを空想するようになり、仕事に集中してそんな思いを振り払おうとした。いま考えると、そうした空想は、実際に起こったことに基づいていたのだ。彼女は自分自身を空想から目覚めさせることで対処した。

それは地下のワイン貯蔵庫に閉じこめられる悪夢から自分を救うために、彼女の作り出した技だった。ワイン貯蔵庫の前は……あの屋根裏。そこでは危険が身近に感じられた。だから、彼女は無知という外《がい》套《とう》で自分を包んだ。それがあの女看守に対する唯一の隠れみのだったのだ。もうその必要がなくなったときにも、彼女はその下に隠れつづけた。さまよい出て、必死の思いで手に入れた穏やかな生活を脅かす思いを押しやった。そして過去の人生がもたらしたにちがいない苦痛という重荷を加えることなく、サンディフォードの襲撃からようやく回復しはじめ、マダム・ピショットの仕事場の悪条件や長時間労働のなかで生き延びる術を学んでいるところだった。

時間と環境も、真実に対する守りを築く素材をコーラに与えてくれた。彼女が恋に落ちたのは、みすぼらしい格好をしたクリストファー・ブレトンという若者だった。この若者は彼女にすごい剣幕で食ってかかった、非情な目の裕福な紳士とは、ほんのわずかしか似ていなかった。だから、彼女はマシソン卿という名の人物には、一度も会ったことがないと嘘《うそ》をつかずに言うことができた。実際に、会ったことはなかったから。七年前そう名乗っていたのは、クリストファーの父親だったのだから。そしてクリストファーとロビーの話から、マシソン卿とは、年配で肉付きがよく、飲酒と放埒《ほうらつ》な生活で不健康な肌をしている、だらしない格好の男だという印象を持っていた。

自分ではそうしていることさえ知らず、彼女は彼に気づくのを頑固に拒み、苦痛をもたらす可能性のあるものから、うまく自分を守ろうとしたのだった。

コーラは苛立って肘掛けを叩《たた》いた。傷つけられたくないばかりに、自分の頭がどんなふうに自分を守ったかを解明したところで、少しも問題は解決しない。休息のときは、完全に終わったのだ。

ドアをノックする音がして、またとないタイミングでメイドがお茶を運んできた。コーラはしばし心の葛藤から気がそれたことにほっとして立ちあがり、ドアを開けた。

廊下に立っている若い娘は驚いたものの、すばやく立ち直り、ぺこりと頭を下げた。ポットとカップ、クリームと砂糖の器をのせたトレーを手にしたメイドの後ろには、何種類ものケーキがのったケーキスタンドと、サンドイッチ、薄切りのパン、バター、宝石のような色のジャムのトレーを手にしている使用人がいた。その後ろには、ふたり目のメイドが熱い湯の入った缶をふたつ運び、三人目のメイドが腕いっぱいのタオルを抱えていた。

昔の扱いとは打って変わった〝歓迎〟ぶりだ。お湯が来るとは！　自分が知っているキングズミードでは、ありえない贅沢だ。だが、メイドが化粧室に運びこんだ缶からは、たしかに湯気が上がっている。ここでは、ぬるま湯ですら一度も使わせてもらえなかった。そしてお腹《なか》がすいたときには、彼女とロビーとクリストファーの三人で、ときどき貯蔵室から食料を盗み出し、彼女がキッチンのテーブルで、食事らしきものに整えたのだった。

ミセス・ポールディングがいまの仕事を保とうと決めたのだろう。さもなければ、下働きの使用人のなかにコーラに同情的な者がいるのかもしれない。このメイドと使用人が、以前のマシソン卿夫妻に仕えていた者たちとは違うことに、コーラは気づいた。メイドと使用人がそろって深々と頭を下げたところを見ると、おそらく彼らはみんなキングズミードの新しい女主人になろうとしている女性に気に入られたがっているようだ。

コーラは顔をしかめた。昔もみんなわたしが新しい女主人になると思っていた。それでもミセス・ポールディングの恐るべき敵意をいいことに、全員一致してわたしに対抗するのをやめようとはしなかった。

親切なふりをしたたったひとりの人物は、牧師の娘フランシス・ファレルだった。

彼女のことは考えたくない。絶対にいや。でも、すでにほんの少しだけ、頭のなかの水門を開けてしまった。それをぴったりと閉めるには、その後ろに集まっている記憶の量が多すぎた。

コーラは窓辺にあるお茶のテーブルへとよろめきながら向かうと、沈みこむように椅子に座り、追従笑いを浮かべている使用人からフルーツケーキの大きなひと切れを受けとった。

「もう下がって結構よ」使用人がちょうどよい濃さのお茶をカップに注《つ》ぐと、コーラはどうにか言った。

昔は寂しくて不安で、ここには友人もいなかったから、自分よりも少し年上のフランシス・ファレルが差し伸べてくれた手をどれほど歓迎したかわからない。フランシスはミセス・ポールディングの義理の姪《めい》なので、キングズミードをよく訪れていたのだ。そんな血縁関係にもかかわらず、コーラはまもなくフランシスの訪問を心待ちにするようになった。コーラがキングズミードに来る以前、ロビーがフランシスを気位の高い娘だと言ったことがあった。それでもフランシスがとても聞き上手だったので、コーラはなんでも話すようになった。そして上手にやりくりする術を学んで、ミセス・ポールディングを感心させるつもりだと、フランシスに打ち明けた。クリストファーが流行のドレスを作らせるだけのお金がなくても、ロンドンへ連れていってくれなくても、いっこうに構わない、と。彼と一緒にいられるなら、ここで一年中暮らしても満足だわ、と。そして自分はどんな女相続人にも引けを取らないことを、熱心に訴えた。経済的に節約し、効率よく家事を切り盛りするつもりだし、クリストファーを誰よりも愛しているから、と。

コーラは音をたててカップを皿に置いた。

まったく、救いがたいほど愚かだった。自分でも信じられないくらいだ。自分の周囲で起こっていたことに、何ひとつ気づかなかったとは。

しっとりしたフルーツケーキが、口のなかで灰のような味に変わる。途方もない愚かさを無理やりのみくだすと、もう少しで喉に詰まりそうになった。

フランシス・ファレルは、彼女の伯母であるミセス・ポールディングと同じように、恋に夢中のコーラにクリストファー・ブレレトンの本性を喜んで告げ口したのだった。

「わたしの口から、こんなことは言いたくないのよ」フランシスはコーラの腕に手を置いて言った。「でも、クリストファーはあなたをだましているの。今朝も、問題の若い女性に会いに行ったのよ」

「彼はロビーと一緒に出かけたわ」コーラは抗議した。「結婚式に着る服について相談するために、バンフォードの仕立屋に出かけたのよ」

フランシスは気の毒そうに首を振った。「あなたのお兄様がどこにいるかは見当もつかないけれど、クリストファーはぶなの森の西にある木こりの小屋に行ったのよ。わたしの言うことが信じられないなら、そこに行って自分の目で確かめたらどう?」

コーラはフランシスが間違っていることを証明しようと、かっかしながら部屋を飛び出し、馬屋へと向かった。ところが、クリストファーの馬は馬屋にいた。バンフォードへ出かけたとすれば、馬に乗っていったはずだ。コーラは体が冷たくなるのを感じた。なぜバンフォードへ行くなんて嘘をついたの？　コーラは彼の馬に鞍《くら》をつけ、はいているスカートが腰のまわりにまつわるのもかまわず、その背にまたがった。

そしてまもなく、彼が真っ赤な嘘をついたことを知った。みすぼらしい小屋の汚れた窓から、彼がほとんど裸の娘を抱きしめているのが見えたのだ。ベストに裸の胸を押しつけて娘にキスしているのを見たとたん、その嘘つきの唇が自分の唇に重なるのを許したことを思い出し、膝をついて、朝食をそっくり戻してしまった。

そのあとのことは悪夢のように現実離れしていた。どうにかコーラが馬の背に戻ったとき、雷雨に襲われた。大きな馬は恐怖にかられ、勝手に走りだした。彼女は止めなかった。自分がどこへ行きたいか、自分でもわからなかったのだ。どこへ行けば、クリストファーの裏切りから逃れられるのだろう？　稲妻が走り、雷鳴が轟《とどろ》くなか、馬は疾走していく。胸のなかで心臓が裂けるような苦痛を味わいながら、コーラはその背にしがみついていたのだった。

彼女は深く息を吸いこみ、両手で自分の体を抱きしめた。

いまのわたしは、男性の卑しい本質をまったく知らない十七歳の乙女ではない。厳密には、クリストファーが嘘をついていなかったことがわかる。彼は一度もわたしに愛しているとは言わなかった。なんの根拠もなしに、わたしが勝手に自分が信じたいことを信じていただけだ。

食べ物のにおいに我慢できず、コーラは衣装だんすへと歩いていった。

記憶にあるとおりの家具は、これひとつだ。それは時のなかで凍りついているように見えた。蝶番《ちょうつがい》のひとつが、まだ斜めに傾いている。樫の葉の彫刻を施した扉はキクイムシにやられて細かい穴が無数にあいている。

それを見ると、希望によく似た気持ちがこみあげるのを感じた。彼がこれを残しておいたのは、感傷的な理由からなの？　ここに来る途中の馬車のなかで、ふたりはこの部屋のことを話した。そして彼はこの部屋をコーラの思い出に捧《ささ》げた神殿のように見なしているのを感じた。馬車のなかでは、死んだ女性の服を着せられるのを恐れていたけれど……。でも、彼がここに彼女のものをすべて残し、大切にしまってあるとしたら……。

胸をどきどきさせながら、コーラは扉を開けた。なかは空っぽだ。

彼女は凍りついた。

衣装だんすが空っぽなのはあたりまえよ。彼のどす黒い心が、空っぽなのと同じことだわ。彼がコーラの思い出にしがみついているふりをしつづけたのは、気の毒なミス・ウィンターズをお払い箱にするためだったにちがいない。

でも、もし彼がわたしにしたように、べつの気の毒な女性の心を打ち砕くために、わたしを利用したとすれば……。

「いいえ」コーラは空っぽのたんすの扉を叩きつけるように閉めると、ベッドの裾に置かれた自分のトランクに歩み寄った。

そろそろ服を着替え、階下へ行って、いくつかの物事を正す時間だ。

コーラは膝をついてトランクを開け、メアリーとして生きていたあいだに集めたさまざまなものに手をつっこんだ。安物の石鹸《せっけん》と、漂ってくるかすかなモリーの香水のにおいを吸いこみながら、コーラは着心地のよい服を探した。

これがいいわ！　日曜日のよそ行きよ。四角い襟ぐりの、長袖のシルクの服。領地の邸宅でレディが夕食に着るものではないかもしれないが、気にすることはない。わたしはレディではないし、レディになるつもりもないんだもの。

コーラもレディではなかったが、いまの彼女はコーラよりもメアリーの部分が多い。実際、コーラは取るに足らない女性だった。どうりで、すべての希望が泥のなかで踏みつけにされたあとで、再び浮上する強さを得ることができなかったはずだ。

コーラは臆病な娘で、高圧的な父親から自分の意見を表明するどころか、それを持つことさえ禁じられていた。彼女は顔をしかめ、しみのできた旅行着を脱いで、新しい服を頭からかぶりながら思った。母は人の目につかずに存在する術を教えてくれた。彼女が翼を伸ばそうとした時期は、ほんの短いあいだだった。両親が亡くなったあとのあの夏、ロビーは忙しすぎて、妹を閉じこめておく暇がなかった。ちょうどさなぎから出た蝶のように、彼女はクリストファーと自由に飛びまわった。あの日、彼が彼女の心からその翼をもぎとるまでは。そして絶望にかられ、くるくると地上に落ちるまでは。

でも、メアリーはもっと強いわ。コーラはあごを上げ、鏡に映った自分をまっすぐに見つめた。メアリーは好色なサンディフォードと闘って彼を撃退し、自分の身を守ったばかりか、あのおぞましい男の手に醜い傷痕を残した。それればかりでなく、ロンドンへ行き、仕事を見つけて存分に腕を発揮した。それからその気になると、大胆にも恋人を持った。

コーラにはそのひとつだってできなかったはずよ。

軽蔑をこめて自分の取り澄ました顔を一瞥《いちべつ》すると、彼女は肩に力を入れ、階段をおりていった。

マシソン卿とロビーは食堂の手前にある控え室で待っていた。彼女が入っていくと、ロビーが立ちあがった。

「お兄さん、明日の朝までには、旅に出られる支度をしておいてちょうだいね」彼女は鋭く言い、ロビーが手にしているほとんど空っぽのグラスを見た。「わたしをオーチェンティに連れて戻れるように」

座り心地のよい椅子に落ち着き、さきほどトレーを運んできたのと同じ使用人からワインのグラスを受けとったあと、兄がもうオーチェンティに住んでいない可能性が彼女の頭に浮かんだ。ひょっとすると結婚しており、義理の姉は自分の家に招かれもせずにやってきた夫の妹を受け入れることに文句を言うかもしれない。

だが、使用人を部屋から去らせたあと、その件について答えを与えてくれたのはマシソン卿だった。

「忘れているかもしれないが、きみの家はぼくがいるキングズミードだぞ」

「わたしを嘲る必要はないわ」彼女は鋭く言い返した。「頭のなかの……」彼女は言葉に詰まって首を振った。あのひどい苦痛をもたらす記憶をせきとめていたものを、どう表現すればいいのだろう？

「障害物のようなものが壊れたあとは、わたしがあなたとの結婚に決して同意すべきでなかった理由もはっきり思い出したわ」

マシソン卿は怖いほど険しい顔で立ちあがった。

「七年前にここを逃げ出したわけのことか？」

彼女が全速力で走る馬に乗って木こり小屋から逃げ出したすぐあとに起こったことを説明しようとすると、彼は手にしていたグラスを粉々に砕くほどの勢いで暖炉に投げこんだ。

「なんて女だ！」マシソン卿は吐きすてるように言うと、部屋の反対側へと大股に歩いていき、怒りにゆがんだ顔で振り向いた。「愛しているとあれほど激しく誓ったあと、きみはぼくのところに来て、面と向かって婚約を破棄するだけの礼儀すら示さなかった」

もちろん、そんなことはしなかったわ。できなかったのだ。「それは……」

だが、マシソン卿は彼女の言葉など聞いていなかった。そしてだらしなく座り、目を細くしてこのけんかを見守っているロビーのところへ大股で歩いていった。「きみは七年も実の兄を悲しませた。このぼくにしても……くそ！」ロビーを正面から見て叫ぶ。「自分の親友だった男に、きみを殺したと責められつづけたんだぞ。知っていたか、コーラ？　きみが逃げたあと、彼は判事にぼくを訴えたんだ。悪くすれば、絞首刑になっていたんだぞ！　ただ、きみの遺体が見つからなかったせいで……」

「見つかるはずがないわ」わたしは記憶を失っただけで、死んでなどいなかったんだもの！　彼女はそう叫びたかった。

ああ、ここには決して戻ってきたくなかった。彼の不実を知った直後は、自分の世界が崩れたような気がした。彼の軽蔑に直面して、再び胸を引き裂かれるような思いをすることなど、どうしてできるの？

「ああ、きみは死んでいなかったんだからな。ただ、みんなにそう思わせただけだ。自分のことしか考えずに。だが、これだけは言わせてくれ」

そう言って彼女のところに戻ってくると、マシソン卿は椅子の肘掛けに手をついた。彼女はびくっとして座ったまま身を引いた。

「ぼくはきみが二度も逃げるのを許すつもりはないぞ。今度は自分の責任を放り出し、スコットランドへ逃げ帰ることは許さない」

「あなたには止められないわ」あまりの怒りに、恐怖に近いものを感じながら、彼女は兄に訴えた。「お兄様……」

「ロビーがきみを家に連れ帰ってくれると思ったら、大間違いだ。ぼくがすでにきみと契りを交わしたあとでは」

ロビーが息をのむ音がした。兄がどう思っているか知るために、そちらに顔を向けたかったが、彼女はマシソン卿から目をそらせなかった。

「きみはぼくの子供を身ごもっているかもしれないんだ」彼はうなるように言って、彼女の服にさっと目をやり、腹部のあたりを見た。

ああ、なんてことかしら。どうして兄にそんなことを話したの？　黙っていてくれれば、スコットランドへ戻り、兄のために家事をこなして、ひっそりと暮らすことができたのに。でも、これでロビーはふたりが結婚するまでは、せきたてつづけるわ。七年前はクリストファーがキスしただけで、わたしと結婚すべきだと迫ったのだもの。

でも、こんなに激しい憎しみを燃やした目でにらみつけ、これほどひどい言葉を投げつける男性と、どうすれば結婚できるの？

それから彼は、この状況から多少とも理性的な結末を引き出せる望みを完全に断つ言葉を放った。

「きみはぼくに七年の借りがあるんだ、コーラ。暗くわびしい、地獄のような七年の借りが」

「あなたにはなんの借りもないわ」コーラは気力を振り絞って顔をそむけた。

すると、ロビーがうなるように言うのが聞こえた。

「おまえは彼と結婚するしかないぞ、コーラ。彼と寝たいまとなってはな。それに、こいつはキングズミードを相続したんだ」

もうひとつの扉が彼女の顔の前でぴしゃりと閉ざされた。

血を分けた兄がマシソン卿に味方するとは。でも、こうなることはわかっているべきだったのかもしれない。男ときたら、女性をどんなみじめな気持ちにさせても、自分たちの結束を大事にする。

男はみんな獣《けだもの》だわ！

メアリーは大声をあげて両手で彼を突き飛ばして

立ちあがった。

「ふたりとも大嫌い」彼女は男性たちを見比べながら叫んだ。友情の名のもとに、何年も彼女をのけ者にしてきた。なんの楽しみもない家に置き去りにして、これみよがしに自由を楽しんでいた。ふたりが教育を受けられることを、一日中外にいられることを、互いを友達に選べる自由を、コーラはどれほど羨んだことか。ほんのつかのま、ふたりと一緒に初めてキングズミードに旅をしたときには、仲間に入れてくれたと思った。でも、それはとんでもない間違いだったことがすぐにわかった。ふたりは彼女に嘘をつき、彼女を避けて、見知らぬ人々のなかに置き去りにした。そしていまも、がっちり手を組んで、彼女の願いを妨げ、ここに閉じこめて支配しようとしている。

コーラは言葉にならない叫びをあげ、怒りと裏切られた苦痛のありったけをぶちまけた。こんなふたりなどいらないわ。この七年、わたしは自分で生計を立てていた。必要なら、何度でも同じことができるわ。

部屋のドアが開いた。「夕食のご用意が――」

コーラは執事を押しのけて部屋を飛び出した。またしても自分をまんまと裏切ったふたりの男性から逃れるために。

11

すっかり動揺したコーラの耳には、あとを追って階段を駆けあがってくる足音は聞こえなかった。そして部屋に着いてドアを開けるまでは、マシソン卿《きょう》が追ってきたことに気づかなかった。

だが、コーラの反応はすばやかった。彼が追いつくころには、勢いよくドアを閉めて鍵をかけていた。

「コーラ、ここを開けろ。ぼくを入れてくれ!」彼がドアを叩《たた》きながら叫んだ。

「いやよ!」彼女は怒って言い返した。「ロンドンへ戻って、ミス・ウィンターズと結婚したらどうなの? あなたのいまいましいお金も、腐りきった称号も彼女にあげるわ。わたしはどちらも欲しくないの。あなたなんか大嫌いだわ」

コーラの脚の力が抜けた。

記憶が戻ってから、彼女は必死に自分を失うまいとしてきた。だが、ついに意志の力がつき、うなだれて、七年間抑えこんできた悲しみに身をゆだねた。泣き声をもらすまいと、枕に顔を押しつける。

やがて涙が涸《か》れたあとも、感情をほとばしらせたせいで気分がよくなったとは言えなかった。目が腫れて頭が痛み、体中の筋肉が震え、ほつれた髪が顔と首にはりついている。

立ちあがろうとしたが、やはり脚に力が入らない。彼女は化粧室まで這《は》っていき、タオルを冷たい水にひたして顔を拭いた。

それからスツールに置かれたタオルの山の上に腰をおろした。わたしはいったいなんのために泣いたの?

この感情の嵐は、マシソン卿が怒りに声を震わせ、自分と結婚しろと強要したために起こった。彼と結婚すると聞いて、喜びが湧かないの？　思い出せるかぎり昔から、彼を愛していた。記憶を失い、彼を見知らぬ男だと思っていたときも、わたしの心はすぐさま彼に気づき、自分は彼のものだと感じたのに。

彼女は鏡に映った自分をかすかな敵意のにじむ目で見つめた。泣いたのはコーラにちがいないわ。メアリーはいつだって、自制心が強くて、感情に溺れるようなことはしなかった。彼女は正面から鏡と向き合った。でも、コーラは自分が愛している男が、自分を愛していないことを知ったばかりだったのよ。

あんなに泣いたのはそのせいだ。十七歳のコーラの苦痛を吐き出す必要があったのに、それを解き放つチャンスがなかった。コーラはあの女性が上着を開き、クリストファーに裸の胸を差し出すところを見たときの気持ちをそのまま思い出したのだ。クリストファーが笑みを浮かべて彼女を腕に抱き、彼女にキスするところを。そのときコーラはクリストファーに心臓を短剣でひと突きされたような苦痛を感じ、少しのあいだは悲しみで気が狂いそうだった。

夕食のために階下におりていったときには、七年の歳月が瞬《まばた》きするあいだに過ぎていたが、彼の裏切りで取り乱した気持ちはまだそのまま残っていた。それなのに、彼はなんの説明もせず、謝罪すらせずに、コーラの行動を責めたてた。いったいどうしてそんなことができるの？

彼女は不機嫌な顔で鏡をにらみつけた。あれは七年前に起こったこと。昨日起こったように思えるけれど、違うのよ。

彼女は洗面用のタオルを指でねじりながら、鏡に映る憂鬱な顔を見たくなくて、手元に目を戻した。何もかもが、とても混乱している。いまコーラだという気持ちがすると思ったら、次の瞬間には七歳年を取って賢くなったメアリーになる。そのどちらも同じ男性を心から愛していた。

彼女はため息をついて、両手にあごをのせ、鏡のなかの自分を見つめた。どちらの自分だろうと、ほとんど関係ない。ふたりとも、愛を返してはくれない男性に心を捧《ささ》げている。うっとりした目のコーラは、現実に目を閉ざし、プリンスと結婚して、彼のお城で幸せに暮らすことを夢見ていた。その背後に、邪悪な魔女がうろうろして、だまされやすい未来の若いプリンセスに呪いをかけていることさえ、気づかなかったのだ。

彼女は我に返り、問いかけた。なぜコーラとしてもメアリーとしても愛してきた男性と結婚するという見通しに、これほど恐れをなすのだろうか？

彼との結婚に気が進まないのを、理想主義の若いコーラのせいだけにすることはできなかった。経済的な安定や社会的な地位、つらい仕事からの解放が、どれほど価値があるかを知っているメアリーですら、彼と結婚することに躊躇《ちゅうちょ》している。メアリーは彼を愛するあまり、ためらいを捨てて愛人になりたいとさえ宣言したというのに。

いずれにしろ、お針子が裕福な子爵と結婚するのは不可能だっただろう。だが、いまでは自分がコーラだということがわかっている。それなのに、どうして彼と結婚したくないの？　父は紳士だったし、母も申し分ない家の出だったから、ふたりのあいだに結婚できないほどの大きな身分差はない。

それに、わたしは彼のものだ。ふたりのあいだに昔何があったか、頭が思い出すのを拒んでいたときでも、彼の姿を見たその瞬間、わたしの心は彼に気づいていた。わたしは彼のてのひらの上にいる。クリストファーはわたしを愛して大切にすることもできるし、握りつぶすこともできるのだ。

彼女は息をのんだ。

それだわ！　わたしはまたしても昔のようなひど

い仕打ちを受けるのが怖いのよ。自分の十分の一も愛を返してくれない相手のとりこになりたくないのよ。

だったら、どうしたらいいの？

その問いに答えるように、お腹《なか》が鳴った。まあ、当然かもしれない。今日は朝からほとんど何も食べていないのだから。彼女はメイドを呼ぶために、呼び鈴の紐《ひも》を引いた。空腹に対処するのはとくに難しいことではない。自嘲の笑みが唇に浮かんだ。不快な問題を考えることを先延ばしにするのは、メアリーの特技だ。

まもなく、ためらいがちなノックの音が聞こえた。応えるために立ちあがると、ほんの少し頭がふらついた。食べるものを持ってきてくれるように、メイドを呼んだのは賢い選択だった。このうえ具合が悪くなるほど自分を苛《いじ》める必要はないわ。

「コーラ、大丈夫かい？　とても顔色が悪いぞ」

ドア口に立っているのはメイドではなく、マシソン卿だった。

「ドアに鍵をかけないでくれ」彼は片手を突き出し、ドアの隙間を広げた。「それがきみの望みなら、ぼくは退散する。だが……」すでに乱れた髪に片手を突っこむ。「きみに何かが起こったら……」

こんな憔悴《しょうすい》した顔を見たら、誰だって彼が本気で心配していると思うだろう。でも、彼女の頭のなかの小さな声はこう指摘した。彼はすでに一度人を殺したと非難された。そして七年間その疑いを晴らせなかった。いまこのキングズミードにいるあいだ、彼女に何かが起これば、もっとひどいことになるはずだ、と。

「メイドを呼んだのよ」彼女は食ってかかった。「何か食べるものが必要なの」

信じられないという表情が、マシソン卿の顔をよぎった。それから彼は厳しい目になり、体を起こした。

「もちろんだ」彼女は先ほどお茶を持ってきたメイドが、少し離れた場所にいることに初めて気づいた。

マシソン卿がぶっきらぼうに手を振ると、そのメイドは急いで食べるものを取りに行った。

「この部屋に永久にこもっていることはできないぞ」彼は冷たい声で言った。「きみはぼくらと話す必要がある。整えなくてはならない手はずもあるんだ」

「そうね」彼女はドアの枠にもたれた。「でも、いまはいや。今夜はいやよ。お願い……」彼の目を見ていることができず、彼女はうつむいた。彼の全身から冷たさがにじみ出てきて、彼女は震えはじめた。

「どうか、今夜ひと晩、待ってちょうだい」彼女は懇願した。ここに立って彼と話しているだけでも、耐えられなかった。「あなたがどうしても七年前の婚約にこだわるのなら――」彼の人生に存在する、ほかの女性たちのことが頭をよぎる。「明日、話し合いましょう」こんな冷たい目で自分を見る男性が、なぜ自分と結婚しようとこれほど頑固に思い決めているのか、彼女にはまだよく理解できなかった。

「厳密には、いまでもあの婚約は有効なのでしょうね」

ただそのためなの？　あのとき約束したから？　名誉心のある男性は、一度交わした約束を決してひるがえさないから？　そう思いながら彼女が顔を上げると、マシソン卿は目を険しく細め、まるでまったく見知らぬ女性のように彼女を見つめていた。

たしかに、ある意味ではそうなのだろう。彼女自身にとっても、コーラとメアリーの両方を持ち合わせた、すっかり混乱している自分は、完全に見知らぬ人間だった。

「きみはぼくのベッドに来た」そのことがいまでは信じられないかのように、彼はつぶやいた。

わたしの心が弱かったことをわざわざ思い出させるとは、なんて残酷なの。反発を感じながらも、みじめな気持ちで彼女は思った。この瞬間、彼が抱きしめ、優しい言葉をつぶやいてくれれば、わたしは彼にしがみついて、今夜は一緒にいてほしいと懇願するにちがいない。ああ、ゆうべ彼が宝物でも抱くごとく優しく抱きしめてくれたように、彼を抱きしめたくてたまらない。

「きみのお腹には、ぼくの子供がいるかもしれないんだぞ」彼は怒りを募らせた声で言った。

彼女はたじろいだ。コーラは彼をキスで誘惑しただけで、妊娠する可能性があるようなことをしたのはメアリーだ。彼はコーラにどんな怒りの表情も見せないだけの配慮があった。奔放なメアリーにはそんな思いやりを受ける資格はない。彼女はまたしても涙がこみあげるのを感じた。少女のころに夢見た人生が砕け散ったあと、彼女はその名残のなかで意識を取り戻し、生き延びた。でも、彼が自分とベッドをともにするのは、自分と同じ気持ちからだという思いこみを、彼が壊していくのをじっと聞いてはいられない。

「お願い、もうひと言も口にしないで。これ以上耐えられないわ。もしもわたしがあなたの子供を身ごもっているとしたら……」ああ、自分の子供の母になってほしいと、彼が心から願ってくれさえしたら。

「たとえ身ごもっていなくても……」彼女は口ごもった。もしも妊娠していなければ、彼を説得し、ここを出ていけるかもしれない。だが、彼のいない未来は、荒れ野のように殺伐としていた。そんな人生には耐えられない。彼女は震えながら思った。彼だけを愛し、やがて墓に入る自分の姿が見えるような気がした。「ほかの人とは決して結婚できないわ」

これほどそばにいながら、心が離れていることに耐えられず、彼女は部屋のなかへと戻った。

マシソン卿は彼女が鼻先で閉めたドアをにらみつけた。コーラはぼくを部屋に入れたくないのだ。ぼくと結婚するのもいやがっている。そんな彼女が自分の子供を身ごもっているかもしれないという可能性に絶望し、彼は涙ぐみそうになった。

だが、ぼくとベッドをともにしたいま、彼女は自分でも言ったように、ほかの男性とは結婚できない。その意味では、ぼくはコーラを実質的に破滅させてしまったのだ。

こんなことになるのなら、彼女の記憶を取り戻そうとして、あんなに必死になるのではなかった。メアリーはぼくを無条件に愛してくれた。ぼくを心から愛し、処女を捧げてくれた。自分がせいぜい愛人にしかなれないと思っていたにもかかわらず、ぼくを信頼して自分の将来を託してくれた。

だが、ぼくは愚かにも、コーラに戻った彼女と結婚したかった。

そのために、なぜこんなことになったのかはっきりわからぬまま、ぼくはふたりとも失ってしまった。

メイドが戻ってきて神経質に咳払《せきばら》いした。彼がドアの前に立って、怖い顔でにらみつけているので、なかに入れないのだ。

マシソン卿は毒づいて脇に寄った。メイドはご主人様が正気を失ったかのように、ちらりと警戒するような目で彼を見て、そっとドアを叩き、コーラの夕食を持ってなかに入った。案外、そのとおりかもしれない。彼が多少とも正気に近い状態だったのは、もうずいぶん昔のことだ。コーラが失踪し、あとに残された混乱を理解できたような気がするたびに、ねじれた新たな道が出現し、自分がどこにいるのかを考え直さなくてはならなくなった。そしてコーラは常に、まるでつかむことのできない幽霊のように、彼の伸ばした手のすぐ先にいるのだった。

初めて会ったときから、彼が心を惹《ひ》かれたのは、このとらえどころのなさだった。ほっそりした少女は、父親の目がほかにそれると、テーブル越しにちらりと恥ずかしそうなまなざしを投げてきた。躾《しつけ》の行き届いた無垢《むく》な少女は、母親が亡くなったあと、厳格な父親の命令で家事を取り仕切ることになった。彼女の持つ、この世のものとも思えない雰囲気から、コーラは地上をさまよう幽霊だと考えるのはたやすかった。昨夜抱いたときには、ようやくつかまえたと思ったのだが、一夜明けた今日は……。

鋭い痛みが胸を貫くのを感じながら、彼はふたりを隔てるドアからさがった。

彼女はまだぼくの手を逃れている。コーラがメアリーだったときですら、ぼくには触れることのできない部分があった。彼女は愛人だったが、妻ではなかった。コーラに戻れば妻にできると思ったのだが、ぴしゃりとドアを閉ざされ、ぼくの世界はまたしてもひっくり返った。

彼女はぼくを本当に愛しているのか？

愛しているなら、ぼくに会ったときに記憶が戻ったはずではないか？　だが、彼女の頭を縛っていた鎖が解けたのは、キングズミードの館を見てからだった。

マシソン卿は手すりをぎゅっとつかみ、荒い息をついた。気がつくと階段を半分おりていた。愛していないなら、なぜ愛していると言ったんだ？　なぜぼくを翻弄し、途方もない愚か者にする必要があったんだ？

ふたりでボートを漕《こ》いだあの日、彼女はぼくのキスを歓迎しているように思えた。ぼくが抱きしめると、とうとう警戒心をかなぐりすて、同じくらい情熱的に応えてくれた。ふたりを隔てる障害――コーラの若さ、彼の階級、どちらも一文無しだという状況をようやく越えることができたと、ぼくは本気で信じたのだった。

あの夏の日、ぼくは自分を見失ったんだ。彼は険しい顔でそう思った。ふたりが幸せになれると思うなんて、どうかしていた。

ああ、そうとも。

「クリストファー！」ロビーが叫んだ。

マシソン卿は顔を上げた。ロビーが廊下の真ん中に立っている。すっかり考えに沈んでいたので、マシソン卿はなぜ階段をおりていったのか、自分がどこへ向かっているのかさえ忘れていた。

ロビーは図書室のドアを大きく開け、ドア口に立っていた。

「夕食の前に、コーラになんと言ったんだ？」彼はうなるように尋ねた。「おれには妹のことがまったく理解できん」ロビーは長めの髪を振った。「あれからずっと考えていたんだが」ロビーはぐっと眉根を寄せた。「おまえの手紙じゃ、ロンドンで見つけたときは、コーラは記憶をなくして、自分が誰だかわからないと書いてあったぞ。いったいどっちなんだ？」ロビーは一歩さがり、マシソン卿をなかに招いた。「じっくり話し合って、いったい何が起こっているのか突きとめようじゃないか」

コーラはうめいて、寝返りを打った。

まだちっとも眠っていないのに、もう朝日がカーテンの隙間から差しこんでくる。

喉がひりつき、舌が腫れぼったい。頭がずきずきして、その痛みが膝まで伝わってくるようだ。実際、あまりにも気分が悪い。昨夜夕食のトレーに添えられていたデカンタの中身を飲みほしたかのようだ。

いいえ、違う！　彼女は首を振り、上掛けをめくって、豪勢な柔らかい絨毯《じゅうたん》に足をおろした。長い夜のあいだに、決してアルコールが差し出す偽りの慰めを求めないと心に誓ったのだ。

世の中には、人生の紆余《うよ》曲折《きよくせつ》に負けてしまう人々もいる。ロンドンの通りや路地にはそういう人々があふれていた。希望を捨てた人間は男にせよ女にせよ、飲み物か、さもなければもっとひどいもので気を紛らわせようとする。コーラはなけなしのペニー硬貨でジンを買い、赤ん坊を飢え死にさせた母親の話を聞いたことがあった。だが、同じような境遇に置かれても、歯を食いしばって生きていく人々もいる。ロンドンに着いたころのメアリーは、過去の記憶を失い、店の同じ仕事場で働く娘たちや外の喧騒《けんそう》、通りを行きかう大勢の人々に怯《おび》えながらも、歯を食いしばって、日々自分に課された仕事をこなし、あらゆる場所にひそむかに見えた曖昧な不安にのみこまれるのを拒否した。

それとも、あれもコーラの生き方だったのだろうか？

自分のすべてを、どう表現すればいいかわからない。だが、この年月で自分に関して学んだことがあるとすれば、何があってもへこたれない女だということだ。彼女は呼び鈴の紐をぐいと引きながら、自分の出した結論にうなずいた。

いまのわたしは、うぶで夢見がちだったコーラよりも現実的で、控えめなメアリーよりも意志が強い。これまでのところ、どんな苦難もわたしをだめにすることはできなかった。いまも、自分を哀れんで身を滅ぼすのはごめんだ。

愛している男性が一度だけ軽率な行為に走ったからといって、将来の幸せをすっかり投げすてるつもりはない。

いいえ、わたしがコーラだとまだわからぬうちから、彼がわたしとはじめた熱い情事を数に入れれば二度だ。

それに、少なくとも彼は気の毒なミス・ウィンターズよりもわたしを高く買っているわ。

どんな理由があるにしろ、わたしと結婚しようとしている。その申しこみを受けることにしよう。

婚約者が半ば裸の女性とキスしているのを見て、コーラは絶望した。でも、メアリーは仕事仲間が自分たちの経験を話しているのを聞きながら、男性とはどういうものかに関して多くを学んでいた。男は結婚して妻ができても、愛人を囲いつづけることをなんとも思わない可能性もある。妻への貞節を守ることが、夫の欠かすべからざる基本的な要素だとは思っていないようなのだ。

彼のいない人生は、あまりにもわびしすぎる。

メイドが来るのを待ちながら、彼女は暖炉の飾り棚に置かれた金の時計を見た。十一時だ。まもなくレディ・マシソンになる女性が、朝食を持ってくるように頼むには、ちょうどいい時間だわ。貴族のレディたちはそうするのだもの。一日の半分はベッドに寝そべって過ごすとしよう。

ふいに、前のレディ・マシソンがまさしくそのとおりの生活を送っていたことが思い出された。彼女は唇をぎゅっと結んだ。同じ道を歩むのはごめんだ。わたしは、あんなレディ・マシソンには決してならないわ。

彼女は化粧室へとずんずん進み、水差しに残った水を洗面器にすっかりあけた。長いあいだの習慣で、前夜のうちに台の下にあるエナメルのバケツに使った水があけてある。

メイドの仕事を奪いすぎるとミセス・ポールディングが顔をしかめるかもしれないと思うと、笑みが浮かんだ。手早く顔を洗って拭いたとき、廊下側のドアをノックする音がした。

「マシソン卿とお兄様は、朝食をおすませになって、乗馬にお出かけになりました」彼女の問いにメイドはそう答えた。

「ええ、もちろんね」コーラはこわばった笑みで応えた。兄のロビーとのあいだに存在していた溝を解消することは、彼にとっては何よりも重要なことにちがいない。クリストファーは昔から決して友達が多いほうではなかった。ロビーはいちばんの親友だったのだ。

わたしが消えたとき、彼は何より大切なものを失ったのだわ。親友も評判も、一度にすべてを失った。わたしと結婚することで、それがそっくり戻ってくるのよ。

わたしは彼の心からの願いをかなえる力を持っている。もちろん、それを否定するつもりはないわ。

コーラは窓辺へと歩いていった。ふたりがあのころ毎日していたように、馬に乗って走り去った庭園の彼方《かなた》に目をやる。それを見て、どれほど寂しく思ったことか。

彼の名前は自分のものになるが、彼の心は自分のものにならないことがわかっている。そのために、これからもひどく傷つけられるにちがいない。でも、キングズミードを去り、二度と彼に会えない痛みを思えば、まだそのほうがましだ。

コーラはスクランブルエッグを食べたあと、ゆっくりとお茶を飲みながら思った。レディ・マシソンになったあとは、どんなふうに毎日を過ごしていけばいいのかしら？

この館が七年前のように荒れはてていれば、喜んでそのすべてを修復する仕事ができただろうに。

でも、それはマシソン卿がしてしまった。

手持ち無沙汰で不満を抱えながら、彼女は館をひとまわりし、彼が行った改装のうちで、まだ目にしていない部分を見ることにした。本来なら、新しい女主人に、これから切り盛りする館のなかを案内するのは、家政婦の役目だが、ミセス・ポールディングを呼ぶのはためらわれた。そうでなくても憂鬱なのに、あからさまな敵意を向けられると思っただけで気が滅入《めい》る。

まもなくコーラは肖像画を飾った回廊で、キングズミードの祖父母が、息子の婚約を祝って描かせた肖像画の前に立っていた。

先代のレディ・マシソンはきれいな娘だった。館の前の芝生に置かれた肘掛け椅子に座り、キングズミードの正面とその先に広がる館の周囲が、角度をつけ、背景に描かれている。彼女はとても若く、左手の薬指を飾っている大きなルビーの指輪を満面の笑顔で見下ろしていた。クリストファーの父親は木の幹にもたれ、彼女を見下ろしていた。コーラは彼に会ったことは一度もなかった。だが、この退屈そうな若い伊達《だて》男が、クリストファーの言う道楽好きな放蕩《ほうとう》者になる兆しは、すでにその絵画のなかに見てとれる。

この男と結婚していた二十年の歳月は、肖像画のなかの幸せそうな笑みを浮かべた娘を、ひとり息子が財産家の娘と結婚することを必死に願う、気難しい女性に変えてしまったのだ。

でも、わたしはこの人のようにはならないわ。わたしたちふたりは決して、クリストファーの両親の仲に楔《くさび》を打ちこんだ財政難に苦しむことはない。そして彼はわたしをひとりぼっちにもしないし、不幸にもしない。

それに何が起こっても、わたしが自分の子供に、先代のマシソン卿夫妻のようにひどい扱いをすることはありえない。彼らはどちらも自分の不満や悩みに頭を占領され、ひとり息子のことをまったくかまわなかった。そしてクリストファーがいちばん支えを必要としたときに、彼に背を向けた……。

コーラの息が喉で詰まった。昨夜コーラは、クリストファーが半裸の女性といるのを見たときのことしか考えられなかった。自分が記憶を失っていた七年間の彼の苦しみのことは、これっぽっちも考えようとしなかった。

　人殺しの疑いをかけられ、すべての人々に背を向けられるのは、どんなにつらいことだろう。あの小屋の光景が何を意味するにせよ、彼がこの七年のあいだコーラを求めつづけてきたことも事実だ。コーラを恋しく思うあまり、幽霊が取りつくことさえ歓迎した。彼女と再会したときは、半ば正気を失ったかのようなありさまだった。忘れもしないが、〈稲妻亭〉で彼女をつかみ、なぜ逃げたのかと問いただしたとき、その目には深い苦悩が浮かんでいた。

　コーラはクリストファーのために腹が立った。彼を信じてくれる人が、ひとりぐらいはいたはずよ。でも、誰もいなかった。ロビーも、両親さえも、彼を責めたのだ。

　それを思うと、すすり泣きがこみあげてきた。わたしも彼らと同じだ。マシソン卿夫妻のように自分のことしか考えていなかった。そして昨夜は彼に背を向けて締め出した。彼はまたしても婚約者を失うはめになるのではないかと、不安と恐怖にひと晩中気をもみつづけたにちがいない。

「ああ、クリストファー！」

　彼はほかの女性と浮気をしたかもしれない。でも、それは七年ものあいだ、誰にも相手にされずに苦しむほどの大罪とは違う。彼がわたしとの婚約に、無理やり同意させられたことを考えれば、なおのことそうだ。

　コーラは自分がクリストファーをのけ者にした人々と同じようにふるまったことに気づき、すっかり恥ずかしくなった。

　彼女は窓の外の森の方角――彼に対する自分の愛が最大の試練に見舞われた場所へと目をやった。

　あの事故に遭わなければ、どうなっていただろう？　わたしには彼の愛を勝ちとるために闘う勇気があっただろうか？　クリストファーと対決し、説明を求める勇気が。自分と結婚したければ、あの女性とは別れてほしいと要求する勇気が。いいえ、おそらくなかった。あのころには、わたしは自分が彼の妻には少しも相応《ふさわ》しくないと確信していた……。

クリストファーが母親に自分を紹介するあいだ、ずっと自分の手を握っていたことをコーラは思い出した。それに、彼の声に含まれた挑むような調子を。レディ・マシソンにブレレトン家に伝わる婚約指輪を要求したことを。

すると鼓動が速くなった。クリストファーはコーラを愛してなどいないというほかの人々の説得をわたしは真に受けた。なんて愚かだったの。再会したとき、彼がどれほど打ちひしがれていたかを考えれば、そしてそのあと彼がどれほどの思いやりを示してくれたかを考えれば、彼が多少の愛を感じていたことは一目瞭然だったのに。その愛は、父親のマシソン卿がレディ・マシソンに示したよりも大きい。

わたしが本当に彼を愛しているなら、彼がわたしをどう思うか思わないかなどは関係なく、彼を支えることでそれを証明すべきではないの？　わたしは彼を愛しているのよ。コーラだったときには、自分をレディ・マシソンとして迎えると申し出てくれた、真面目で洗練された若者を愛していた。メアリーだったときには、きみの面倒を見ると誓ってくれた、非情なギャンブラーを愛していた。

そしていまも……まだ彼を愛している。つらい七年がもたらした変化にもかかわらず、彼はまだコーラのクリストファーだった。彼が過去にどんな過ちをおかしたとしても、自分が誰であっても、彼女にとってはたったひとりの男だ。

クリストファーを見つけ、そう言わなくては。コーラはくるりと向きを変えて階段へ向かおうとした。ところが、すぐ後ろに立っていた執事と鉢合わせしそうになり、飛びあがった。

「失礼いたします、ミス・モンタギュー」執事は早口に言った。「お客様がお見えです。ミス・ファレルです。いつものように、散歩がてらミセス・ポールディングを訪ねてみえられ、お嬢様がお戻りだと聞いて、隣人の誰よりも先にお帰りを歓迎できる特権に浴したいと申されております」

「ミス・ファレルが？」まあ、なんてずうずうしいの。あまりの厚かましさに、コーラはあきれてものが言えなかった。クリストファーとの結婚生活にどう対処するかという最も重要な問題で頭がいっぱいになり、フランシス・ファレルのことは、後回しにしていたのだ。

「ゆうべお嬢様のご気分がすぐれなかったことは、ミス・ファレルにお話ししておきました。ご主人様が、今朝はゆっくりさせて、わずらわせないようにとおっしゃったことも」

彼はそんなことを言ったの？ ほらね、彼はわたしを気にかけてくれているのよ！ わたしほど夢中ではないかもしれないけれど……。

「でも、お嬢様がもう起きて朝食をすまされたとミセス・ポールディングから聞いて、ぜひとも会えるかどうか、うかがってほしいとおっしゃるものですから」

フランシス・ファレルを避けたければ、完璧な言い訳がある。でも、わたしはたったいま、歯を食いしばって、新しい人生を歩みはじめると決めたんじゃなかった？ 苦痛をもたらす記憶を締め出したり、お酒で紛らわせたりして、現実から隠れたりせずに。そしてレディ・マシソンのように自分の部屋に隠れ、執事に不快な役目を押しつけるのではなく。

「ありがとう。あなたの思いやりはありがたいけれど、会うわ」

コーラはクリストファー・ブレレトンの花嫁には

相応しくないと、彼女自身に信じさせ、彼女を打ちのめしたのはフランシス・ファレルだった。

でも、あれから七年間、わたしは自分の力で生きてきた。一人で生きていく術《すべ》を学び、マダム・ピシヨットの店の屋根裏にある仕事部屋で、自分のいる場所を作りあげたのだ。

いま振り返ると、支配的な父と兄から離れ、どうふるまうべきかという先入観が消えたあと、わたしは自分自身になる自由を手にしたのだ。そして、自分がどんな人間かを知ったのだ。

わたしはコーラの社会的な地位を熟知したうえに、メアリーが苦労して身につけた自尊心に支えられている。フランシス・ファレルの待つ階下に行き、もはや彼女など怖くないとはっきり言える度胸がついているのだ!

「朝の間でお待ちです」執事が言った。「階下《した》までお供いたしましょうか?」

「ありがとう。でも、結構よ。朝の間がある場所はわかっているもの。すぐにうかがいますと伝えてちょうだい」

執事は滑るように立ち去った。コーラは肖像画に目を戻し、最後にもう一度クリストファーの母親を見た。

肖像画のなかでレディ・マシソンがはめている指輪は間違いなく、母親の抗議にもかかわらずクリストファーがコーラの指にはめてくれたものだ。そして、牧師館の屋根裏に閉じこめられていたあいだ、夜ごとフランシス・ファレルが指にはめ、光にかざしていたのも、あの指輪だった。

クリストファーとロビーが留守でよかったわ。コーラはふいにそう思った。これは自分で立ち向かい、始末をつけるべき問題だ。この前ここにいたとき、わたしにはクリストファーの愛を手に入れるために闘う勇気も自信もなかった。そしてフランシス・ファレルが勝利に酔っているあいだ、毛布をかぶって震えていたのだ。
でも、あの指輪はマシソン卿の婚約者のものよ。
コーラはくるりときびすを返し、両手を拳《こぶし》に握ると、勢いよく廊下を歩きだした。
フランシス・ファレルからあの指輪を取り戻すのが、わたしの務めだわ！

12

フランシス・ファレルは、昔コーラがレディ・マシソンのものだと思っていた寝椅子に座っていた。レディ・マシソンは、ときどき自室を出て階下のこの部屋に来て、女王然とした様子でその寝椅子に座ることがあった。とくにフランシスが訪ねて来たときには。

「なんて親切な娘さんかしら」レディ・マシソンはコーラにも聞こえるよう、わざとらしくミセス・ポールディングに言ってから付け加えたものだ。「フランシス、せっかく来てくれたんだから、ゆっくり話をしていってちょうだい」そしてふたりで頭を寄せ合い、コーラが聞いたことのない人々や場所のことをあれこれ話しはじめるのだった。

フランシスはレディ・マシソンに頼まれた用事をすませに出ていくこともあった。一度か二度、フランシスは館をあとにしながら、コーラの悲しそうな顔を見て立ちどまり、片手を叩《たた》きながら、そのうちもう少しここになじんだら、一緒に出かけ、館の女主人に代わって自分が訪れている小作人たちと会うことができるわと慰めた。するとレディ・マシソンは鼻を鳴らしてきびすを返し、ショールやスカーフをなびかせて階段を上がっていったものだ。

コーラは過去のみじめな記憶をまばたきして払うと、肩に力をこめてフランシスに近づいた。

フランシスはにこやかにコーラを見上げた。昔のコーラはこの愛くるしい笑顔にころりとだまされたのだ。

「お茶はいかが?」フランシスは機嫌よく尋ねた。

レディ・マシソンのものだった寝椅子の前には、カップに受け皿、砂糖を入れた器と、焼きたてのスコーンの皿が置かれている。これはみんな、朝の訪問客を寛大にもてなす地方の習慣によるものだ。

フランシスがお茶のポットを持ちあげると、コーラは足を止めた。そのすべてが、ごく自然に見える。

でも、これではまるで、フランシスがこの館の主人としてお茶をふるまい、コーラがここを訪ねたようだ。

「恥ずかしげもなくここに入ってきて、その寝椅子に座り――」コーラは亡きレディ・マシソンがよくゆったりと座っていた、猫脚で花模様の鉤爪《かぎづめ》足のある寝椅子を人差し指で突き刺すように示した。「わたしにお茶をふるまうなんて。まるで虫も殺さないような顔をして!」

「あら、まあ」フランシスはお茶のポットをおろし、軽蔑もあらわにコーラを見た。「あなたのマナーは、この前と少しも変わっていないのね。キングズミードの女主人となるようなレディは、朝のお客をどうもてなすか知っているべきよ」

昔のコーラなら、キングズミードに関するミス・ファレルの広範な知識に圧倒され、ミセス・ポールディングとの血縁関係ばかりかレディ・マシソンとの親しい関係も羨んだにちがいない。フランシスはいつも、未来のキングズミードの女主人はどうふるまうべきかについて、さまざまな〝ヒント〟を口にしていた。そしてコーラはそのすべてを鵜呑《うの》みにし、フランシスが自分を助けてくれるのだと思ったのだ。だが、自分の耳元でフランシスがささやいたヒントの数々は、わずかな自尊心をまるで酸のように蝕《むしば》んでしまった。そして彼女はどんどん萎縮し、やがて自分にはこの館を相続するひとり息子と結婚するどころか、ここを訪れる価値さえないと感じるようになった。

「そんなことを言っても、もうわたしには通用しないわ」コーラは鋭く言い返した。「わたしはあなたの正体を知っているのだもの。あなたがしたこともね。あなたは自由に歩きまわっているのではなく、監獄にいるべきよ」怒りがこみあげ、彼女は深く息を吸いこんだ。「お茶をふるまってなんかいないで」

フランシスは優雅な仕草で立ちあがり、コーラを鼻の先から見下ろした。「庭を散歩しないこと?」そう言って、テラスへと開く両開きのガラス窓へと向かう。「あなたの甲高い声が使用人の耳に入らないようにね。マシソン卿《きょう》が魚屋のおかみさんを連れて戻ったと彼らに思われるのはいやですものね」

フランシスは傲慢な笑みを浮かべ、鍵をあけて外へ出た。フランシスがまるで自分の家のようにふるまっていることにショックを受け、コーラはつかのま部屋の中央に立ちつくした。何よりも腹立たしいのは、この会話を続けたければ、コーラはまるで女主人にお目通りを願う客のように、フランシスのあとを追わねばならないことだ。

コーラはしぶしぶ部屋を横切った。

「わたしが言うことを、誰にも盗み聞きされたくないと言いたいのでしょう？」コーラはそう言いながら外に出た。

フランシスはテラスの階段をおりて、ビロードのようになめらかな芝生の上を横切り、生け垣沿いの細長い薔薇《ばら》の花壇へと向かった。

「わたしはあなたを信頼していたのよ」コーラは、薔薇の茂みを調べているフランシスをなじった。

「あなたは友達のふりをして、わたしを傷つける方法を探していたんだわ」

「とんでもない」フランシスは穏やかに応じた。

「わたしはただ、あなたに自分の家に帰ってほしかっただけ。彼が愛人といるところを見れば、ここにはあなたの居場所などないことに気づくと思ったの。あなたを傷つけるつもりはまったくなかったわ。ただ、目を開いて真実を見てほしかっただけよ」フランシスは悲しげに首を振り、心配そうに付け加えた。

「まさか、忘れてはいないでしょう？　彼があの女と会っていたことを。あなた、記憶が戻ったそうだから」

「もちろん、覚えているわ。でも……」

フランシスはけげんそうに顔をしかめた。「だったら、どうしてここに戻ったの？　彼がどういう女性を好むか、まだわからないの？　それとも、まだ彼に子供じみた憧れを抱いていると言うつもり？　だから、彼の欠点には目をつぶるというの？」

その言葉は、ナイフのように鋭くコーラの胸を突き刺した。わたしがしているのは、そういうことなの？　彼のいない人生など考えられないから、ひどい不実にも目をつぶることにしたの？

「あなたは自分の都合のいいように、事実をゆがめているわ」コーラは叫んだ。「それに、あなたと話したいのは、彼の欠点のことじゃないわ」

「よかった。では、あなたの欠点について話しましょうか」

「わたしの欠点？」コーラは息をのんだ。

フランシスは顔をしかめ、花壇にかがみこんでしぼんだ花をつまんだ。「あなたは教育を受けていないわ」彼女はしぼんだ花を後ろの生け垣のなかに投げこんだ。「財産もないし、縁故もない。あなたは決してマシソン卿に相応《ふさわ》しい伴侶にはなれなかったでしょう」たしなめるように首を振る。「それなのに、どうしてまた彼の人生に無理やり戻ってくることができると思ったのか、わたしには想像もつかないわ」

「そんなことはしていないわ。わたしをここへ連れてくることに決めたのは彼よ。それに、わたしが相応しいかどうかを判断する権利など、あなたにはないわ」

「わたしはみんなの頭のなかにあることを口にしているだけよ」フランシスは急に向きを変え、背の低いラベンダーの薮《やぶ》のひとつをスカートでかすめて、芳《かぐわ》しい香りをまきちらした。「みんなが彼の選択に顔をしかめたわ。彼の両親はとくに！　小作人たちも、ひとりとしてあなたを受け入れなかったでしょう。わたしたちはみんな、あなたたち兄妹《きょうだい》がまんまと彼を手玉に取って、求婚させることに成功したのを知っていたんですもの」フランシスは肩越しに邪悪な笑みを閃《ひらめ》かせた。「ロビーがすっかり話してくれたわ」

すると、ボート小屋のそばでのけんかのことをミセス・ポールディングが知っていたのは、そういうわけだったのね。コーラは胃がよじれるのを感じた。クリストファーがわたしに結婚を申しこんだ顛末《てんまつ》を、兄がフランシスに打ち明けていたとは。いったいどうしてそんなひどいことができたの？

フランシスは咲きおえた花をつまみ、大輪の薔薇に顔を近づけて香りを楽しみながら、花壇沿いを歩いていく。この女性は、友人のふりをしながら、コーラを追い払う方法を探していた。ロビーのこともまんまとだましおおせた。ロビーはフランシスに惹《ひ》かれ、よく牧師館を訪ねてそこで過ごしていたものだ。いっとき、コーラはフランシスと兄がお似合いのカップルだと思ったこともあったくらいだ。それを思い出すと、体が震えた。

「あなたはその知識を使って、わたしを追い払おうとした」コーラはそう言い、フランシスが花壇のはずれに達すると、スカートをつかんで小走りにあとを追った。「どこにそんなことをする権利があったの？」

「だって、誰かがなんとかしなくてはならないわ。そうでしょう？　気の毒なレディ・マシソンは悲嘆に暮れるばかりだったわ。クリストファーは紳士だから、とてもあなたに面と向かって、あなたを見るのも耐えられないと告げることはできなかったし」

このナイフのような発言は的を大きくはずした。いまのコーラは、クリストファーに求められているのを知っているからだ。たしかに、若いころ思ったようなロマンティックな恋心は持っていないかもしれない。でも、彼女を女として欲しがっているのはたしかだ。ベッドにいざないたいあまりに馬車を止めて、午後いっぱいこの腕のなかで過ごしたのだもの。そのまま進めば、夕食の時間に間に合うようにキングズミードに到着したはずなのに。

「フランシス」コーラは一歩近づき、まっすぐに目を見た。「あなたもわたしも、それが嘘《うそ》だということは知っているわ。クリストファーはわたしとの結婚を望んだのよ。彼は捜索隊を組織して——」

「あなたのお兄さんの手前、仕方なくしたことよ」

「いいえ、フランシス。それは違うわ。ばかなことを言うのはいますぐやめて。彼はわたしを見つけたかったの。あなたも知っているはずよ」こんな明らかなことに、なぜもっと早く気づかなかったのか、コーラは自分でも不思議なくらいだった。「だから、あなたはわたしを牧師館の屋根裏に隠したんですもの」

「あなたのけがの手当てをしていただけだわ！」フランシスは目をそらしながら叫んだ。「とても具合が悪くて、動かせなかったからよ」

「あら、わたしが戸口で倒れたあと、動かしたわ」コーラは嘲った。「居間へ運び、キングズミードの館にわたしを見つけたと知らせるほうが、はるかに楽だったでしょうよ。わたしを運んで階段を上がるよりもね。わたしの具合がそれほど心配だったら、どうしてお医者様を呼んでくれなかったの？　いいえ、けがはたんなる口実だわ。高熱にうかされ、自分が誰かもわからなかったあのときですら、あなたがわたしを憎んでいることはわかった。だから、わたしをオーカムホールへ送ったのよ。あの……卑劣な男の餌食にするために！」

フランシスはほんの少し悔いを見せた。「ええ、ああしなくてはならないことは残念だったわ。でも、仕方がないわ。そのころには、あなたが死ぬ以外に、ばかげた野心を食いとめる方法はないことがわかったんだもの。あの馬から落ちて、あなたが木の葉のなかに倒れ、壊れた人形みたいに頭を奇妙な具合に傾けているのを見たときは……」フランシスは首を傾けて思い返すような笑みを浮かべ、ちらっとコーラを見た。「とても幸せだったわ。わたしが手をくださなくても、これですべての問題が片づいたと思ったから。たとえ落馬で死ななかったにせよ、あの雨に打たれれば、間違いなく助からないと思ったの。ところがどう？　あなたはわたしの家まで這《は》ってきた。ぐっしょり濡《ぬ》れたあなたが、顔から血を滴らせながら戸口に立ち、助けを求めるのを見たときには、どれほどショックだったか」彼女は嫌悪に顔をひくつかせた。「まるでむしってもむしっても生えてくる、有害な雑草みたいだったわ。だから、根っこから抜く必要があったのよ」

「フランシス、あなたはわたしを殺そうとしたのね？」

「ばかなことを言わないで。わたしはただ、あなたをどうするか決めるまで隠しておいただけよ」

コーラは混乱したが、やがてフランシスが事故のことではなく、牧師館の屋根裏に隠したときのことを言っていることに気づいた。

「頭のけがのせいで、あなたは記憶をなくしていた。おかげで問題を解決する方法を思いつく時間が稼げたわ。あなたは数日間とても具合が悪かったから、そのまま死んで、手間をはぶいてくれるかもしれないという望みを持ったけど……」フランシスはため息をついた。「思いのほかしぶとくて、回復しはじめた。記憶が戻るのは時間の問題だと思ったわ。やがてキングズミードに戻ると言いだすだろう、と。そこでオーカムホールの家政婦を訪ねたの。あそこは人の出入りが激しくて、いつもメイドを必要としていたから」

「わたしのことを教区で面倒を見ている身寄りのない娘だと偽って……」

「病みあがりだから、軽い仕事が必要だと言ったのよ」フランシスはうなずいた。「すばらしい解決法だったでしょう？」

「そして、わたしがサンディフォードの餌食になるように企《たくら》んだ」

フランシスは暗い顔でうなずいた。「あなたには、ずいぶん不快だったでしょうね。でも、仕方がないわ。身のほど知らずの野心を持った罰よ。貴族と結婚しようだなんて」彼女はくすくす笑った。「だから高慢な鼻をへし折ってくれるような貴族にあなたを与えたのよ。おかした罪には相応しい罰ですもの。とてもよくできた結末だったわ。クリストファーのような地位の男性は、けがされた女性とは結婚しない。とくに、サンディフォードのような評判を持つ男にけがされたあとはね。だから、たとえ記憶が戻って、キングズミードに戻ってきたとしても、もう脅威にはならないわ」

「そんなに落ち着いて恐ろしい罪を認めているなんて、信じられないわ」コーラは日ざめたまま、悪夢を見ているような気がした。「わたしが死ぬのを望んだり、わたしを破滅させる手配をしたりして、恥ずかしくないの？　あなたのお父様は牧師だというのに」

「どうして恥じる必要があるの？　わたしはただ、みんなにとっていちばんよいことをしただけよ」

「信じられないわ。まともな人がそんなことをするなんて……」

「あなたときたら、まったくおめでたい人ね」フランシスは果樹園へ入る門の掛け金をはずした。「これまでの歴史には、世の人々のために警戒を怠らず、より大きな邪悪から周囲の人々を救うために果断な行動を取った善良なキリスト教徒がたくさんいるのよ。魔女狩りを断行した聖職者たちのことを考えてごらんなさい」彼女は勝ち誇って言うと、木々のあいだの長い草のなかを、スカートをひらつかせながら歩いていった。「魔女を生きたまま焼いて死に至らしめるのは、簡単なことではなかったでしょうに。彼らはそれを果たした。大きな悪を粛清するために、正しいことだとわかっていたからよ」

「わたしは邪悪な存在ではないわ」コーラはフランシスのあとを追いながら叫んだ。「それに、魔女狩りをしようと思う人などもういないわ。フランシス、あなたは病んでいるわ」

フランシスが出し抜けに足を止めたので、コーラはもう少しでその背中にぶつかりそうになった。

「いいえ！　わたしは物事を明確に見てとれるの。あなたはマシソン卿の妻には相応しくないわ。昔もそうだったし、いまはなおのことそうよ。恥ずかしさのあまり七年も隠れたまま、お針子として暮らし、明らかに卑しい人々と付き合ってきたあとではとくに」フランシスはかがみこんで、コーラに鼻が触れんばかりに顔を近づけた。「サンディフォードの子供を身ごもったの、ミス・モンタギュー？　あなたが逃げる前に、彼があなたを妊娠させたかどうかよく考えたものよ。オーカムホールに雇われたほかの多くの娘たちと同じようにね。あそこを出たあと、あなたの噂《うわさ》はまるで耳に入らなくなったわ。もちろん、オーカムホールは、サンディフォードのささやかな罪をうまく隠すことに慣れているものね」

コーラは後ろにさがった。「いいえ！　彼はわたしに乱暴することはできなかったわ」彼女は誇らしげにあごを上げた。「闘って撃退したの」

フランシスは信じられないというように眉を上げた。「ああ、すると、クリストファーにはそう言ったのね。そして彼を説得したわけね」首を振り、とがめるように舌を鳴らす。「あなたときたら、彼を罠《わな》にかけるためには、恥も外聞もなしにこすっからい手を使うのね。彼が紳士で、親愛なる友人の妹の言葉に疑いをはさんだりはしないのをいいことに」

フランシスの淡い色の目に冷酷な表情が浮かんだ。「でも、いいこと、ほかの人々は、オーカムホールで働いていたことがわかったら、決してあなたを受け入れないわ」

「ええ、あなたがみんなにそれを知らせるんでしょうね、フランシス」コーラは言い返した。コーラの未来がどんなものになるか、フランシスが描写するのを聞いて、過去がさらにはっきりしてきた。内気な若い娘としてキングズミードに初めてやってきたとき、館の使用人たちは、若いクリストファー様が婚約者を連れ帰ったことに、少しばかり驚き、警戒するように見ていたが、敵意を持ってはいなかった。だが、その警戒はまもなく敵意に変わった。フランシスが裏に回り、コーラが貪欲な娘で、たくみにクリストファーを誘惑し、罠にかけたと触れてまわったにちがいない。

「まあ」フランシスは計算高い目になった。「すべてがあなたしだいよ。わたしだって噂話を広めるのはいやなの」彼女は白々しい口調で言った。「あさましい出来事を口にしないですむほうが、いいに決まっているわ。あなたがこの愚かしい婚約を破棄して、おとなしく故郷に戻れば、これ以上不愉快なことは起こらずにすむでしょうよ。それに――」フランシスはコーラの腕に手を置いて、顔をのぞきこんだ。「彼のことが本当に好きなら、このまったく不釣り合いな結婚という耐えがたい重荷から、彼を解放してあげるべきよ。それくらい、あなたにもわかるはずだわ。ときには愛する人々の幸せのために、自分の幸せを犠牲にすることも大切よ」

コーラは体を揺らした。フランシスが七年前に涙を浮かべ、真剣な口調で同じことを口にしていたら、コーラはそのとおりに行動していたかもしれない。

でも、フランシスはそうしなかった。代わりに失恋の痛手で苦しめるために、乗馬に慣れていないコーラを馬に乗せて送り出した。そして医者を呼ぼうともせず、けがをしたコーラを閉じこめた。あの屋根裏で、フランシスは不安と高熱で震えるコーラのベッドの足元に座り、うれしそうに蝋燭《ろうそく》の光に手をかざして、指にはめたルビーがきらめくのを眺めながら舌なめずりせんばかりの様子だった。

コーラは激怒して、フランシスの手を払いのけた。「あなた自身が彼と結婚する気なのね」なぜそれがわからなかったのかしら？ クリストファーの名前を口にするたび、フランシスの目がきらめくことに、なぜ気づかなかったの？「だから、わたしを追い出そうとしたんだわ。みんなにとっていちばんよいことをしただけだなんて、口からでまかせよ」

フランシスは非難をこめて口をゆがめると、コーラの非難に反駁《はんばく》しようと息を吸いこんだ。だが、コーラは聞く耳を持たなかった。

「もっともらしい理由を口にして、わたしをだまそうとしても無駄よ。あなたは彼のくれた指輪をわたしの指から取って、自分ではめた。わたしが死ぬことを願って、毎晩、ベッドの裾に座っていたあなたの顔ときたら！」

コーラは脚が震えていた。これまでは誰にもこんなふうに言い返したことはなかった。どこからその勇気が湧いてくるのか自分でもわからない。ただ、自分が言い渡すつもりで来たことを、言わずに立ち去ることは考えられなかったのだ。

「フランシス、盗んだ指輪を戻してちょうだい。さもないと、マシソン卿にあなたがあれを持っていることを話すしかないわ」

「盗んだわけじゃないわ！」フランシスは怒りもあらわに叫んだ。「預かっていただけよ。何年も大切に保管していたのよ。主人がギャンブルの借金を払うために売ってしまわないように隠してほしいと、レディ・マシソンに頼まれたんですもの」

「そのあと彼女は返してほしいと言ったはずよ。クリストファーがわたしに贈れるようにするために」コーラは推測した。

「レディ・マシソンは、あれをあなたにあげたくなかったのよ」フランシスは唾を飛ばしてわめいた。「クリストファーがつまらない娘にひっかかって、あれを投げすてたと泣きながらわたしに訴えたわ」

「でも、クリストファー自身がそれを望めば、彼には投げすてる権利があるわ。あれをはめるべきか決めるのは、あなたじゃないのよ」

「あなたでもないわ！」フランシスは憎しみに目をぎらつかせて叫んだ。

「あなたでもない」コーラは言い返した。

「どうしてわたしじゃいけないの？」フランシスはコーラの腕をつかんで、体を揺さぶった。「一介の牧師の娘でしかないのに、あなたはまんまと彼をひっかけたわ」

フランシスはコーラがよろめくほど激しく突き放した。梨の木の低い枝が背中にぶつからなければ、倒れていたにちがいない。彼女はその木の幹に夢中でしがみつき、倒れるのを防いだ。

「彼は生まれたときからわたしを知っているわ。ロビーなんかよりはるかに早くから、わたしは彼の友人だったのよ。レディ・マシソンはわたしを娘のように思っていたの。わたしはこの領地やそこに住む人々を、あなたには決してできないほどよく知っているわ。キングズミードの女主人になるとはどういう意味か、あなたにはまるでわかっていない」

フランシスの目に浮かぶ激しい絶望を見て、コーラはかすかな同情を感じた。先ほどからフランシスが正気ではないと感じていた。そしていま、彼女が長いあいだ報われない愛にがんじがらめになり、それに理性を蝕まれていたことに気づいた。

「わたしは長いこと辛抱強く彼のために待っていたわ。彼がキングズミードを改装するのを手伝ったのよ」フランシスは館を示した。「そして悲しんでいる彼を、できるかぎり慰めたわ」淡い色の目に涙を浮かべて、フランシスは言った。

悲しいのは、フランシスが自分の言葉をそのとおりだと信じていることだった。だが、実際には違う。たしかに館の改装には、彼女も手を貸したかもしれない。でも、自分に慰めをもたらしてくれた友人としてはもちろんのこと、彼はどんな形でも、フランシスの名前を一度も口にはしなかった。コーラが行方不明だった七年のあいだ、彼は孤独で、生きる目的を失い、地獄のような闇のなかにいたと話してくれた。

フランシスは背を向けて、バッグの紐《ひも》をほどこうとしている。この数日、何かといえば泣いているコーラは、今朝支度をするときに、清潔なハンカチを何枚か用意していた。彼女はフランシスの苦悩に心から同情し、そのひとつを袖から取り出すと、差し出すためにフランシスの前へと回りこんだ。

だが、フランシスも探していたものをバッグから取り出していた。が、それはハンカチではなく、小さなナイフだった。

つかのま、コーラはハンカチを差し出しながら立ちつくした。風が頭上の枝を揺らし、小さな刃《やいば》が太陽を反射して、ぎらりと光る。

フランシスが突進してきた。

鋭く空を切るナイフの刃を避けて、コーラはとっさに顔の前に腕を上げた。焼けるような痛みとともに、切られた腕から温かい血が流れ落ちた。

「フランシス！」コーラはぞっとして息をのんだ。

フランシス・ファレルが人々から本当の自分を隠すために使っていた、敬虔《けいけん》で穏やかな見せかけはあとかたもなかった。何年も胸のなかで燃えていた恐ろしい憎しみを隠そうともせず、淡い色の目をめらめらと燃やし、まるでコーラを愚弄するようにナイフを大きく振った。

コーラは急いであとずさった。心臓が胸から飛び出しそうなほど打っている。

ふたりの距離を再びつめようと、フランシスが一歩前に出て、ぞっとするような笑みを浮かべた。

「あなたを始末できれば、彼はわたしのところに戻ってくるわ」

　コーラは青ざめた。助けを求めて叫んでも、遠すぎて館の使用人には聞こえない。走って逃げても、すぐにつかまるのは目に見えていた。先ほどフランシスが足早に歩きはじめたとき、追いつくのがとてもたいへんだったのだ。

　でも、酒場の主人が、ナイフで切りつけてきた客をやっつけるのを見たことがある。酒場の主人はナイフを避け、攻撃してきた客の腕をつかむと、その顔に拳《こぶし》を叩きつけたのだ。フランシスの顔を殴るのが、どれほど効果があるかわからない。いずれにせよ、相手が自分よりはるかに背が高く、力も強いことを考えれば、ナイフで切りつけてきたときに両手で防ぐ必要がある。

　でも、せめてナイフを叩き落とす努力をしなくては。

　コーラの頭に漠然とした防御作戦が浮かんだとたん、フランシスがわめき声をあげて突進してきた。

　作戦の最初の部分は驚くほどうまくいった。コーラはナイフを持つフランシスの手をつかみ、自分の顔から刃を遠ざけることができた。だが、攻撃の勢いでコーラは後ろに倒れ、下になった彼女はフランシスの重みで肺から息を奪われた。ナイフは吹っ飛んでいった。

　だが、安堵《あんど》できたのは、ほんの一瞬だけだった。フランシスが即座にコーラの首を両手でつかみ、絞めはじめたのだ。

　コーラは必死にフランシスの指をひっかき、首からはずそうとした。倒れたときに息を吐いてしまったから、すぐにも吸いこまなければ一巻の終わりだ。だが、フランシスの指をこじあけるだけの力はなかった。

　コーラは夢中でフランシスをはねのけようとしたが、彼女は大きくて力強く、全体重をコーラの気管にかけてきた。急速に体の力が抜けるのを感じながら、助かりたい一心で顔をひっかこうとすると、フランシスは嘲りもあらわに笑いながら身をさっと引いた。彼女の腕のほうがコーラよりも長い。コーラの手が届かないほど体をそらしても、フランシスは苦もなく命を奪い去ることができるのだ。

視界の縁が暗くなりはじめ、目の前に星が散りはじめた。悪魔のような笑い声のなかに、遠くから自分の名を呼ぶ彼の声が混じったような気がした。あらゆる望みが断ち切られたかに見えたとき、突然、誰かがフランシスの後ろにそそりたった。もう一対の手がフランシスの指を引きはがそうとする。フランシスは最後までコーラの首を絞めつづけ、長い爪で首をひっかきながら体ごと引き離された。

クリストファーの顔が視界に漂ってくる。

フランシスが足を蹴り、牧師の娘にあるまじき呪いの言葉をわめきながら、引きずられていく。その声に混じって、クリストファーが自分を呼ぶ声が聞こえた。

クリストファーが自分を抱きしめて、息をしろと急《せ》かしていた。だが、まだ首を絞められているかのように、どれほど努力しようと、ふさがった喉に空気を送りこむことができない。

闇がふたりのあいだを隔てはじめる。だが、クリストファーの声を聞きながら、コーラは彼の腕のなかで死ねる幸せを感じた。地上で最後に聞いたのが、わたしを憎む女の悪魔のような笑い声ではなく、ぼくを残していかないでくれと懇願する、最愛の人の声でよかった……。

13

「コーラ、死なないでくれ。ああ、どうか神様、彼女を助けてください！」

　彼女が漂っている場所は、あまりにも暗すぎて、何も見えなかったが、クリストファーが自分を呼んでいるのは聞こえた。

「戻ってきてくれ、コーラ。きみがいやなら、無理に結婚しなくてもいいんだ。だが、死なないでくれ。そんなことは耐えられない」

「クリストファー……」彼は取り乱しているようだ。コーラは慰めたかったが、しゃがれたうめきしか出なかった。しゃべろうとすると喉がひどく痛む。実際、息をするだけでもつらすぎる。呼吸をする必要などなければいいのに。ビロードの柔らかい闇のなかに沈んでいるほうが楽だ。

「ああ、神様、感謝いたします」クリストファーが言う。「話そうとしているのか？　気がついたのか？　戻ってきてくれ、コーラ。きみが望むことはなんでもする。ぼくをひとりにしないでくれ」

　ええ。彼を残していきたくない。だからコーラは息をし、彼に手を伸ばした。

　すると部屋が見えた。

　朝の間が。コーラはうめき声をのみこんだ。二度とごめんだと決意したにもかかわらず、レディ・マシソンの寝椅子に横たわっている。

「なんでもしてくれるの？」彼女はかすれ声で言った。「ほんと？」

　彼はかたわらの床にひざまずき、涙に目を潤ませていた。

「いまのを聞いたか？」彼の顔はさっと青ざめたが、

それから固い決意を浮かべた。「きみが望むことはなんでもする。どうしてほしいか言ってくれ」

「この寝椅子を燃やして」彼女はささやいた。そのほうがふつうに話そうとするよりも苦痛が少ない。

彼は驚いて目を見開いたものの、すばやく立ち直った。「それがきみの望みなら」

「それと何か飲む物を……」コーラはあざができているように思える喉に手をやった。痛まない場所など、どこにもないかのようだった。背中も脚も、とくに腕がいたい。右腕も奇妙にこわばり、ぎこちなかった。それをわずかに持ち上げると、誰かが袖を引き裂き、フランシスが切った箇所に包帯を巻いてくれたのが見てとれた。

「もう話そうとしなくてもいいよ」

彼はそう言ってさっと離れたあと、ブランデーのようなにおいのする酒の入ったグラスを持って戻り、片方の腕をコーラの肩の下に滑らせた。そして彼女の唇にグラスを運んだ。

「強い酒が好きじゃないことはわかっているが」コーラが抗議しようとすると、彼は言った。「いまはほかの飲み物では役に立たないんだ」彼は強引にコーラの口のなかにブランデーを流しこんだ。

それが喉を焼いて流れ落ちると、コーラはむせたものの、血管に熱がそそぎこまれ、生き返るような気がした。

肩に回されたクリストファーの腕が心地よいぬくもりを与えてくれる。それに彼の目に浮かんでいる心配と彼が自分の名を呼びつづけていることもうれしかった。

コーラは鼻から深々と息を吸いこみ、彼が使う石鹸《せっけん》の香りと、清潔なリネンや温かい肌のにおいを味わった。頭を傾けて彼の肩にあずけ、感謝のため息をつく。わたしは生きている。しばらくのあいだは、ただそこに横たわり、呼吸に専念しながら彼を身近に感じているだけで満足だった。

だが、やがて、その後の経過を知りたくなった。

「フランシスはどこなの？」

頬の下で、クリストファーの肩がこわばる。彼は厳しい声で言った。「閉じこめてある。彼女は完全に正気を失ってしまった。ロビーがきみから引き離したあとでさえ、彼を振り払って、きみに飛びかかろうとしたんだよ。最後はぼくがきみを抱えて、館に走らねばならなかった。さもないと、何をされるかわからなかったんだ」彼は守るようにコーラの肩を抱いた手に力をこめた。「使用人たちと執事が三人がかりでようやく取り押さえた。きみのけがの手当てに来た医者が、眠り薬を与えるまで完全には静まらなかった。しかも、眠ったあとですら……」

「暗闇のなかはやめて！」コーラはあえぐように叫んだ。べつの女性が自分と同じように暗闇に閉じこめられるのは、考えただけで恐ろしい。それでも、フランシスが白々しい口調で相応《ふさわ》しい罰が必要だと言ったことを思い出すと……。

いいえ。ほかの誰も、自分と同じ目には遭ってもらいたくない。

「ひとりで暗闇に閉じこめたりしないで。フランシスは病気なのよ」コーラはささやいた。「罰ではなく、治療が必要なの」

クリストファーは重々しくうなずいた。「ドアに頑丈な鍵がついた客間に、伯母さんと一緒にいるよ。だが、必要な助けを得られる場所を見つけるとしよう。手厚く治療してくれる場所を」

コーラはほっとして体の力を抜いた。

だが、それから彼が首を振るのが見えた。「きみを無防備なまま残していって本当にすまなかった。キングズミードに連れ戻ったのは、敵から守るためだったのに。最も危険な敵の攻撃にさらしてしまった」

「彼女が敵だとは知らなかったんですもの」コーラはつぶやいた。

「きみをここへともなったときは知らなかったんだ」クリストファーは熱意をこめていった。「だが、ゆうべ……」彼が罪悪感を浮かべて身じろぎするのを見て、コーラは手を伸ばし、その手を取った。

クリストファーは命綱のようにコーラの手を握りしめた。「ロビーとぼくは、ゆうべ何時間もかけて、すべてを検討し直したんだ。するときみの身に何が起こったのか、しだいに見えてきた。屋根裏にきみを閉じこめていたのはミス・ファレルだと謎解きをしたのは、ロビーだ。きみの描写した屋根裏の女は、ぼくにはミス・ファレルだとは思えなかった。実際、彼女のはずがないと反対したくらいだ。だが、彼はせめてこの推論を確かめるべきだと言って聞かなかった。ここに滞在した最後の夏、ロビーはミス・ファレルを熱心に口説きはじめ、彼女がみんなに見せているのとは違う面を見たことがあったからだ」クリストファーは気まずそうに咳払《せきばら》いをした。「だが、そのとき、ぼくには彼女の気持ちを伝えてくれなかった。そんな時間がなかったのさ。そのあとまもなく、きみが行方不明になり、ロビーとぼくは決裂してしまったから……」

クリストファーは彼女の手にキスした。

「ゆうべ、ロビーはぼくに、きみが言った怖い顔をした冷たい目の女性は、彼がスコットランドへ戻る寸前のミス・ファレルにそっくりだと言った。彼女の態度は許しがたいものだったんだ」彼はきしむような声で言った。「彼女は妹を失ったロビーに、同情も慰めも示さなかった。こうなってよかったのよ、と言ったそうだ。信じられるかい？」

クリストファーは歯ぎしりした。コーラは彼のあごが額にあたるのを感じ、ナイフで切られた腕を彼に回して抱きしめた。

彼は引きつるように息を吸いこみ、喉を詰まらせたような声をもらしながら彼女をひしと抱きしめた。

しばらくして気持ちが落ち着くと、彼は再び話しはじめた。「今朝、ぼくらは牧師館へ行ったんだ。そして彼女が出かけると、ぼくらは……ふとどきに聞こえるかもしれないが、牧師館に侵入したんだ。まあ、正確には押し入ったわけじゃない。裏口は開いていたからね。こっそりしのびこみ、屋根裏へ上がって家捜しをした。すると、これが見つかったんだ」

クリストファーはコーラの腰に回していた腕を片方離し、ポケットに手を入れた。彼の手には指輪が握られていた。あのルビーの指輪が。

「古い机の秘密の引き出しに隠してあった。きみが説明してくれたとおり、虫食いだらけのカーテンの山の下に」彼がわずかに回すと、ルビーが光をとらえ、まるで脈打つようにきらめいた。

コーラは魅せられたようにそれを見つめた。

「館に戻ると、フランシスがきみを訪ねたと言うじゃないか。ぼくらはこの発見物を彼女に突きつけるために館を飛び出し、まっすぐここへ来た。そのころには、きみたちは果樹園に入っていた。ふたりとも、なぜ館からどんどん離れていくのか、ぼくには理解できなかった。だが、ありがたいことに、ロビーはすぐに彼女がよからぬことを企《たくら》んでいるにちがいないと気づいて走りだした。そして、どうにか間に合った。ぼくはほんの少し遅れてしまった。彼が先に着いてよかったよ」クリストファーはコーラのあごを持ち上げ、指の関節で喉についた引っかき傷をなでた。「あの女性には、男が十人かかってもかなわないほどの力がある。あんな光景は二度と見たくないよ」そう言ってうなだれ、あざになった皮膚にそっとキスした。

コーラの体を震えが走り抜けた。彼の唇が自分の喉につかのま笑みを刻むのを感じる。

「この反応は、ぼくの願っているような意味かな？」彼はコーラの手をつかみ、その薬指にルビーの指輪を滑らせてはめようとした。

「いや！」コーラは彼の手を振りほどいた。

「ぼくと……結婚したくないのかい？」クリストファーはかすれた声で言った。「せめて、そのわけを説明してくれないか？　その資格はあると思わないか？」彼は腕をほどき、しゃがみこんで、わびしい目でコーラの顔を見つめた。

「わたしは昔からあなたと結婚したかったわ」コーラはささやいた。彼には、もう一秒たりとも苦しんでほしくない。あのとき、ふたりがキスしているところをロビーに見られさえしなければ！「でも、昔は仕方なく結婚を申しこまれたのだから、いま本気で結婚したいと思っているのかどうか……」

「仕方なく？」クリストファーは驚いた。「いったいなんの話だ？」

「わたしたちがボートでキスしているのを見たあと、兄があなたに結婚を無理強いしたんでしょう？　わかっているのよ」

「何を言ってるんだ？　そんなことは――」

「隠さなくてもいいのよ」コーラは疲れたように言った。「もうどうでもいいの」

「いいから、ぼくの言うことを聞くんだ」クリストファーはうなるように言った。「たしかに、ロビーが入り江でキスしていたぼくたちの姿を見て、ぼくに食ってかかったのは事実だ。自分が背を向けた瞬間に、きみをもてあそんだと言ってぼくを責めた。もう二度と来るなと言われたよ。もてあそぶだなんて、いったいどうしてそんなことが考えられたのか……」苦い声で笑う。「彼のぼくに関する意見は、ひどくお粗末なものだったらしいな。そのあとまもなく、ぼくがきみを殺したとなじったんだから」

クリストファーの顔には、みんなが悪魔の申し子だと評した、あの険しい表情が浮かんでいる。

「彼はすぐにも、ぼくを放り出しそうな勢いだったよ。だが、ぼくは出ていかなかった。少なくとも、きみに結婚を申しこみ、その返事をもらうまではいやだと言ったんだ。するとロビーは手がつけられないほど怒りだした。ぼくみたいな無一文のならず者に、かわいい妹をくれてやることはできない、と言って。だから、彼がきみに自分で決めさせると譲歩するまで、殴り合うはめになったんだ」

「兄が譲歩するまで？」でも、そんなことがあるかしら。「つまり……」だが、知りたいことを尋ねる勇気がなくて、顔をそらし、愚かな望みを抑えこもうとしながら目を閉じた。

「ほかにどんな意味がある？　ぼくはきみに恋をしていたんだよ。きみに夢中だった」

コーラはぱっと目を開き、驚いて彼を見つめた。

いまのは聞き間違いではないだろうか？

「何年も前から、きみに恋をしていたんだと思う。オーチェンティを訪れたのは、ロビーに会うためだけではなかったんだ。しだいに変わっていくきみを見るのが楽しみだった。魅惑的な少女から、美しい若い女性へと」

「でも、そんなことは一度も……」

「きみのお父さんが、しっかりきみを守って、ぼくが近づくのを許してくれなかったからね。それに、きみはとても恥ずかしがり屋だった」クリストファーは人差し指の関節でコーラの頬をなでた。「ばかなことを言おうものなら……」彼は髪に手を突っこみ、赤くなった。「あの年できみに何を言える？　ぼくら男は触れたがるし、キスしたがる。愛とか結婚とかのことは、あまり考えないんだ。それに、きみはとても取り澄ましていて、近づきがたかった。ただ、ときどきぼくを見る目が望みをつないでくれた。それと、きみがぼくのためにしてくれる、ちょっとしたことが」彼は膝をつき、自分の手で彼女の手をはさんだ。「学校に戻って、トランクを開け、きみが入れてくれた新しいシャツが二枚も、ぼろぼろの服のなかにはさまれているのを見たときのことは決して忘れない。オーチェンティで、毎晩のようにきみが唇に笑みを浮かべて縫い物をしていたのを思い出したよ」彼はうつむいて、彼女の指に一本ずつキスした。

「ひと針ひと針に心をこめたのよ」コーラは彼の髪をなでた。

「ご両親が亡くなると、ロビーはきみの将来についていろいろな計画を立てはじめた。どこかの伯母さんか何かのところにきみを送り出すつもりだ、と」彼はわかってくれと訴えるようにコーラを見た。「だが結婚するには、きみはまだ若すぎる。それはわかっていたんだ。二度と会えなくなるのが耐えられなかった。あの夏が最後のチャンスだと思ったんだ。きみをぼくに結びつけようとした方法が間違っていることは、自分でも承知していたよ。だが、少なくとも、ぼくはキスしていいかどうか尋ねただろう?」彼はそう言った。「そのあとは、すぐに抑制がきかなくなったが……。もちろん、ロビーに怒れてあたりまえだったんだ。きみをボートの底に押し倒して、奪ったようなものだったから」

コーラは驚いて目をしばたたいた。同じ出来事なのに、ふたりの記憶はまるで正反対だ。

「それから、きみが結婚できない理由をあれこれ挙げはじめると、ぼくはキス攻めで無理やり承知させた。あの日の午後、ボートで、きみはぼくの腕のなかで見違えるように大胆になった。長いこと自分を押し殺していたように、ぼくがキスをはじめると、夢中で応じた。ぼくらはふたりとも、きみがどれほど情熱的な女性か発見したんだ。ぼくは恥知らずにも、それを利用した。きみは、とてもしっかりした道徳観の持ち主だ。激しい情熱を感じているのは、深い感情を持っているせいだと考えるはずだと思った。だから、きみがぼくに恋をしていると思いこむまで情熱をかきたてたんだ。否定してもだめだよ」彼はさえぎろうとするコーラに言った。「そのあとの出来事が、きみが感じていたのは欲望でしかなかったことを証明してくれた。だが、きみがぼくに言ったことを、本気でそう思っているとどれほど信じたかったことか」

「本気だったわ」コーラはかすれた声で言った。「もちろんよ。あなたを心から愛しているわ」

クリストファーは皮肉な笑みを浮かべた。「だが、結婚する気はないんだね」彼は自分がまだ手にしているルビーの指輪をちらっと見て、コーラの左手に目を移した。

「あなたはわたしを愛しているの、クリストファー？」コーラはひたと彼を見つめて尋ねた。「本当にわたしと結婚したいの？」

「どうしてそんなことをきけるんだい？」彼はつらそうに尋ねた。

「あなたがほかの女性といるところを見たからよ」

彼はぽかんとした顔でコーラを見た。

「ほかの女性？」

「森にある小屋のなかで、あの最後の日に」

彼はのろのろと首を振った。「ほかの女性などいるものか。ぼくにはそんな女性はいないよ、コーラ」

彼女はショックを受けて彼をにらんだ。「どうしてまだ嘘《うそ》をつくの？　わたしはこの目であなたを見たのよ。あなたが半裸の女性にキスするのを」

「小屋のなかで……」クリストファーはわけがわからぬような顔でつぶやいたあと、はっとした顔になった。「マギーのことか」彼は目を閉じ、うつむいた。そして開いたときには、その目にはなんの表情も浮かんでいなかった。「あの日起こったほかのことにまぎれて、すっかり忘れていた」彼はぱっと立ちあがった。「きみはぼくの言うことを何ひとつ信じない決心をしているんだな」彼は窓辺へ歩み寄り、背中を向けて立ちつくした。

「クリストファー」コーラは痛みを訴える体中の筋肉を無視して体を起こし、かすれ声で呼びかけると、もう少し大きな声で言った。「クリストファー、お願い。なぜ嘘をついたのか、知る必要があるの。あなたはバンフォードへ行くと嘘をついて、あの女性に会いに行ったのよ。どう考えればよかったの？」

「ああ、ぼくがきみを裏切っていたのは明らかだ」彼はくるりと振り向いて、苦い声で言った。

コーラは疲れはててまた横たわったものの、部屋に差しこむ明るい日差しに縁どられた彼のシルエットを見つめ、かすれた声で訴えた。「あなたは一度もわたしを愛しているとは言ってくれなかった。ミセス・ポールディングからロビーがあなたに結婚を強要したと聞いたあと、フランシスからあなたには愛人がいると教えられた……」彼女は両手で顔を覆って泣きだした。

彼が隣に腰をおろし、寝椅子のクッションが沈んだ。

「またフランシスか。なんて女だ！」彼はコーラを抱きしめた。「彼女は嘘をついていたんだよ。何もかも嘘だ。ぼくがマギーを愛してなんかいないことは、ちゃんとわかっていたんだ。それに、マギーを見たとしたら、ぼくよりずっと年上だってことも気づいたはずだぞ」

「顔は見なかったもの」コーラは彼のスカーフに向かってそう言った。

「ああ、実は、あの日のマギーの歓迎ぶりにはぼくも驚いたんだ。だが、ぼくらのあいだに交わされたのは、あのキスだけだった。それは見なかったのかい？」

コーラは首を振った。「キスの場面を見ただけで、朝食を戻してしまったの」

その言葉に、クリストファーの腕に力がこもった。「だから、あの雷雨のなかを全速力で走りだし、ボビーに振り落とされたんだな。そういうことだったのか。きみは取り乱して、まともに頭が働かなかったんだね」

「胸が引き裂かれるようだったわ」コーラは認めた。「だが、どこまでも走って、キングズミードから逃げ出すつもりじゃなかった」彼はかすかな望みに震える声で言った。「ぼくがきみを裏切ったと思いこみ、すっかり取り乱して、あの小屋から離れただけだ。そうだね？」彼は頭に浮かんだ光景を口にした。「乗馬はそれほど得意じゃなかったし、あの雷雨のせいもあってボビーを制御できずに落馬したんだな。そして気づいたときには、自分が誰だかわからなくなっていた。それでどうしたんだ？　最寄りの家へ向かったのか？」

「光が見えたの」コーラはささやいた。

「牧師館か。フランシスがドアを開けたんだな。牧師はあの夜、ほとんどここにいて、ぼくらを慰めようとしていた。だが、ぼくはこれまでどんな慰めも感じなかった。コーラ、きみがぼくから逃げるつもりじゃなかったとわかって、どれほど救われたかわからない」クリストファーは彼女を強く抱きしめた。「ほんとにそうなんだね？」

コーラはうなずいた。「気持ちが落ち着けば、結局はここに帰ってきて、あなたをほかの女性と分ち合うのはいやだと訴えたと思うわ。彼女とは別れてほしいと——」

「そのつもりだったのさ」クリストファーがさえぎった。「だから彼女を訪れたんだ。マギーは文字を読むことも、書くこともできなかったからね。最後にもう一度会って、結婚することを話さなくてはならなかった。ほかの人間から聞いて、ぼくが彼女を傷つけても平気だと思ってほしくなかったんだ。そんな仕打ちを受けるようなことは何ひとつしていないのだから。それに、ぼくは彼女に何ひとつ義務がないことも、はっきりさせておきたかった」

「その人は……あなたの愛人だったの？」

「そこまでもいかないよ。彼女はとても寛大な女性で、育ちざかりの若者に自らを与えてくれたんだ。きみがそんな形でぼくの卑しい本能を知るはめになったのは、すまないと思う。マギーとのことはなんの意味もなかったと説明すれば、少しは役に立つかい？　若い男がある程度経験する……」

「あなたはふたりの関係に終止符を打つために、彼女と会ったのね」コーラはため息をつき、フランシスからクリストファーが愛する女性と密会していると吹きこまれたせいで破滅につながった光景をもう一度じっくり思い返しはじめた。実際に彼女が見たのは、彼が崩れかけた小屋に入ったこと、ブラウスを脱ごうとしていた女性が彼の腕のなかへ飛びこんだこと、そして彼が微笑したことだけだった。そこまでは自分も見たが、あとのことは確かめずにその場から走り去った。

わたしはクリストファーを信頼していなかったのだ。彼を愛していると言いながら、彼が自分を裏切るような男だと信じたのだ。

コーラは自分の浅はかさに涙ぐんだ。でも、あのときは精神的にとても不安定になっていたのよ。最初から自分に自信がなかったうえに、フランシスがちょっとした言葉で、会うたびにそれを蝕《むしば》んでしまったのだ。

「ごめんなさい。そのせいで七年も無駄にしてしまって……」

「きみのせいじゃないさ。フランシス・ファレルが
ぼくらを引き裂こうとして仕組んだことだ。きみが
舐《な》めた辛酸を思うと、あのいまいましい首をこの手
で絞めてやりたいくらいだ！」クリストファーは怖
い顔で叫んだ。
コーラが反射的に自分の喉に手をやった。
彼ははっとして謝った。「すまない、いまのは失
言だ。謝るよ、コーラ。ぼくはきみに何ひとつ正し
いことを言えないようだ。きみが結婚をためらうの
も無理はない、ダーリン」彼はコーラの手を取り、
訴えた。「ぼくは荒っぽい男じゃないんだよ。怒っ
て女性を殴ったことは一度もない。きみのお父さん
とは違う」
コーラが顔をしかめるのを見て、彼は思い出させ
た。
「きみはお父さんがお母さんを殴り殺したと言った
だろう？　そんな光景を見たら、男を信頼できなく
なってあたりまえだ。だが、ぼくは彼とは違う。過
激な発言をするかもしれないが――」
コーラはクリストファーの口を両手でふさぎ、彼
がまくしたてるのを止めた。「あなたが父よりはる
かにすばらしい人だということは、昔からわかって
いたわ。でも、父もわたしが想像していたほどひど
い人ではなかったの」彼女はため息をついた。「メ
アリーだと思いこんでいたときに、わたしが思い出
した光景は、父が最後に母を殴ったときのことだっ
た。そのときの暴力はあまりにも度を超していたの。
それまでは父が癇癪《かんしゃく》を起こしても、母は何も起こ
らなかったふりをしようとした。あざを隠せる服を
着て、父の評判を維持しようと決意していたの。で
も、その最後の暴力からは、とうとう立ち直れなか
ったわ。そして自分のなかに引きこもり、父がどれ
ほど怒鳴っても、わめいても、教区の牧師の妻とし
ての義務を果たそうとしなくなった。そして次の冬、

風邪をひいて、肺炎を起こして他界したの。母は生きるのをあきらめたのよ。父はそれが自分のせいだということを知っていたわ」コーラの顔が厳しくなった。「でも、いつものように、罪悪感にかられて、父はいっそう短気になった。亡くなる最後の数カ月は……」彼女はぶるっと震え、うなだれた。「父が亡くなったときには安堵《あんど》しか感じなかったわ」

「きみがメアリーだったとき、男を恐れていたのも無理はないな。暴力と裏切り……きみが知っていたのはそれだけだったんだ。またぼくを愛せるかい？　それが無理なら、せめて――」

「心からあなたを愛しているわ」

「だったら……」彼は再び指輪を差し出した。

コーラは顔をしかめた。「ばかげていると思うかもしれないけど、その指輪は二度とはめたくないの」

「ぼくを愛しているなら、なぜいやなんだ？　メアリーだったとき、きみはぼくの愛人になると言った」クリストファーは髪をかきあげた。「いまは自分がコーラだとわかっているが、記憶が戻りはじめたとたんに、すべてが悪いほうへと向かいはじめた」彼は険悪な顔になった。「きみをここへ連れてくるんじゃなかったよ！」

「クリストファー、聞いてちょうだい。結婚はしたいの。とてもしたいわ。ゆうべ気がついたの。あなたに十人の愛人がいても、かまわない。あなたのいない人生など耐えられないもの」

「コーラ」彼はかすれ声で言い、コーラを自分の胸に押しつけ、熱に浮かされたように夢中でキスした。

「その言葉をどれほど聞きたかったことか」

彼は体を離し、彼女の顔にかかる髪をなでつけた。「きみはぼくのことを本気で思ってくれた唯一の人間だ。ぼくが与えられる地位でも、富でも、悪評でもなく、ぼく自身のことを」彼の目に情熱がきらめいた。「ぼくを愛するがゆえに、きみは故郷を離れ、荒廃した館に来た。そして……ぼくがほかの女性にキスしているところを目撃し、胸の張り裂けるような思いをした。自分が誰だか思い出せなかったときですら、またしてもぼくに恋してくれた。そして処女を捧《ささ》げてくれた。ほかのみんながぼくを悪魔のような……」彼は顔をゆがめた。「人殺しだと言っていたのに」

コーラは首を振り、苦悩に満ちた彼の顔を、負傷したほうの手でなでた。「そのことは考えないで。もう終わったのよ。こうして再び一緒になれたわ」

「どんな形で？」彼は苦い声で言い返した。「きみがぼくのようにひどい評判の男と結婚することに耐えられず、ぼくの愛人のままでいたいと願うのなら……」

彼女はまたしても首を振った。「喜んであなたの妻になるわ。でも……」コーラはクリストファーが差し伸べた手のなかできらめく指輪を見た。「その指輪ははめたくないの。もしかして、何かの呪いがあると聞いたことはないかしら？」

「呪いだって？」彼は虚をつかれたように、指輪を見つめた。

コーラは赤くなりながらも、勇気を出して自分の気持ちを告げた。「その指輪をつけることを望んだ人たちに、みじめさしかもたらさなかったような気がするの。あなたのお父さんは、お母さんにとってはひどい夫だった。だから、お父さんからもらった指輪に、感傷的な気持ちをいだいていたとは思えないけれど、この指輪にしがみついて、お父さんがほかのすべてをお金に変えてしまったときにも、これだけは手放さなかった。隠してほしいと言って、フランシスにあずけたのよ。フランシスはそれをはめ、いつかレディ・マシソンになることを夢見て、すっかり正気を失った。そして、わたしはたった七日しか、その指輪をつけなかったのに、ふたりとも七年間ひどくみじめな日々を送るはめになったわ。何もかも偶然だとは思うけれど」

クリストファーは肩をすくめ、指輪をポケットに戻した。「この指輪には、なんの呪いもない。だが、これがいやなら、べつの指輪を買おう。エメラルドはどうかな？」彼は微笑した。「きみの瞳にぴったりの宝石だ」

隅に漂っていた影が消え、朝の間には明るい日差しがあふれた。

「では、愛するミス・コーラ・モンタギュー」クリストファーは決意も新たに言った。片手を上げ、指を追って数えはじめる。「ロビー、フランシス、マギー、ミス・ウィンターズ、マダム・ピショット、サンディフォードがぼくたちの行く手にもたらした障害の数々を克服したからには、ぼくと結婚してくれますか？　この寝椅子は燃やし、きみにはほかのレディ・マシソンになりたがった女性が一度もつけたことのない指輪を贈ると約束するよ」

彼は挑むような表情で付け加えた。

「いいだろう、コーラ。きみもそうしたがっているのはわかっているんだ。きみは永遠にぼくのものだと言ってくれたんだよ」

「たしかにそう言ったわ」コーラはにっこり笑って両手を彼の首に巻きつけた。「あなたと結婚します」

「では、もう何ものも二度とふたりを分かつことはない」彼はうなるように言った。

ハーレクイン®

ハーレクイン・ヒストリカル・スペシャル　2013年4月刊（PHS-60）

忘れられた婚約者
2024年9月5日発行

著　　者	アニー・バロウズ
訳　　者	佐野　晶（さの　あきら）
発 行 人	鈴木幸辰
発 行 所	株式会社ハーパーコリンズ・ジャパン 東京都千代田区大手町 1-5-1 電話 04-2951-2000（注文） 0570-008091（読者ｻｰﾋﾞｽ係）
印刷・製本	大日本印刷株式会社 東京都新宿区市谷加賀町 1-1-1
装 丁 者	AO DESIGN

ISBN978-4-596-77733-1 C0297

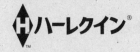

ハーレクイン・シリーズ 9月5日刊 発売中

ハーレクイン・ロマンス

愛の激しさを知る

黄金の獅子は天使を望む	アマンダ・チネッリ／児玉みずうみ 訳	R-3901
嵐の夜が授けた愛し子 《純潔のシンデレラ》	ナタリー・アンダーソン／飯塚あい 訳	R-3902
裏切りのゆくえ 《伝説の名作選》	サラ・モーガン／木内重子 訳	R-3903
愛を宿したウエイトレス 《伝説の名作選》	シャロン・ケンドリック／中村美穂 訳	R-3904

ハーレクイン・イマージュ

ピュアな思いに満たされる

声なき王の秘密の世継ぎ	エイミー・ラッタン／松島なお子 訳	I-2817
禁じられた結婚 《至福の名作選》	スーザン・フォックス／飯田冊子 訳	I-2818

ハーレクイン・マスターピース

世界に愛された作家たち
～永久不滅の銘作コレクション～

伯爵夫人の条件 《特選ペニー・ジョーダン》	ペニー・ジョーダン／井上京子 訳	MP-101

ハーレクイン・ヒストリカル・スペシャル

華やかなりし時代へ誘う

公爵の花嫁になれない家庭教師	エレノア・ウェブスター／深山ちひろ 訳	PHS-334
忘れられた婚約者	アニー・バロウズ／佐野　晶 訳	PHS-335

ハーレクイン・プレゼンツ作家シリーズ別冊

魅惑のテーマが光る
極上セレクション

カサノヴァの素顔	ミランダ・リー／片山真紀 訳	PB-392

※予告なく発売日・刊行タイトルが変更になる場合がございます。ご了承ください。